中國語言文字研究輯刊

十 五 編

許 錟 輝 主編

第 1 冊

《十五編》總目

編 輯 部 編

陳夢家甲骨學綜合研究

曾 俐 瑋 著

花木蘭文化出版社

國家圖書館出版品預行編目資料

陳夢家甲骨學綜合研究／曾俐瑋 著 -- 初版 -- 新北市：花木蘭文化事業有限公司，2018〔民107〕

目 2+178 面；21×29.7 公分

（中國語言文字研究輯刊 十五編；第 1 冊）

ISBN 978-986-485-447-9（精裝）

1. 陳夢家 2. 學術思想 3. 甲骨學

802.08　　　　　　　　　　　　　　　　107011321

ISBN- 978-986-485-477-9

9 789864 854479

中國語言文字研究輯刊

十五編　　第 一 冊　　　　ISBN：978-986-485-447-9

陳夢家甲骨學綜合研究

作　　者　曾俐瑋
主　　編　許錟輝
總 編 輯　杜潔祥
副總編輯　楊嘉樂
編　　輯　許郁翎、王 筑　美術編輯　陳逸婷
出　　版　花木蘭文化事業有限公司
發 行 人　高小娟
聯絡地址　235 新北市中和區中安街七二號十三樓
　　　　　電話：02-2923-1455／傳真：02-2923-1452
網　　址　http://www.huamulan.tw 信箱 hml 810518@gmail.com
印　　刷　普羅文化出版廣告事業
初　　版　2018 年 9 月
全書字數　125977 字
定　　價　十五編 11 冊（精裝）台幣 28,000 元

《十五編》總目

編輯部編

《中國語言文字研究輯刊》
十五編 書目

《中國語言文字研究輯刊》
十五編各書作者簡介・提要・目次

第一冊　陳夢家甲骨學綜合研究

作者簡介

曾俐瑋，台灣台北人。東吳大學中國文學系學士、碩士，政治學系學士，現為東吳大學中國文學系博士生。師承許錟暉教授，著有〈陳夢家研究甲骨學方法探析〉、〈金瓶梅中的相命預言〉、〈張愛玲紅樓夢魘之研究特色探論〉等。喜歡探索古文字學，閒暇時間也醉心於閱讀古典小說。

提　要

陳夢家的甲骨學研究成果，盡在 1956 年出版的《殷虛卜辭綜述》;《綜述》為第一本甲骨學通論性質的研究著作。本論文擬以六個章節綜合研究陳夢家《綜述》的特色與內容，分述如下。第一章緒論，說明研究《綜述》的動機、目的、範圍、方法與前人研究成果。第二章陳夢家生平與治學述要，整理陳夢家生平與治學歷程，並探討他的甲骨學研究方法。第三、第四章分別為《綜述》甲骨學、殷商史部分的析論，分為五個主題：甲骨學基礎、甲骨學斷代與年代、商代天文地理與政治文化、商代宗教與祭祀、商代農業及其他，析論其內容，並商榷其中問題與貢獻。第五章為《綜述》的比較研究，以橫向（同時期的甲骨研究學者）、縱向（同性質的甲骨研究書籍）的兩種方式，探討陳夢家《綜述》在甲骨學研究史上的特殊貢獻。第六章為研究結果的結論。本論文企圖以他人之著、前人之說，來整理、分析與對比《綜述》的內容，藉以探究陳夢家與他唯一一本甲骨學通論著作的《殷虛卜辭綜述》，如何在甲骨學史上，成為由甲骨學繼續發展時期往深入研究時期的過渡橋樑，擁有舉足輕重、承先啓後的地位。

目　次

第二冊　《大明同文集舉要》分部綜合研究

作者簡介

　　謝念驊，臺灣彰化人。東吳大學中國文學系學士、碩士，現為國立臺灣師範大學國文系博士生。師承許錟輝教授，著有〈《薑齋詩話》論陶謝詩析義〉、〈陳獨秀識字觀探析──以《小學識字教本》為研究對象〉、〈皆川淇園的中國文字觀析論──以《問學舉要》為例〉等。

提　要

　　《大明同文集舉要》為明代田藝蘅編撰之書，此書成於《字彙》之前，在歷來文字學史相關書籍中甚少提及。然此書主要承繼《說文解字》的編輯觀念，另以作者長期鑽研中國文字的心得更動之，使此書之編輯體例與前代字書有所差異。此書之分部觀念與清代小學家在字書編輯和訓詁釋義的觀念上亦有相似之處，雖未受到明清學者的重視，但對於後人研治文字學確有影響，故針對此書之部首及異體字歸部作深入研究。本文主要內容共分為五章：第一章為緒論，說明本文研究動機與目的、範圍與方法，並彙整前人研究成果作為全文論述之基石。第二章為成書經過及編輯觀念說明，針對《大明同文集》之版本、編輯觀念和編輯特色析論要點。第三章為部首分部及異體字研究，分為部首分部分析、收字原則及異體字例分析和部首分部特色三方面分別說明。第四章為歷代字書與《大明同文集》分部比較研究，以明代和明代以外之八本字書分部原則與《大明同文集》相比較，並整理右文說與聲類歸部字書發展脈絡，以探討此書與歷代字書之承繼與影響。第五章為結論，分為研究成果和研究價值兩方面分別述說。

目　次

第三冊　古漢語「說話類」動詞語義場研究

作者簡介

　　楊鳳仙（1965 年～），女，教授，吉林德惠人。1994 年東北師範大學漢語史專業碩士畢業，2006 年北京師範大學漢語文字學專業博士畢業。現就職於中國政法大學人文學院中文系，主要從事古代漢語、法律語言、對外漢語的教學和研究工作。先後在國內外學術刊物上發表論文 40 餘篇，如《古漢語研究》、《中

國政法大學學報》、《勵耘學刊》等，其中《試論上古介詞「於」用法的演變》被人大複印資料全文轉載。

提　要

　　該課題主要選取上古「說話類」概念場詞語作爲研究對象，詳細考察這些成員在上古文獻的使用和分佈，進行義素分析和義位歸納；再根據義素特徵，將上古「說話類」概念場內的詞語系聯成不同義場，同一義場內將各個詞項從語義語用以及語法特徵各個方面加以辨析，進行共時比較，我們兼對單個詞語進行縱向歷時研究；同時我們也對不同時期的語義場進行比較，加以歷時考察，從而分析這些詞項的歷時詞義演變和詞彙興替。我們主要分析了一些「說話類」義場，即「說話」類、「告訴」類、「欺騙」類、「問」類等；同時對「說話類」概念場某些詞語如「問」進行了重點考察和研究，探討常用詞研究的重要意義。課題著力探討「說話類」概念場動詞演變的規律性特徵和獨特用法：即該概念場詞義系統中詞義的變化相互影響，一個詞項演變會波及義場其他詞項的變化。而一個詞項的產生、變化或消亡是多種因素作用的結果。我們還發現有些常用詞項從古到今意義變化不大，而其組合關係發生了很大變化，如「問」、「告」等從介引關係對象到無需介詞引進。本文是在聚合關係和組合關係中考察分析詞義演變，探求其演變規律，如綜合性較強的詞演變爲分析性較強的詞、言說義引申出認知義以及類推等。

目　次

第四、五冊　東漢經師音讀系統研究

作者簡介

　　邱克威，男，馬來西亞國籍，北京大學中文系博士（2010 年畢業），漢語史專業，音韻學方向。目前任教於廈門大學馬來西亞分校中文系，助理教授。近年主要致力於于馬來西亞華人語言及方言研究，發表論文多篇；結集爲《馬來西亞華語研究論集》。

提　要

　　上古音研究的材料主要集中於韻文材料，因此對於完整漢字音節結構的確定時地因素的直接信息相當缺乏。東漢經師注釋古籍的材料數量相當龐大，其中注釋音讀的材料也很多。這些材料提供了我們關於上古聲母、介音、聲調等完整漢字音節的直接信息。但是由於這些材料都散置於各經師所注釋的古籍中，加上涉及版本異文、經典義理以及學術傳統等等因素，目前爲止這一批材料仍沒有進行過窮盡式的搜集和研究。本文整理杜子春、鄭興、鄭眾、許慎、鄭玄、服虔、應劭、高誘等八人所注釋的古籍，搜集到注釋音讀的材料一共 3068條。這些材料都表現出內部統一的音系格局，我們稱之爲「東漢經師音讀系統」。

　　我們的研究方法首先利用統計方法，對這批材料中字音的聲韻調與《切韻》系統進行異同比較，然後再統計分析。另外，我們還非常強調對材料性質以及經典義理等方面的綜合考證。這種考證與統計方法相結合，我們稱爲對材料的微觀與宏觀的綜合考察。這不僅可以防止我們錯誤使用材料，更能從中揭示許多重要信息。我們使用的另一個重要研究方法就是材料的互證，包括經師本人音讀材料的互證和不同經師材料間的互證。

　　我們的結論是，從總體規律上來說東漢經師音讀系統與《切韻》系統是相符合的，但是仍有一些細小差異。這種差異主要是由經師材料中的方言因素造成的。這些漢代方音材料對於我們研究漢語方言史是很有價值的。具體分析上，我們分別與羅常培、周祖謨和王力二家的漢代韻文韻部系統進行比較，總結出以下幾條特點：之支脂微四部、魚侯幽三部、眞文元三部的分合演變情況都與

韻文表現出來的不同。至於韻部的音值構擬，本文認為王力的漢代音系基本符合這一批材料的統計，其中能夠確定有差異的是元部的主元音，本文的材料顯示東漢經師音讀材料的元部主元音是應該比王力所構擬的[a]高。至於整體韻部格局，我們主張東漢經師音讀韻部系統的陰陽入三分格局是與《切韻》系統一致的，並未發生入聲消失或同化，或者是陽聲韻之間的混同。

聲母系統上，我們通過語音系統性和材料的考證，駁斥了東漢音讀材料中存在複輔音聲母的觀點。整體格局來看，我們認為王力的漢代聲母系統基本符合這一批材料的統計結果，只是在具體音值上有點差異。這主要集中在章組聲母的構擬上。我們的結論是，東漢經師音讀系統的書母是塞音，同時接受李方桂的上古音系統以船母、禪母合為一個同部位的塞擦音。

至於介音和聲調系統，我們的結論是與《切韻》系統相一致的。尤其關於聲調系統，我們的統計分析清楚表明了去聲已經產生。另外，我們的數據也顯示，這一批材料的聲調差異是屬於音高性質的，而不可能是塞音韻尾。

本論文的結構基本分為前後部分。前部分是關於目前研究狀況以及材料性質與特點的綜合分析：其中第一章介紹本論文課題的意義和研究方法；第二章介紹目前研究情況，尤其對幾部重要著作進行評議；第三章綜合分析材料的各種複雜情況以及東漢經師音讀材料的特點。後部分從第四章到第六章是材料的統計結果以及音系分析：第四章介紹材料整理情況，以及統計結果列表；第五章和第六章進行音系性質分析以及聲母、韻部、介音、聲調等系統的分析。

目　次

上　冊

第六冊 《六書故》音注研究

作者簡介

王鐵軍，北京大學中國語言文學系碩士、博士，專業方向為漢語音韻學。現供職於北京大學出版社。發表論文《宋詞韻山攝舒聲分部考》（《語文研究》）、《經典釋文中間接註釋的體例》（《傳統中國研究集刊》）等。另著有普及讀物《詩詞寫作入門》、《漢字裏的中國》（合著）。

提　要

《六書故》是南宋戴侗編纂的一部大型的字書。本文對《六書故》中的音注進行系統的整理，運用比較法和系聯法，與《廣韻》、《集韻》相比較，並參考其他韻書、字書，結合宋代語音研究成果，探討《六書故》音注中體現的南宋時音。

本文共有六章。第一章緒論，介紹了《六書故》的主要內容和前人的研究成果，分析了《六書故》音注的來源、體例和性質。第二、三、四章是論文的主體，分別從聲母、韻母、聲調三個方面對《六書故》音注進行全面的比較和分析。第五章分古音叶讀音和時音異讀兩方面總結了《六書故》音注中特殊的單字音。第六章為結論。

本文得出主要結論如下：

《六書故》音注體現南宋通語的特點有：聲母方面輕重唇分化，非敷母合流，輕唇音演變為洪音；知、莊、章組聲母合流；喻三、喻四合流。韻母方面韻系大大簡化，同攝內各等重韻合併，四等韻與三等韻合流；江、宕攝合流；梗、曾攝合流；部分佳韻系字轉入麻韻；齊、祭、廢韻與止攝各韻相混；戈三等韻轉入麻韻；部分侯韻唇音字轉入模韻。聲調方面主要是全濁上聲變去聲，正在轉變的進程當中。

《六書故》音注體現南宋吳方音的特點有：聲母方面微母與明、奉母相混；部分知組字保留端組讀音；齒音知、莊、章組與精組合流；從（崇、船）母與

邪（禪）母相混；日母與禪（船、從、邪）母相混；匣母與喻三、喻四相混。韻母方面主要是蟹、山、咸攝的一二等字的特殊關係，包括蟹攝一等泰韻舌音字轉入二等；山攝一等寒韻牙喉音字與桓韻相混，舌齒音字與二等韻相混；咸攝一等談韻牙喉音與覃韻相混，舌齒音字與二等韻相混等。

　　作爲系統性音變的例外，不規則的單字音也是語音史研究的重要材料。《六書故》音注中記錄了許多有價值的單字音，反映了通語時音的新變和吳語方言中的特殊字音。此外，還有部分特殊單字音是古音叶讀音，顯示了戴侗的古音研究成果。本文將《六書故》中所有特殊的單字音列出，並加以討論，以期爲漢語語音史的深入研究提供參考和借鑒。

目　次

第七、八冊 方以智音學研究

作者簡介

洪明玄，1984 年生於萬華，祖籍通霄白沙屯，碩士畢業於輔仁大學，後更力於研究，終以論文《方以智音學研究》得博士學位。性好音律，故師長命字樂道，受業金周生門下，依此雅興，是以碩博士論文取小學、聲韻爲研究主題，

兼及經學。

提　要

明末清初，動盪的社會與複雜的學術環境，激發方以智從辨當名物的方式匯集當代智慧而作《通雅》，其中考古識事、辨字解義的關鍵正在聲音的承繼與演變。他有系統地使用「因聲求義」以考察古音古義，並結合各地方言用以審定文字音、義，因而建立古韻分期的說法，並發現古聲母混用和創立古韻分部的學說，直接、間接地影響了清代訓詁學家的學術理論。

站在考古以決今的立場，方以智遍考典籍以解釋現象界的事物；處於崇實黜虛的角度，方氏的學問務爲今用，所以他藏通幾於質測，並據此結合音《易》，而作〈切韻聲原・旋韻圖〉、〈旋韻圖說〉，企圖自音學通《易》學、從《易》學通天地的運行之理。崇古的思維，使方氏的聲韻設計，仍守《中原》、《洪武》之舊，但務爲今用的觀點，讓他所作的〈新譜〉，有著濃厚的時音韻味，因此其〈切韻聲原〉乃崇古尊今，折衷古今而無偏廢。面對西哲的東渡來華，以及固有的音學資料，方以智更融貫中西之特出，成爲明末清初音學研究的奠基者，並開後代古、今聲韻研究之先河。

方以智〈旋韻圖〉以循環的思想，應宇宙萬物的交輪幾運作，〈旋韻圖〉不僅是方氏對今音的整理，又是他徵考古音的道具，而可以達到通古今，考古而不泥古的功效。他從質測之審音，以求語音的內容，其成果爲他博取了卓然獨立的名聲；訂定古聲韻學說，奠定新的語言研究之方向。雖然未能早一步提出正確的古音見解、時音的紀錄又礙於知識與時空的限制，而不能得到牢不可破的結論，造成〈新譜〉音系有著體例與字例的矛盾。但進步的研究領域、觀念與方法，塑造其音韻研究與貢獻，並成爲音韻研究史上不可抹滅的一顆明星。

目　次

第九冊　論近代零聲母的形成與演化——以官化區的明清語料及現代方言爲主

作者簡介

劉曉葶，政治大學中國文學研究所畢業。對學習新語言，以及探索古代語言的語音、來源與詞彙充滿興趣，希望透過對語言的理解，進而理解人類大腦思維的邏輯。

提　要

本文以《論近代零聲母的形成與演化——以官話區的明清語料及現代方言爲主》爲題，研究近代至現代零聲母的語音演變現象。我們所討論的議題集中在音韻（phonology）方面，綜觀各韻書、韻圖，在不同的時間點將同質性的語音現象比較觀察，並且分別從共時的、歷時的面向切入，比較現代官話方言的音韻表現，進而追尋語音發展的軌跡。以下列出本文的章節安排，並約略說明每一章所討論的核心問題。

第一章序論：本章介紹研究動機、材料、目的與方法。針對本文所採用的15 本明清語料，分別辨明其年代、反映音系與方音背景。

第二章至第五章：論文逐章針對零聲母的中古來源來做探討，分別是「影、云、以三母」、「疑母」、「微母」和「日母」，每個章節先討論零聲母在明清語料中的擬音及演變的現象，之後再分析現代官話各方言中零聲母的今讀類型，最後在各章小結試圖呈現出零聲母歷時音變和共時地理分佈的現象。

第六章：以不成系統性的其他零聲母來源爲主，另立一章來討論現代官話中非系統性的零聲母，並且與「現代國語」非系統性的零聲母例字稍作比對，探討這類零聲母字異常演變的原因。

第七章、結論：總結全文，說明零聲母從明清至現代官話語流音變的特點，並提出後續研究之展望。

目　次

圖目錄

第十冊 《中華大字典》注音研究

作者簡介

　　李凱，女，1986 年生，河南魯山人，嘉興學院講師。2012 年畢業於中國傳媒大學文學院，獲文學博士學位，研究方向為語言學及應用語言學、漢語史。近年來出版有《詩詞格律》、《儒學經典名句選讀》等書籍，及《〈唐書釋音〉音釋與宋代江西德興方言探微》、《〈漢語大字典〉反切注音失誤辨正》等論文數篇。

提　要

　　本書首先從時代背景、編纂緣起及成書過程、編纂體例、說解體例、注釋術語等方面對《中華大字典》做出全面介紹，然後著重對反切注音進行研究。通過對比、審音、溯源等研究方法，本書對《中華》中反切注音的得失、同形詞的注音問題、音義相配問題以及特殊詞語的注音問題進行闡述。在此基礎上，分析梳理了《中華》中蘊含的辭書理論為當前辭典學理論發展提供的借鑒和啓示，同時對今天大型語文辭書的編纂實踐提出建議。

　　具體來說，本文著力解決如下問題：《中華大字典》自身注音的特點與得失；大型語文辭書使用反切注音時首音與又音的選取標準；宋以後非《切韻》系韻書中的反切是否可以收錄；多音義字各音項與義項的配合應遵循哪些原則；破讀音、專有名詞等特殊讀音在各類型辭書中該怎樣處理；對辭書所處時代新出現的字形字音該怎樣酌情收錄；吸收外來語有哪些本土化措施，該怎樣為它們注音等。

　　在此過程中，本書通過總結《中華》的優點及缺失，指出了它對推動辭書編纂和辭書理論研究的積極意義，為今天的辭書編纂提供更有針對性和可操作性的方法，以期大型語文辭書中的反切注音實現實用性與學術性的統一。

目　次

第十一冊　「止攝」字音讀在閩南語中的演變

作者簡介

張茂發

看黃俊雄《史豔文》和《六合三俠傳》長大

2010 年市北師中文系研究所畢業

提　要

「止攝」包含支、脂、之、微四韻，中古音全部屬三等韻。漢音是單音節孤立字，每個字音由「聲韻調」三者構成。今之閩南語主要有廈、漳、泉三個腔音，三者在聲母方面，都和戚繼光 1562 年的福州腔韻書《戚林八音》相同，屬 15 音系統；聲調在平上去入方面均各分陰陽 (清濁)，但各腔目前均已剩 6 個音或 7 個立，且彼此調值不同；但各具方音特色的還是「止攝」韻母部分：以止攝字「皮」來說，泉腔 [p'ə5]、漳腔[p'ue5]、廈腔則是[p'e5]。本書不討論葉開恩的《八音定訣》，不談廈腔，只比較漳腔和泉腔，所以選了代表泉腔的《彙音妙悟》、代表漳腔的《彙集雅俗通十五音》、及台灣最暢銷韻書《彙音寶鑑》來討論，而且只論「止攝」。

目　次

陳夢家甲骨學綜合研究

曾俐瑋　著

作者簡介

曾俐瑋，台灣台北人。東吳大學中國文學系學士、碩士，政治學系學士，現爲東吳大學中國文學系博士生。師承許錢暉教授，著有〈陳夢家研究甲骨學方法探析〉、〈金瓶梅中的相命預言〉、〈張愛玲紅樓夢魘之研究特色探論〉等。喜歡探索古文字學，閒暇時間也醉心於閱讀古典小說。

提　要

　　陳夢家的甲骨學研究成果，盡在 1956 年出版的《殷虛卜辭綜述》；《綜述》爲第一本甲骨學通論性質的研究著作。本論文擬以六個章節綜合研究陳夢家《綜述》的特色與內容，分述如下。第一章緒論，說明研究《綜述》的動機、目的、範圍、方法與前人研究成果。第二章陳夢家生平與治學述要，整理陳夢家生平與治學歷程，並探討他的甲骨學研究方法。第三、第四章分別爲《綜述》甲骨學、殷商史部分的析論，分爲五個主題：甲骨學基礎、甲骨學斷代與年代、商代天文地理與政治文化、商代宗教與祭祀、商代農業及其他，析論其內容，並商榷其中問題與貢獻。第五章爲《綜述》的比較研究，以橫向（同時期的甲骨研究學者）、縱向（同性質的甲骨研究書籍）的兩種方式，探討陳夢家《綜述》在甲骨學研究史上的特殊貢獻。第六章爲研究結果的結論。本論文企圖以他人之著、前人之說，來整理、分析與對比《綜述》的內容，藉以探究陳夢家與他唯一一本甲骨學通論著作的《殷虛卜辭綜述》，如何在甲骨學史上，成爲由甲骨學繼續發展時期往深入研究時期的過渡橋樑，擁有舉足輕重、承先啓後的地位。

目次

第一章　緒　論

第一節　研究動機與目的

　　2011 年的暑期，我踏上一次前往殷墟安陽的旅程，這是一團單純的學生旅遊，在各個甲骨文博物館、挖掘遺址、風景地之間來回。作爲古文字初學者的我，帶了一本何偉（Peter Hessler）的《甲骨文》〔註1〕，當作夜間的睡前書。曾爲《紐約客》駐北京記者的何偉，著作的《甲骨文》是一本報導文學，並非學術性質的書籍，不過借西方人的眼，觀察中國現代乃至中國古代的傳統文化，也是很特別的視角。這本書除了描繪作者眼中當代的中國社會外，取名爲《甲骨文》，是因爲書中的主軸之一，正是追索甲骨學者陳夢家的生平。爲研究陳夢家晚年受文革迫害的謎團，何偉踏遍兩岸三地、歐美、日本等，拜訪各個與之有關的親友、古文字學者。有趣的是，美國記者何偉，對 20 世紀初與歐美接觸最頻繁之一的中國古文字學者，產生了興趣，陳夢家曾經的遊學背景，相信對他的治學有過很大的影響。

　　陳夢家是一位相當勤奮、著述不輟的學者，相較於一般的古文字學者，他的學習經歷是相當特別的，他並非接受傳統的國學教育長大，而是生長在一個

〔註1〕何偉：《甲骨文：一次占卜當代中國的旅程》（Oracle bones: A journey through time in China），台北：八旗文化，2011 年。

牧師的家庭，接受西學的教育，大學時就讀法律學系。可是在他往後的人生經歷中，法學幾乎不起太大的作用，陳夢家畢業前因爲雅好文學，成爲新月派詩人。之後因爲對上古宗教的興趣，開始研究上古宗教、古文字與上古史。因爲他的博學強記、著述勤勉，在甲骨學、金文學乃至漢代的簡牘文字，都有自己的代表性著作。這樣特別的學者，在走向生命終點時也不平凡，最後受了政治迫害而亡，連自殺、他殺的死因都成謎團。

雖然陳夢家的英年早逝，無疑是學界的一大損失，可是他所留下的著作，那些完成與未完成的，都爲後人留下了影響和貢獻。不少後輩著名的學者會說，他們開始接觸甲骨文，是由陳夢家的《殷虛卜辭綜述》入門。在中國大陸改革開放以前，談論陳夢家這樣的「右派份子」，在很長的時間內是不允許的，所以即使很多後學讀陳夢家的著作，卻不能盡情研究或談論它。在甲骨學未有新出土材料、被其它新興學科逐漸掩蓋的今日；在陳夢家因受政治迫害而沒有專門研究他的古文字學說後學的今日；即使幾乎每一本通論性質的甲骨學書籍，都會談論到陳夢家與他的《殷虛卜辭綜述》；即使每一篇談論斷代研究的文章，都會提到陳夢家的「貞人分組斷代法」，陳夢家與他的《綜述》，卻幾乎要淹沒在歷史的長河裡了。

學術的研究是不斷累積而成，沒有前人的研究成果，後人無法站在巨人的肩膀上看得更遠，無論前人的研究是多是寡、是正確或錯誤，都有尊重其貢獻的必要。有鑑於此，我們也必須了解陳夢家的甲骨學，了解他的《綜述》在甲骨學研究史上的樞紐，了解它成書的時空背景下，爲他人帶來了何種的影響力。在橫觀、縱觀地了解《綜述》之後，即能了解在文化大革命的浩劫下，甲骨學「繼續發展時期」的學術缺環。補足了這個缺環，我們便能更豐沛甲骨學研究史的發展生命，也爲一代學人的勤學精神，留下一些紀錄。

第二節　研究範圍與方法

陳夢家甲骨學研究的成果盡在《殷虛卜辭綜述》一書，之所以這樣說，乃由於陳夢家在此書的「前言」中自陳：

> 作者在一九三二年起從事甲骨研究之時，曾經片面的注重於文字的分析與尋求卜辭中的禮俗。後來因爲作完了銅器斷代的工作，才覺

得應從斷代著手、全面的研究卜辭。遂於 1949 年起寫了〈甲骨斷代學〉四篇。這四篇已經發表，其大部分。稍經刪改後併入於本書之內。過去所已發表的一些單篇，有很多不成熟與錯誤之處，均因本書的印行而作廢。〔註2〕

因爲《綜述》是「綜合地敘述甲骨刻辭中的各種內容」〔註3〕，所以對甲骨學各方面的研究包山包海；而陳夢家又將自己曾著作過的所有甲骨學研究文章併入書中，甚至更進一步去改正它，爾後也未再出版任何與甲骨文研究相關的書籍，所以我們可以說：《殷虛卜辭綜述》是陳夢家甲骨學研究的最主要成果，也是唯一的代表性著作。如今，我們要研究陳夢家的甲骨學著作成果，自然以《綜述》爲最佳的研究範圍，故論文名稱爲「陳夢家甲骨學綜合研究」，實際上也是《殷虛卜辭綜述》之綜合研究。

所謂「綜合」者，最足以說明甲骨文研究發達後，被稱爲「甲骨學」的緣由。相對於「甲骨文」，「甲骨學」更強調甲骨文字考釋之外的考古學、歷史學上的發展，也就是藉由甲骨文字探索殷商的社會、政治、宗教等方面的文化，建立可靠的殷商信史。《綜述》是綜合地敘述甲骨學的研究成果，對《綜述》的綜合研究，也是就《綜述》龐雜的內容，來綜合地研究它各方面的問題——小至它學術研究上的貢獻、缺失，大至它在甲骨學史上承先啓後的地位認可。

這裡因說明研究範圍之故，順帶討論《綜述》的版本問題。如今我們所見的《綜述》版本，實都爲一個版本，後出的版本與初版無甚差異；僅有台灣大通書局印行的《卜辭綜述》，因爲時代背景的因素，將某些敏感字辭改動或刪除，但並不影響其學術成果。

本論文擬以第一章討論《綜述》的研究動機、目的、範圍、方法，及前人研究成果述評。爲深入了解作者陳夢家，故於第二章探討他的生平背景、治學歷程，進一步討論他在甲骨學上的研究方法。第三、第四章爲論文主體，分爲兩大部分，共五個主題：甲骨學部分——甲骨學基礎、甲骨學斷代與年代；殷商史部分——商代天文地理與政治文化、商代宗教與祭祀、商代農業及民生活動等主題，析論《綜述》二十章的內容，再以前人看法商榷其中的問題與貢獻。

〔註2〕陳夢家：《殷虛卜辭綜述》，北京：中華書局，1988 年，頁 9。

〔註3〕陳夢家：《綜述》，頁 9。

第五章以橫向（同時期的甲骨研究學者）、縱向（同性質的甲骨研究書籍）的方式，來探討陳夢家在甲骨學史上承先啓後的地位。第六章爲研究成果的結論。

多方地參考前人的看法，以表格化的方式整理、對比既有文獻，乃本論文對陳夢家《殷虛卜辭綜述》主要的研究方法。

第三節　前人研究成果述評

陳夢家的一生雖然只有短短 55 年，但他在文學、考古學的治學上多有所得，無論是新詩創作，或是銅器銘文、甲骨文、漢簡研究等多個領域都有代表性著作。這樣傑出的學術表現，卻因爲他在政治背景上的特殊身分，即使著作了影響甲骨學史甚大的《殷虛卜辭綜述》，前人對陳夢家的專題研究文章的數量並不多、質量也並不深厚。近幾十年中國大陸改革開放以後，才有較多研究陳夢家與其學說的文章出現。

本節將探討前人的研究成果，聚焦在陳夢家生平研究、甲骨學研究上，也略敘其它領域的研究；擬以研究的性質的爲經，再以篇幅的刊載方式（專書、期刊、網路文章）爲緯，作全面的述評。

一、陳夢家生平研究

有關陳夢家生平研究的專書中，以美國記者何偉（Peter Hessler）《甲骨文》篇幅最長，只是《甲骨文》一書爲報導文學性質，與傳統的傳記寫作有所區別。香港鳳凰衛視的節目「開卷八分鐘」〔註4〕曾簡明扼要地討論這本書，並發表了網路文稿：

> 爲了拼湊出陳夢家他的一生，他找到好幾個不同的人的故事，他找到了已經去了台灣的高達 100 歲的老一輩學者，他找到了在北京守在最後一片胡同區裡面他們家人的親戚，他找到了定居下來的一個現在用英文寫作的老作家，然後他還找到了在今天中國上古史跟考古學裡面最重要的學者，當然在國際學術界也很有爭議的李學勤教授。

〔註4〕開卷八分鐘 http://book.ifeng.com/kaijuanbafenzhong/wendang/detail_2012_02/15/12527832_0.shtml?_from_ralated

何偉以多人訪談的方式來拼湊陳夢家的一生，而引發他的動機可以說是陳夢家在文革中死亡的謎團，爲了解決這個謎團，他訪談的足跡跨越了中國、美國、台灣，找到任何與之相關的人士與學者，如見證陳夢家死亡事件的人士：荊志淳、楊錫彰；陳夢家的親戚：趙景心、陳夢熊，知名的學者〔註5〕：吉德煒（David N. Keightley）、高嶋謙一（Takashima, Ken-ichi）、石璋如、馬承源、李學勤、巫寧坤等。何偉的寫作不在做出一個結論，而是在訪談過程中，可以看到眾人對同一個人與他的學說，有不同的認知和評價，其中更穿插了其對中國歷史、當前政治、社會景象的一些觀察與心得，是中國學者的傳記作品中，難得的一份西方視角。

　　研究陳夢家生平的相關專書篇章，比較重要的還有王世民在《中國史學家評傳》中所著的〈陳夢家〉〔註6〕，此文以時間爲序，敘述陳夢家的學術方向與著作成品，可視爲陳夢家的學術簡史。文中有一段討論《綜述》的成果，將在下段敘述。

　　陳夢家傳記相關的期刊論文中，較具有參考價值的有趙羅蕤的〈憶夢家〉〔註7〕，此文乃陳夢家遺孀所撰，觀察其撰寫時間，可能是爲了官方於 1979年時召開陳夢家追悼會所作。因爲是遺孀所寫，時間序上可信度較高。對陳夢家遊歷歐美並記錄青銅器的三年經歷，有比較細密的描寫。也描寫了陳夢家勤學不倦的工作態度。另外周永珍作〈憶夢家先生〉〔註8〕、〈懷念陳夢家先生〉〔註9〕等文，多先作簡明小傳，再對陳夢家研究古文、古史的方法等，以陳夢家自己的語言爬梳。因爲周永珍是陳夢家的學生，所以回憶文眞摯有情感，對陳夢家受勞改後仍孜孜不倦的形象抒寫得十分立體，又對陳夢家的生活小細節多有描繪，文章將一位學者的學習與生活風範躍然紙上。

　　陳夢家的晚年受到政治活動影響，因爲這樣特殊的背景，中國學界有很長的一段時間對其人與其學說隻字不提。改革開放以後，在網路上時常能讀到關

〔註5〕有些學者甚至與陳夢家相識、一同工作過。

〔註6〕王世民：〈陳夢家〉，陳清泉等編《中國史學家評傳》，河南：中洲古籍出版社，1985年。

〔註7〕趙羅蕤：〈憶夢家〉，《新文學史料》，1979 年 03 期。

〔註8〕周永珍：〈憶夢家先生〉，《文物天地》，1990 年第 03 期。

〔註9〕周永珍：〈懷念陳夢家先生〉，《考古》，1981 年 05 期。

於陳夢家受文化大革命等政治運動迫害的批評文章，對他當時的死因多有探討，如高臥東山的〈《夏鼐日記》中的陳夢家〉〔註10〕，以夏鼐日記爲文獻內容，討論陳夢家在反右、文革運動中所受的待遇與晚年的處境。網路文章雖然補足了書面記載中所空缺的陳夢家晚年時光，但閱讀過程中，須注意一些言辭較爲激烈，實際上卻考證不足多爲臆測傳言的說法。

二、陳夢家甲骨學研究

陳夢家甲骨學的成果研究，如今還沒有一整本專書作爲介紹，除了期刊論文以外，也散見於各種與甲骨學相關的著作中，可見《綜述》對甲骨學史的影響。其中較爲重要的篇目爲王宇信在《建國以來甲骨文研究》中的章節〈甲骨文研究的總結性著作──《殷虛卜辭綜述》〉〔註11〕。文中討論了文武丁時代卜辭之謎，認爲《綜述》一書有幾項特性，故有幾項全面性整理的貢獻：集六十五年來甲骨文發現和研究大成、蒐集大量商代文獻史料、大量考古資料的使用、有意義的附錄等。論及《綜述》的缺點時引用李學勤「未能上升到理論階段」的看法，但是又特別肯定其在甲骨分期斷代上的貢獻。

王世民在《中國史學家評傳》的〈陳夢家〉篇章中，有一段對《綜述》的討論，首先對《綜述》的寫作脈絡作了簡單的剖析，再以他的研究方法去分析某些章節的研究成果，呈現《綜述》的成果在甲骨學術史上的價值。

雖然沒有專書介紹陳夢家在甲骨學上的成就，但是海內外學者也著作過不少研討、評價《綜述》的篇章，其中篇幅最長、最具有論述價值的分別是李學勤、裘錫圭、謝濟、劉正等學者著作的單篇，以下分段簡述文章的重點內容。

1957 年李學勤曾作〈評陳夢家《殷虛卜辭綜述》〉〔註12〕，是陳夢家《綜述》成書以來，第一次廣爲人知的書評。此篇著於反右運動時期，有它特殊的政治背景，雖然文中對《綜述》的作者有諸多批判，但指出了《綜述》實際存在的某些問題，仍有參考價值。李文將焦點集中於陳夢家《綜述》裡所提出學說的錯誤，共分爲六個部分：

〔註10〕 高臥東山：〈《夏鼐日記》中的陳夢家〉，2011 年 12 月 14 日。http://www.21ccom.net/articles/rwcq/article_20140409104034.html

〔註11〕 王宇信：《建國以來甲骨文研究》，北京：中國社會科學出版社，1981 年。

〔註12〕 李學勤：〈評陳夢家《殷虛卜辭綜述》〉，《考古學報》，1957 年 03 月。

（一）認爲《綜述》一書對殷代社會性質和發展途徑沒有明確的認識，只羅列了龐雜的現象，不能提高到理論的階段。

（二）討論「方國地理」、「政治區域」、「百官」三章中的政治結構，認爲作者不曾有系統地整理跟地理有關的卜辭。校正陳夢家誤釋商正、大邑商、天邑商的部分；人方卜辭、永地等許多地名上的錯誤，因爲李學勤此時的研究重心正是商代地理，所以較能鉅細靡遺地校正陳夢家的錯誤。「百官」章只是羅列一些官名，也有解釋上的訛誤。

（三）《綜述》「文字」、「文法」、「曆法天象」、「宗教」、「總論」等章節中關於占卜的敘述，都涉及殷代文化卻少新意。「文字」章中，李學勤認爲陳夢家的對象形的內涵解釋已超出其實質義涵，而假借應該是用字之法。「宗教」章中，帝、上帝、白帝之間有認知錯誤，對宗教本質也沒有理論敘述。「曆法天象」章中，沿襲董作賓的置閏看法而有錯誤，對月食的推算也有錯誤。

（四）探討商王世系的十到十四章中，「先公舊臣」章因爲沒分清自然神與祖先神，所以對「先公」的敘述混亂；而「舊臣」一詞是不能成立的。對世系敘述的兩大謬誤：其一，商代日名（天干）是表示即位、死亡、致祭次序，李學勤以爲殷人日名是死後選定的。其二，將一些不屬於商王世系的人列入世系，也就是將午組、子組等王族卜辭列入武丁的稱謂系統內，值得注意的是，此時李學勤以爲午組、子組是晚期的王族卜辭，以後才將其看法修正爲早期。「親屬」章中某些稱謂並非是親屬的稱謂，對「婦」的解釋也不恰當。

（五）「斷代」、「年代」章是論述商王年代及卜辭時代問題，主要根據竹書紀年，李學勤認爲此書對西周以前的年份並不準確。對卜辭的斷代有幾點意見：其一，卜辭的分類：李學勤以爲陳夢家不能將卜辭的分類與斷代區分開來，先分類後斷代，所以有以斷代名稱作爲分類名稱的錯誤，而小屯所出卜辭考分爲二十四類。其二，斷代標準和卜人：李學勤認爲斷代標準應以稱謂系統爲主，卜人次之，因爲有些卜辭不記卜人，但《綜述》卻以祖先世系與卜人爲斷代第一標準，是不恰當的。李學勤認爲《綜述》的卜人斷代總表應刪去 21 人，移動 19 人，增補 5 人。其三，卜辭的時代：指出《綜述》卜辭斷代的錯誤，如康丁卜辭、午組、文武丁卜辭、帝辛卜辭等斷代問題，又列出𠂤組的稱謂系統，視之爲晚期，與武丁時期的稱謂不同。

（六）對《綜述》體制上的批評：1. 文字的誤讀誤釋，如十五章的「來王」卜辭。2. 釋文牽合鉛字，故意牽合楷書鉛字，違反文字學原則。3. 釋文前後矛盾，如屯字。4. 使用偽造材料，不能辨別假材料。

　　後人對李學勤此文的評論也曾做過一些反駁，而實際上李文對陳夢家《綜述》的評論中涉及人身攻擊的言語，只在文章的最末段中出現過，篇幅也很短，僅為了配合當時的政治氛圍所作，並不能因此忽視李學勤提出《綜述》中存在的問題。2006 年「紀念陳夢家先生學術座談會」中，李學勤對陳夢家的治學重新提出肯定的看法，並發表在《漢字文化》的〈學術的綜合和創新──紀念陳夢家先生〉單篇論文中。此文肯定陳夢家學術上對前人學說的繼承、綜合、創新的能力。簡明扼要地就陳的甲骨學、青銅器學、漢簡研究三方面提出讚許，又簡略地敘述其研究的特色與方法，例如在甲骨學上注重類型學、層位學的研究方法。論文中評價陳夢家的研究因為注重各項基礎工作，最後使之成為「歷史上的一個鏈環」。

　　裘錫圭的〈評《殷虛卜辭綜述》〉〔註13〕是繼李學勤以後篇幅最長的評論文章，對《綜述》一書的優缺點都有評論。作者認為《綜述》是甲骨學的一個總結工作，陳夢家「在取捨之際未必盡當」的自陳，並非故作謙虛之言；但依舊肯定《綜述》對他人著作取捨的價值判斷、與本身的創見，這些成果都反映了當時殷墟卜辭研究的最高水平。文章談論《綜述》分為「有價值的意見」、「一些存在的問題」兩個大段落，簡述如下。

（一）有價值的意見：

1. 裘錫圭認為《綜述》的第一章總論中，提供的知識雖龐雜卻有益於初學者，也糾正了一些當時流行的說法（如卜辭是先寫後刻、貞人即書寫者、甲骨背面的「鑽」事實上是挖出來等說法）。

2. 第二章文字中，陳氏認為漢字的基本三類型是象形、假借、形聲，比唐蘭三書說合理。雖然陳夢家考釋文字的成就並不突出，不過他為研究一個甲骨學上的問題而涉及甲骨文字，比為求發明新字而釋字來的正確，裘錫圭十分肯定陳夢家以此研究甲骨的途徑。

3. 第四五章斷代，裘錫圭認為陳夢家在此章有比較大的學術貢獻。李學勤

─────────────

〔註13〕裘錫圭：〈評《評殷墟卜辭綜述》〉，《文史叢稿》，上海：遠東出版社，2012 年。

曾提到陳夢家沒有將分類與斷代區分開來，但是裘錫圭認為雖然沒有明確的兩個步驟，但陳氏在研究武丁卜辭時已經這樣做了：與董作賓不同的是，陳夢家提到的貞人分組與董氏的貞人集團雖然類似，但陳氏認為字體風格不同的卜人組也可能在同一個時代，實際上已把分類和斷代以兩步驟來進行。

4. 第七到十八章中，對殷墟卜辭所反映的商代歷史與文化有全面的論述。

5. 第十一章中，對周祭問題有深入研究，對董氏排譜的更動也是正確的，可對比參閱常玉芝的著作〔註14〕。

6. 第二十章附錄中，肯定〈甲骨著錄檢表〉的參考價值。

（二）《綜述》存在的問題：

1. 不確切、不成熟或明顯錯誤的說法和意見（文法一章尤其多）。

2. 錯認卜辭裡的字、讀錯或理解錯卜辭或其中詞語。

3. 所引卜辭分期、分組方面也有不少錯誤。

4. 書寫資料前後自相矛盾的情況。

5. 由於書寫、印刷等原因而造成的錯誤：甲骨著錄片號和其它關於出處的錯誤、文字錯誤的例子。

6. 有些段落寫作比較拖沓，有些段落則過於濃縮，有些段落又辭不達意。

裘錫圭對《綜述》的評論有許多細節的部分，十分鉅細靡遺，這是熟讀文本後的成果，能信手拈來的舉出有問題的例子，可作為閱讀、研究《綜述》時重要的參考資料之一。

謝濟〈陳夢家甲骨文分期斷代研究的重要貢獻〉〔註15〕一文就陳夢家《綜述》中提到斷代的章節與內容作簡單扼要的整理爬梳，主要分為兩部份：其一，論𠂤、子、午組卜辭的斷代（指出陳夢家從坑位、稱謂、前辭形式幾點來證明他們屬於武丁時期）。其二，論康丁、武乙、文丁卜辭（指出陳從字體、卜人、用牛用龜、前辭形式、稱謂、周祭與記月等六點比較中期的康、武、文卜辭與早期的廩辛及以前卜辭的不同）。認為歷組卜辭（李學勤提出，相當於陳夢家的

〔註14〕常玉芝：《商代周祭制度》，北京：中國社會科學出版社，1987 年。

〔註15〕謝濟：〈陳夢家甲骨文分期斷代研究的重要貢獻〉，《中國社會科學院院報》，2006 年 11 月。

武乙文丁卜辭）的爭辯有新出土與研究可證明。

　　劉正的文章〈當日群雄誰泰斗──重讀陳夢家先生的《殷虛卜辭綜述》〉〔註 16〕中，分爲「生平簡介」、「《綜述》的主要甲骨學觀點」、「《綜述》在甲骨學上的學術影響和學術地位」幾個段落。「主要甲骨學觀點」段分析了文字、文法、斷代、方國地理、政治區域、先公舊臣、先王先妣、廟號、宗教等幾個章節，可供研究《綜述》的參考。第三段裡提到李學勤 1957 年批評陳夢家的文章，認爲他是迫於政治形勢所作。最後討論了自、子、午組的斷代問題，以及其它學者對陳夢家《綜述》的評價，也簡單地評論了何偉《甲骨文》一書的價值。

三、陳夢家其它領域研究

　　陳夢家是一位勤學而多產的文人學者，且有相當廣泛的興趣，在研究古器物與古史之前，是出名的新月派詩人；所以在甲骨學之外，主要還有新詩、金文學、簡牘學、古史等其它領域的研究，以下舉出幾本較重要的研究陳夢家與其論述的著作。

　　新詩方面，王俊義所著《論新月詩人陳夢家》〔註 17〕爲學位研究論文，目的在以詩歌創作探索他的詩學觀，補足中國現代詩歌領域的研究體系。

　　金文學方面，以陳婉欣《陳夢家金文學研究》〔註 18〕篇幅最爲完整。論文中討論陳夢家的分期斷代與分域方法，在金文學上具有的貢獻。另外，爲補足未有人研究陳夢家金文學的缺憾，故探討其全面的金文著作。最後，將重點著重於陳夢家金文學在中國文字發展史上的價值、在古代社會各方面研究的幫助、對於後世的影響爲何。

　　簡牘學方面，宋充恒《陳夢家漢簡研究述評》〔註 19〕爲學位論文研究，考

〔註16〕劉正：〈當日群雄誰泰斗──重讀陳夢家先生的《殷虛卜辭綜述》〉，《南方文物》，2013 年第 1 期。

〔註17〕王俊義：《論新月詩人陳夢家》，內蒙古師範大學中國現當代文學所碩士論文，指導教授：付中丁，2004 年。

〔註18〕陳婉欣：《陳夢家之金文學研究》，國立高雄師範大學國文學系碩士論文，指導教授：陳立，2010 年。

〔註19〕宋充恒：《陳夢家漢簡研究述評》，東北師範大學碩士論文，指導教授：王彥輝，2012 年。

述了陳夢家對漢代邊塞防禦體系、漢代烽燧制度、漢代奉例等所做的研究。王子今的單篇論文〈陳夢家與簡牘學〉〔註20〕，則概述陳夢家的簡牘學研究，以武威漢簡、居延漢簡等研究爲主，還評述了陳夢家的作品《漢簡綴述》，闡明其在早期漢簡研究上承先啓後的貢獻，是十分嚴謹的會議論文。李鋒敏的〈陳夢家先生河西歷史地理研究述評〉〔註21〕，認爲陳夢家將考古學理論與方法引入簡牘研究，以二重證據法將簡牘與傳世文獻做對比，考證歷史地理問題，體現了陳夢家的治學方法。

　　古史方面，馮時的〈陳夢家先生的年代學與尙書研究〉〔註22〕，提出陳夢家的治學特點：史料利用之科學全面、研究方法之審愼客觀。文章的主軸在古史年代學研究（周積年、商代月食年代、商代周祭、西周金文月象）與尙書研究。

〔註20〕 王子今：〈陳夢家與簡牘學〉，陳文豪主編《簡帛研究彙刊二》第二屆簡帛學術討論會論文集，台北：中國文化大學文學院，2004 年 5 月。

〔註21〕 李鋒敏：〈陳夢家先生河西歷史地理研究述評〉，《蘭州學刊》，2008 年第 6 期。

〔註22〕 馮時：〈陳夢家先生的年代學與尙書研究〉，《漢字文化》，2006 年 04 期。

第二章　陳夢家生平與治學述要

在民國建立的前一年，西元 1911 年 4 月，陳夢家出生於南京西城的一所神學院，祖籍浙江上虞縣上官鎮。除了著作《殷虛卜辭綜述》使陳夢家在當時的古文字學、考古學界為人所知以外，年少時也曾創作新詩，成為著名的新月派詩人之一。

如今，若我們要深入了解陳夢家的甲骨學研究，就必須先探討他的治學經歷，因為一位學者的治學經歷對其治學方法的影響是重大的；而治學歷程又不脫於平生經歷之外。為研究陳夢家生平背景對他治學的影響，本章欲先簡述陳夢家的生平與治學歷程，再進一步探討陳夢家的甲骨學研究方法。

第一節　陳夢家生平經歷與治學歷程

本節擬將分兩個段落呈現，先略述陳夢家的生平經歷，再以此探討他的治學歷程與特色。

一、陳夢家的生平

雖然只有短短的 55 年，陳夢家一生在學術上的成就卻豐富而多彩；除了本文所探討的甲骨學外，早年他學習法學、創作新詩，之後才開始研究古文字學與古史。陳夢家會開啓古文字與古史的研究道路，是因為對上古宗教史產生了興趣，又因為當時的出土文獻的發掘方興未艾，他對甲骨文、銅器銘

文、簡牘文字等等多有研究著述。以下分爲童少時期、青壯時期兩個段落簡述陳夢家生平。

（一）童少時期

1911 年，陳夢家出生於南京西城的一所神學院，共有十二個兄弟姊妹，排行第八，祖籍浙江上虞縣上官鎮〔註1〕。1921 年，轉入南京師範大學附屬小學，由在該校任教的三姊陳郇磐供讀。陳夢家的童年在上海、南京等等地方反覆遷徙，反映了當時代的動盪不安。

少年時期的陳夢家，開始了法學的學習和新詩的接觸與創作。1927 年夏季，以同等學歷〔註2〕考入南京國立第四中山大學（後改名「中央大學」法政科）結識該校任教的聞一多，開始創作新詩，詩從新月派。1928 年春季，在青島結識徐志摩，並因其推薦在《新月》發表處女作新詩〈那一晚〉，以「陳漫哉」爲筆名。1931 年 1 月，在上海新月書店出版《夢家詩集》；同年 7 月應徐志摩之邀赴上海天通庵，編選《新月詩集》。夏季，畢業於中央大學，並取得律師執照，從南京小營搬遷至市郊蘭家莊。1932 年 1 月，新月派刊物《詩刊》停辦。

年少的陳夢家，對山河變色的家國也有深深的責任感，一二八事變後隔日，從南京奔赴上海，參加蔣光鼐將軍的十九路軍對抗日本侵略軍的戰鬥，爲期一個月。1932 年 3 月，隨聞一多至青島大學任其助教，也與聞一多遊覽泰山。9 月，經燕京大學宗教學院劉廷芳教授介紹，短期入讀該學院，爲院長趙紫宸所重。1933 年初春，熱河戰役，再次赴往前線。3 月，日軍佔領熱河，陳夢家返回北平。9 月，至安徽蕪湖任廣益中學國文教員半年。

（二）青壯時期

陳夢家人生的分期可以從 1932 年他進入燕京大學宗教學院就讀談起，自此他的學術追求就從法學、新詩創作轉入宗教學，後又轉入上古文字、上古史的研究。1934 年 1 月到 1936 年，陳夢家在燕京大學研究院攻讀古文字學，師從容庚，也因此結識宗教學院院長趙紫宸之女趙蘿蕤。同年 1 月，上海開明書店

〔註1〕父親陳金鏞爲基督教神職人員，母親出身牧師家庭，皆爲虔誠基督教徒。兄弟姊妹均爲一母所生。

〔註2〕並未正規讀完中學。

出版他的《鐵馬集》，之後他便逐漸地不再積極從事新詩創作。1935 年 8 月開始編選《夢家存詩》，以作爲自己「七年寫詩的結帳」。1935 年也被考古學社吸收成爲第二期社員，結束詩人生涯開始學者身分，開始接觸殷周銅器實物。

1936 年 1 月，陳夢家與趙蘿蕤結婚，婚禮在燕京大學校長司徒雷登的辦公室舉行。9 月，獲碩士學位，並留在燕京大學中文系擔任助教。在聞一多的指導下，逐漸脫離現代詩壇，全力鑽研中國文字學、古文化史研究。此時，也開始著述一些古史研究的文章，如載於《燕京學報》第 19 期的〈古文字中之商周祭祀〉〔註3〕、載於《燕京學報》第 20 期的〈商代的神話與巫術〉〔註4〕。

在陳夢家學習古史的過程中，因爲他優秀的成就，使他得以開始在學校任教。1937 年，與聞一多等人一同前往安陽，參觀殷墟最後一次發掘。七七蘆溝橋事變後，經聞一多推薦，至長沙因抗戰而南遷的清華大學（當時爲臨時大學的一部份）擔任國文教員。1938 年春季，臨時大學遷至昆明，成爲西南聯大。1938 年春至 1944 年秋，在西南聯大主講古文字學、尚書通論等課程，且致力於古文字與古史研究，不久晉升爲副教授。1939 年，開始全面著手整理殷周銅器研究資料。應遷至昆明的北京圖書館約請，將袁同禮從國外帶回的銅器照片匯編爲《海外中國銅器圖錄》三集〔註5〕。1942 年 8 月在司家營清華大學文科研究所擔任研究工作。

1944 年對陳夢家來說是開始拓展視野的一年，他升任教授，秋季，經由費正清、金岳霖等教授介紹，赴美國芝加哥大學東方研究所講授中國古文字學。在美國的三年，他遍訪收藏青銅器的博物館、古董商、收藏家，觀察、拍照、紀錄所見的藏器。洛克斐勒基金會提供人類研究獎學金予陳夢家與趙蘿蕤夫婦，讓他們能夠在美國從事研究；此外，陳夢家對青銅器的研究也獲得哈佛燕京學社的資助。期間，他以英語撰寫發表〈中國銅器的藝術風格〉、〈周代的偉大〉、〈商代的文化〉等文章。1945 年，11 月 30 日在紐約舉行全美中國藝術學會第六次會上，以「中國青銅器的形制」爲題演講；同年商務印書館出版《西周年代考》、商務印書館《老子分釋》〔註6〕在重慶出版。1946

〔註3〕陳夢家：〈古文字中之商周祭祀〉，《燕京學報》第 19 期，1936 年 5 月。

〔註4〕陳夢家：〈商代的神話與巫術〉，《燕京學報》第 20 期，1936 年 12 月。

〔註5〕後（1946 年）因送印香港時遭日軍侵占，只出版了一集。

〔註6〕今所見多誤植爲《老子今釋》。

年7月，聞一多遭槍殺致死，11月陳夢家負責整理聞一多先生遺著文字學、古史部分；同年北平圖書館出版《海外中國銅器圖錄》第一集二冊，另外也出版了與芝加哥藝術館凱萊合編的《白金漢宮所藏中國銅器圖錄》。1947年，至加拿大安大略省博物館，收集並紀錄所藏安陽、洛陽兩地青銅器。同年8、9月，遊歷英國、法國、丹麥、荷蘭、瑞典〔註7〕等國，仍遍訪青銅器收藏者，爾後返回芝加哥。10月，謝絕美國羅氏基金會負責人留美定居的邀請，返回中國任清華大學教授，為學校購買許多文物而成立「文物陳列室」〔註8〕。

返回中國的陳夢家，懷抱著應對家國貢獻的熱愛，繼續他教學與研究的道路；只是他並不知道，劇烈變化中的新中國政治，會對他的人生造成什麼巨大的影響。1948年，陳夢家拒絕與國民黨同遷台灣。1949年，在清華大學新開設現代中國語言學的課程，開始以青銅器斷代的方法研究甲骨學斷代。1950年韓戰爆發後，中美聯繫中斷，使哈佛無法順利出版陳夢家的青銅器著作〔註9〕。1951年，「知識份子思想改造運動」開始，這是個對高知識份子檢討思想的政治運動，陳夢家的學歷、家庭背景自然使他被牽涉其中。1952年，高等校院調整後，陳夢家被調任至中國科學院考古所研究員〔註10〕。

1953年到1954年，陳夢家完成70萬餘字的《殷虛卜辭綜述》。1955～1956年在《考古學報》上分六期連載《西周銅器斷代》〔註11〕（後半段未連載完成）1956年以《殷虛卜辭綜述》的稿費在北京錢糧胡同購屋，一直居住到辭世前，又著手將過去海外蒐集的銅器資料匯編為《中國銅器綜錄》，原分編為五集，最後只完成北歐、美國、加拿大三集，英、法二集未完成〔註12〕。

1957年「百家爭鳴運動」、「反右運動」輪番上陣，陳夢家因發表〈慎重一

〔註7〕在漢學家高本漢的陪同下面見酷好中國文物的瑞典國王。

〔註8〕1948年4月開放。

〔註9〕爾後考古研究所仍以陳夢家的筆記出版了他在國外時整理的青銅器研究，以《美帝國主義劫掠的我國殷周銅器集錄》為題名，著者也不書陳夢家。書中應有的照片被擱置在哈佛，資料並不完整。

〔註10〕逝世前曾擔任中國科學院考古所學術委員會委員、《考古學報》編委、《考古通訊》副主編等職位。

〔註11〕以西南聯大時西周金文課程講稿為基礎編寫。

〔註12〕1962年被改題為《美帝國主義劫掠的我國殷周銅器集錄》出版。

點「改革」漢字）而被劃為右派，五年內禁止在國內發表任何文章〔註13〕。7月13日，陳夢家遭考古所反右派運動大會檢討。1958年年底，下放河南省洛陽白馬寺參加勞動改造。1959年7月，甘肅武威出土漢簡，陳夢家之後因為學術研究的需求，得到再次重回學術研究的新契機，科學出版社出版署名中國社科院考古所《居延漢簡甲編》，實際上由陳夢家主持整理。1960年，甘肅博物館請求考古所支援整理武威漢簡，陳夢家因夏鼐力薦得以重新開始學術工作，被中國科學院考古所派往蘭州，協助甘肅博物院整理武威出土漢簡（九篇《儀禮》），並進一步綴合、臨摹、撰寫釋文、撰寫〈校記〉、〈敘論〉等〔註14〕。1962年，《武威漢簡》定稿，負責《居延漢簡甲乙編》的編纂工作。同年，科學出版社出版《美帝國主義劫掠的我國殷周銅器集錄》，實為陳夢家的著作。

1963年1月，陳夢家被「右派摘帽」；同年4月，考古所委派陳夢家主持金文集成編纂工作。1965年，將所寫30萬餘文論文彙編為《漢簡綴述》；年底，計劃下一年度完成《西周銅器斷代》、《歷代度量衡研究》等論著的編寫。

1966年6月，「文化大革命」開始，陳夢家被指為反動學術權威，受林彪、四人幫等反革命修正主義路線迫害。8月被考古所批判、抄家。8月24日寫下遺書，並服用大量安眠藥自殺，但並未成功。9月3日再次自殺，因自縊而逝世〔註15〕。

二、陳夢家的治學歷程與特色

從陳夢家的成長與學習背景，我們可以聚焦他在學術上的學習與成就，分為兩個段落來敘述他的治學歷程與治學特色。

（一）治學歷程

陳夢家的治學歷程，可以從他的家庭背景開始追溯。因為出生在有神職背景的家庭，他的家庭在經濟上並不是十分窘迫，故而兄弟姊妹幾乎都有很高的

〔註13〕已在《考古》上發表一半的《西周銅器斷代》被迫停止發表。

〔註14〕收錄於1964年出版之《武威漢簡》。

〔註15〕另一說為陳夢家被打死後偽裝成自殺，其說可參考周永珍〈我的老師陳夢家〉，《歷史：理論與批評》第二期，2001年5月。

學歷，應該是家庭中勤學的風氣所致；因爲宗教信仰的關係，對西學的接受度也很高。陳夢家從小接受的宗教薰陶，最終致使他在學習過程中對上古宗教、上古史產生興趣。他曾在自述詩〈青的一段〉中自陳：

> 當我是嬰孩的時候一位老牧師爲我施洗／……在情緒上我不少受了
> 宗教的薰染／我愛自由平等與博愛／誠實與正直／這些好德性的養
> 成／多少是宗教的影響

宗教對陳夢家而言，除了影響學習興趣以外，也培育了深厚的道德涵養。

陳夢家進入大學時學習法學，並取得了律師的執照，然而，就連他的夫人趙蘿蕤也說過「但是他沒有當過一天律師〔註16〕」。很顯然他對法學的興趣，沒有對中國文學、宗教學、上古史來得高，但也不能說法學的訓練對他治學沒有任何的幫助，這個部份下一點將會略述。

16 歲就開始創作新詩的陳夢家，除了受到時代動盪的氛圍下，懷抱著浪漫主義與愛國主義的志向等因素影響以外；很重要的一點是受他的恩師聞一多、徐志摩等新月派詩人薰陶。新月派的特色是重視新詩的格律化、理性思維，再從中呈現出文學與藝術之美，雖然是文學創作，但內容並不是無的放矢或無病呻吟，這種規範周正了陳夢家年輕的情感，最終反映他在學術研究上的理性的那一面。

1932 年陳夢家進入燕京大學的宗教學院，從此以後他開始上古的宗教、文字、史學研究，前半生的法學與新詩創作再也沒有繼續成爲他人生的主旋律。關於這後半段的學思歷程，他自己在 1956 年回顧自己的治學道路時，曾說：

> 我於二十五年前因研究古代的宗教、神話、禮俗而治古文字學，由
> 於古文字學的研究而轉入古史的研究。〔註17〕

他的古代宗教、古文字學、古史研究等都是輾轉相連，不能各自分開獨立。也許陳夢家可以在其中一個學科的課題中深入研究，例如他研究了古文字學中的殷代甲骨文，也研究了周代銅器銘文、漢代簡牘文字，但是這些課題都不能與古代宗教或古史分開。可以說陳夢家後來學術研究，在各個領域之間，都是環環相扣的。而他也悠游、深入在學海之中，在一次次探索新領域中，尋找下一

〔註16〕趙蘿蕤：〈憶夢家〉，載於《新聞學史料》1979 年 03 期，頁 148。

〔註17〕周永珍：〈懷念陳夢家先生〉。

個治學興趣的新契機。

（二）治學特色

從陳夢家的治學歷程中，我們可以簡單歸納出兩個他治學上的特色，即「不拘於單一視野」、「按部就班地完成課題」，分述如下。

1. 不拘於單一視野

雖然陳夢家發揮他早慧的天份，可能未完成正規的中學教育，就越級考入南京中山大學的法政科，並且在 20 歲以前就完成出版了新詩的創作，在文學界展露頭角。但是這些早年的經歷都與他在後來考古學、古文字學、年代學、乃至上古史等等的研究，本質上具有不小的差異。只是人的過往經驗與學習歷程，必將影響他之後的研究成果與成就，我們可以說學問是累積而成的，即使以往所受到的教育訓練領域與如今有很大的不同，也必然會發揮它的影響力。在陳夢家身上，我們可以看見家庭信仰、時代背景對他的影響，使他在西學東漸的中國，產生出對中國上古宗教的濃厚興趣，而因此研究了上古文字與上古史。他早年所受的法學訓練，使他注重研究學問的邏輯性，在研究課題上，有分門別類、分點敘述的習慣；這個習慣使得他能夠集思廣益，使得單純的「甲骨文字」研究變為建立豐富的「甲骨學」學科，有時閱讀他的文章脈絡，也特別清楚。除了學習法學以外，陳夢家在新詩的成就上也不容小覷，文學的創作賦予詩人敏感與浪漫的靈魂，使得他在研究上古史的過程中，有時候發揮了直覺性或充滿了想像力。

我們可以說，雖然陳夢家早期缺乏傳統的小學訓練，但在他的努力自學之下，程度也不亞於其它當代學者。而恰恰是他這一缺乏，又有其它學科的學習當作累積，使他成為一個不侷限於單一視野、能形成自我風格的一位學者。

2. 按部就班地完成課題

陳夢家在不比他人長的一生中，之所以能留下那麼多的著述，拜他敏捷的學思與專注力所賜；很特別的是他的著書涉及那麼多學科，卻都能在這些學科上有突出的成就，這可能跟他總是要對一門學問研究透徹的治學習慣有關。網路文章潛行者的〈再談陳夢家以及其它〉中提到：

> 他在一個階段中往往只集中精力於一個領域甚至一個課題，將所有有關的材料一網打盡、竭澤而漁（據說他在書房裡擺著幾張大

書桌，這一段關心什麼問題，擺的都是相關的書籍資料，攤滿一桌子，這個課題結束，所有的書都撤掉，轉入下一個問題。研究銅器銘文，他才去讀《尚書》，研究溫縣盟書，他才去讀《左傳》，這種讀書方法也跟傳統「國學」為讀書而讀書的原則大相逕庭）。

〔註18〕

從這段文字，我們可以了解到陳夢家對深入一個學術課題的專注度，在一段時間內，他只盡心完成一個課題的研究，之後再進入下一個課題的研究，這樣按部就班地完成研究，是他著述多產的原因，也是他治學的一大特色。

　　陳夢家研究的學術課題十分廣泛，況且他所處的年代，地不愛寶，許多出土文獻一再被發掘出來，讓他有機會投入這些文獻的早期研究。即使他的學術研究並非長期浸淫在同一種方向，也因為他一段時間深研一件課題的治學特色，能深化他的研究成果。陳夢家許多的學術成就，至今仍能發揮他的價值與影響力，經得起時間的考驗。

　　探討過陳夢家的生平與治學歷程，下一節我們將進一步聚焦在他甲骨學上的研究方法。

第二節　陳夢家甲骨學的研究方法

　　70 萬餘字的《殷虛卜辭綜述》著作於 1953 年至 1954 年，歷時兩年，是陳夢家甲骨學研究的代表作。今日若想了解其研究甲骨學的方法，或進一步探討他治學的態度，不得不由此書入手。本節擬分為三個方面來探討陳夢家研究甲骨學的方法：其一，資料蒐整方面，分為「蒐羅較完備、全面性的甲骨資料」、「附錄完備的材料、書目以備讀者檢索」兩點敘述；其二，材料運用方面，分為「注意卜辭、文獻記載、考古材料的互相配合，以及卜辭內部的聯系」、「因為西周金文的啟發，從斷代學入手研究甲骨」兩點討論；其三，研究途徑方面，分為「歸納前人的著述為基礎研析」、「清楚的問題意識」、「在前人的基礎上進行學科總結」三點論述。經由此三方面的探析，期望能次序性地呈現陳夢家的甲骨學研究方法，也為一代學者的治學精神留下紀錄。

〔註18〕潛行者：〈再談陳夢家以及其它〉http://wangf.net/data/articles/b00/247.html

一、資料蒐整方面

　　資料蒐整是學科研究的初階，可以看出學者欲研究的主題與方向。陳夢家撰寫《綜述》時，在資料蒐整方面有兩個特性，可以《綜述》的前言中的說法加以分析：其一，蒐羅較完備、全面性的甲骨資料；其二，附錄完備的材料、書目以備讀者檢索。分述如下：

（一）蒐羅較完備、全面性的甲骨資料

　　陳夢家在《綜述》的〈前言〉中曾提及自己編寫的方式，是以編整資料為主的書寫的過程，他說：

> 將前人可以成立之說加以整理，根據現有的新材料加以補充和修
> 正，按照我們今日的理解對於甲骨刻辭的某些類別的材料加以解
> 釋。〔註19〕

由此我們可知，這種蒐整資料的方式，使得甲骨學科呈現了比較細緻的綱目，二十章的《綜述》章目便體現了這個成果〔註20〕。在學界，這個成果時常被譽為「百科全書式」的著作：

> 《殷虛卜辭綜述》除了具有甲骨學概論、甲骨學史的雙重意義外，還
> 重點研究了商代的宗教制度。……建構了現代甲骨學的學術體系和架
> 構，是甲骨學誕生以來第一部具有百科全書性質的研究專著。〔註21〕

因為《綜述》是甲骨文發現、蒐集、著錄、研究共 50 多年來一部集大成之作，將個別的「甲骨文」研究，匯集成豐富的「甲骨學」研究；除了跳脫甲骨文字的單純研究外，更使得「甲骨學」有了清晰的研究綱目。這種「百科全書式」的著作，充分地顯示出陳夢家在《綜述》中資料蒐羅的全面性，董作賓曾因而評論：「這樣可以說『獅子大張嘴』，一口吞下了我們估計的十萬片甲骨，而且完全消化乾淨了。」〔註22〕給予了相當正面的評價；不僅肯定它資料

〔註19〕陳夢家：《殷虛卜辭綜述·前言》，頁 9。

〔註20〕《綜述》目錄為：總論、文字、文法、斷代上與下、年代、曆法天象、方國地理、
　　　　政治區域、先公舊臣、先王先妣、廟號上與下、親屬、百官、農業及其它、宗教、
　　　　身分、總結、附錄。

〔註21〕劉正：〈當日群雄誰泰斗——重讀陳夢家先生的《殷虛卜辭綜述》〉，頁 34。

〔註22〕董作賓：《甲骨學六十年》，頁 140。

的齊全，更肯定了它消化資訊的功力。

我們可以從陳夢家在《綜述》搜索的甲骨資料中，衍伸出甲骨學研究方法的特殊性，如同王宇信在《建國以來甲骨文研究》中，闡述《綜述》的特色，其一是「蒐集了大量商代文獻史料」，他說：「不僅爲學習和研究甲骨文、商史的人提供了很多方便，而且就如何蒐集史料及研究方法上，也使後人受到很大教益。」〔註23〕其二爲「大量考古資料的使用」，他說：「這不僅豐富了我們對商代歷史文化的認識，也加深了我們對殷商考古學在甲骨文和商史研究中重要意義的認識。」〔註24〕王宇信的說法使我們注意到，《綜述》的甲骨資料蒐集，還可分爲文獻、考古兩個方面；這樣蒐整資料的著重方式也許受了王國維「二重證據法」的影響，結合考古學更是使其由「甲骨文」發展爲「甲骨學」的重要指標，讓人文學更進一步成爲人文科學。具體來說，就是將甲骨文深入研究後，成爲商史的佐證。

然而，即使蒐備了完整的資料，也存在一些問題。作者曾自言《綜述》完成後存在一些缺點：「在引用各家之說時，未能詳盡，只注明出處，所以惟有請讀者自去檢閱。又對諸家之說，抉擇取捨之處未必盡當；而我自己立說往往游移不定。」〔註25〕〔註26〕大量的資料顯示出去蕪存菁的困難，然而《綜述》一書的內容，即是整理 50 年來甲骨學發展的成就，無論如今看來當時論點是否皆爲正確，在學說資料的完備上已是瑕不掩瑜。

（二）附錄完備的材料、書目以備讀者檢索

除了在著書過程中，以完備各家說法的方式來立己一說外，陳夢家在蒐整資料時，也注重附錄資料的整理。《綜述》的附錄包羅萬象，共計：有關甲骨材料的記載、甲骨論著簡目、甲骨著錄簡表三大項目；王宇信稱這些「有意義的附錄」〔註27〕爲其成書特色之一。所謂「有意義的附錄」，概指附錄當

〔註23〕王宇信：《建國以來甲骨文研究》，頁 67。

〔註24〕王宇信：《建國以來甲骨文研究》，頁 67。

〔註25〕陳夢家：《殷虛卜辭綜述‧校后附記》，頁 674。

〔註26〕對於陳夢家這段自謙之詞，裘錫圭在〈評《殷虛卜辭綜述》〉中曾說過「這是符合實際的，並非故作謙虛之言。」但仍對於全書的價值，給予一定的肯定。（裘錫圭《文史叢稿》，頁 213）

〔註27〕王宇信：《建國以來甲骨文研究》，頁 67～68。

中呈現了某些甲骨研究議題，如甲骨材料的記載中提到「庫方甲骨卜辭的僞刻部分」，涉及辨僞問題；又如王懿榮、孟定生、劉鶚、羅振玉蒐求甲骨過程的紀錄，留下了可供未來研究甲骨學史的課題。甲骨論著目錄與著錄簡表的整理，除了可從而探知《綜述》的資料來源之外，更提供後學研究甲骨學時可運用的既有材料。

　　然而這樣的材料呈現也曾經備受抨擊，李學勤在〈評陳夢家殷墟卜辭綜述〉中曾論及：

> 陳夢家在綜述中竭力鼓吹自己，即以第二十章中〈甲骨論著簡目〉
> 而論，不少論著沒有收入，卻收錄了他自己全部的文章。這裡面有
> 一些內容早已陳舊過時，在綜述中也已加以否定；有一些是未成文
> 的稿本；有一些是本書的一部份，更應刪除不載。〔註28〕

李學勤這篇文章著作時有其特別的時代背景，如今我們能以比較客觀的角度看待這些缺失，也能據此明白陳夢家編著〈甲骨論著簡目〉（以下簡稱〈簡目〉）時的依據。首先，收錄了自己曾寫過的全部著作，可以明白他編著的方式爲「列出所有可見的甲骨論著」，而不透過自己的觀點去蕪存菁，目的在提供讀者完備的檢索資料。再者，既然題爲〈簡目〉，就是自知有不夠完備之處；甲骨的發掘時值國家戰亂、社會動盪，許多研究文獻的散佚不存，出版通訊的不發達，亦是與如今大有不同。爾後甲骨學論著目錄的出版，自是後出轉精，當時陳夢家《綜述》附錄中的〈簡目〉，也爲這一學科的目錄學起了示範作用。

　　陳夢家在《綜述‧前言》中提過：「過去所已發表的一些單篇，有很多不成熟與錯誤之處，均因本書的印行而作廢。」〔註29〕可以知道他治學時也有檢討改進的部分，至於〈簡目〉中被李學勤評爲應刪除不載的部分，實際上是爲了因應目錄存載的完整性，而依舊整理羅列，與他前說的研究方法沒有牴觸之處。

　　由以上這兩個特性，可以知道《綜述》的研究有較豐富而完整的資料性，陳夢家在資料蒐整方面的研究方法，是較於全整呈現，而非減縮精華；也使用較大量的文獻資料來呈現研究的成果。

〔註28〕李學勤：〈評陳夢家《殷虛卜辭綜述》〉，頁128。

〔註29〕陳夢家：《殷虛卜辭綜述‧前言》，頁9。

二、材料運用方面

　　材料運用是以資料蒐整爲基礎，加以分析的過程。陳夢家《綜述》在材料運用方面的研究特色有二：其一，注意卜辭、文獻記載、考古材料的互相配合，以及卜辭內部的聯繫；其二，因爲西周金文的啓發，從斷代學入手研究甲骨。分述如下：

（一）注意卜辭、文獻記載、考古材料的互相配合

　　關於甲骨研究中材料運用的部份，陳夢家曾在《綜述·前言》中自陳：

> 作此書時，曾時常注意到兩件事：一是卜辭、文獻記載和考古材料
> 的互相結合；一是卜辭本身內部的聯系。〔註30〕

就研究主題與其它相關材料的對應上，除了注重卜辭與外緣的文獻資料、考古材料之間的聯繫；也注意到卜辭內緣中與其它卜辭之間的聯繫。這裡點出了他研究方法上的鉅細。

　　卜辭本身既爲文獻資料，也是考古資料，所以作爲研究主題，與文獻資料、考古發掘的材料相互配合運用，是在研究時最精確的方向，也是王國維「二重證據法」的體現。如前段所述，這是陳夢家《綜述》將甲骨文推向甲骨學的研究成果；材料蒐集之後，加以分析運用，誠如李學勤對《綜述》的評論：

> 全書的開端不僅敘述殷墟及甲骨文的發現，而且廣泛輯集了各個時
> 代、各種文化卜骨的出土紀錄，使殷墟甲骨的出現有著考古學上的
> 歷史背景，是其它學者很少注意到的。陳夢家先生特別注意運用考
> 古類型學、層位學方法，在甲骨學分組、分期方面建立了自己的系
> 統。〔註31〕

考古類型學、層位學等研究方法的加入，使得甲骨跳脫只對文字的研究，而得與其它學科跨領域整合，成爲更具說服力的學說。

　　陳夢家提到卜辭內部的系聯，從《綜述》的甲骨斷代成果中能觀察到要點。斷代的方法以「貞人」爲主要的依據，加以分組分期，再加上其它考量的標準：卜辭中的人物、稱謂、事類、方國、字形、書體等；這些分類方法使卜辭與卜辭之間建立了關聯性，不再只是散佚、無關聯的占卜資料，這便

〔註30〕陳夢家：《殷虛卜辭綜述·前言》，頁9。

〔註31〕李學勤：〈學術的綜合和創新——紀念陳夢家先生〉，頁83。

是何以陳夢家認爲卜辭間的系聯，在甲骨研究方法上佔重要地位的原因。

（二）西周金文的啟發，從斷代學入手研究甲骨

　　《綜述》的材料運用方面，與西周金文間的相互對照，也是特色之一。這自然與陳夢家的學思歷程相關，研究過銅器銘文的學者，再進一步探索更早的甲骨刻辭，便有一個可以對應的歷史可循，他說：「爲了使卜辭所反映的殷代社會更爲顯著起見，在某些地方特別引述了西周的材料以資對照。」〔註 32〕這種以其它學科來對應研究的治學方法，陳夢家不只運用過一次，他畢生所研究的上古史中甲骨文、銅器銘文、簡册文字等領域，都能互相比對研究。對此，馮時曾評論：

> 陳夢家先生的治學具有兩個突出特點：其一，史料利用之科學全
> 面；……。史料之科學在於他充分立足於出土文獻，而史料之全面又
> 在於他將甲骨文、金文及簡册資料融會貫通，相互印證闡發。〔註33〕

學科間彼此參照、融會貫通，更能凸顯出陳夢家的甲骨學研究，在歷史脈絡上的特殊性。陳夢家對銅器銘文的斷代研究在甲骨文之前，此後在他審慎地去思考甲骨研究的課題時，自然也以斷代的作爲研究的靈感，對此，王世民提到：

> 由於幾年來從事銅器斷代工作的體驗，使他深感對甲骨文同樣需要
> 從斷代入手，重新進行全面的系統研究。於是從 1949 年開始，陳夢
> 家利用課餘時間寫了〈甲骨斷代學〉四篇。〔註34〕

這種研究的視角，陳夢家也曾在《綜述·前言》中提及〔註 35〕，可知陳夢家所治甲骨學中，其斷代的成果是不得不提的重要貢獻。

　　西周銅器斷代的研究方式，啓發了陳夢家的甲骨斷代學，成爲他在甲骨學研究中最別出心裁的研究方法，也是最大的創見；王宇信曾評論：

〔註32〕陳夢家：《殷虛卜辭綜述·前言》，頁9。

〔註33〕馮時：〈陳夢家先生的年代學與《尚書》研究〉，頁88。

〔註34〕王世民：〈陳夢家〉，陳清泉編《中國史學家評傳》，頁1693。

〔註35〕《殷虛卜辭綜述·前言》：「作者在 1932 年起從事甲骨研究之時，曾經片面的注重
　　　於文字的分析與尋求卜辭中的禮俗。後來因爲作完了銅器斷代的工作，才覺得應
　　　從斷代著手、全面的研究卜辭。遂於 1949 年起寫了甲骨斷代學四篇，這四篇已經
　　　發表，其大部分稍經刪改後併入本書之內。」

> 陳夢家最早提出了貞人『分組』說，是他對甲骨學研究的重大貢獻，
> 即武丁期貞人分爲賓組、午組、子組、𠂤組，祖庚祖甲時貞人稱爲出
> 組等。陳夢家的貞人分組對今天學者的斷代研究新方案仍起重大影
> 響，可以說，是分期斷代『兩系說』的起點。〔註36〕

由王宇信的評論可知，陳夢家研究甲骨學斷代，主要以貞人分組的方式來形
成整個系統，決定卜人時代的具體作法有四：1. 由同組卜人的稱謂定其時代
2. 由特殊刻辭的簽署定其時代 3. 由卜辭內所記述的人物事類定其時代 4. 由
字體文例等定其時代。〔註37〕由這些具體的做法中，我們能夠知道他次要的斷
代標準即是稱謂、記事刻辭、人物、事類、字體、文例。首先條件由貞人分
組斷代，是一個快速的分組方法，使商代細部的歷史事件更具體清晰，從而
建立了更加可信的上古史。這是陳夢家在董作賓〈甲骨斷代研究例〉的「斷
代十項標準」後，使甲骨斷代學更進一步發展的成果，這個具體的成果誠如
王宇信所說：陳夢家先生關於午組、子組、𠂤組卜辭命名的提出和考證其爲武
丁時代，也爲長期困擾學界的『文武丁卜辭』之謎的討論作出了貢獻。〔註38〕
由於西周銅器斷代的緣故，而使陳夢家重視甲骨斷代學，最後具體解決一些
甲骨學中商史論證的問題，是他甲骨學研究中最具有系統性的創見。

陳夢家在甲骨學斷代時也使用了西周銅器中「類型學」的概念，銅器斷代
的類型學乃指文物上的形制、紋飾等，誠如劉慶柱評說：「先生在商周青銅器研
究中，是較早使用考古類型學方法的學者，他的青銅器形制與紋飾的研究深度
與廣度，開創了這一領域學術研究的新時代。」〔註39〕陳夢家在甲骨學的「類
型學」中主要是運用字體演變、記事刻辭形式等方法來斷代甲骨，這也是他甲
骨學研究方法中，受西周銅器斷代影響之處。

從以上兩點我們可以看出，完整資料蒐整對材料運用的影響性；而甲骨學
是擁有十分龐雜多角的科目，觸類旁通對其研究相當有幫助。陳夢家研究學問
時對單一主題專注，卻又時常能援引其它學科的特性相互輔助；所以他的甲骨
研究在材料運用方法上是博學而有彈性的。

〔註36〕王宇信：〈陳夢家先生對甲骨學的貢獻〉，頁85。

〔註37〕陳夢家：《殷虛卜辭綜述》，頁173。

〔註38〕王宇信：〈陳夢家先生對甲骨學的貢獻〉，頁85。

〔註39〕劉慶柱：〈紀念陳夢家先生學術座談會開幕詞〉，《漢字文化》，2006 年 04 期，頁
　　　　80。

三、研究途徑方面

研究途徑是陳夢家在甲骨學研究方法上，總結了資料蒐整與材料運用，而具體成就學問的步驟，可分為三個要點：其一，歸納前人的著述為基礎研析；其二，清楚的問題意識；其三，在前人的基礎上進行學科總結。分述如下：

（一）歸納前人的著述為基礎研析

一般熟知的研究途徑有二：其一為演繹法（Deduction），即「由已知部分透過邏輯推知未知部分」；其二為歸納法（Induction），即「將所有已知部分累積到完整」。陳夢家《綜述》的研究方法近於歸納法，是將所以前人已知的學說作為研究甲骨學的基礎，他說：

> 將前人可以成立之說加以整理，根據現有的新材料加以補充和修
> 正……。我們稱此書為『綜述』者，是綜合了前人近人的各種可採取
> 的說法，綜合地敘述甲骨刻辭中的各種內容。希望它對於研究甲骨學
> 的和研究古代社會歷史的，可以有一些參考和檢查的用處。〔註40〕

由此段敘述，除了明白陳夢家以「綜合前人所說」的方法來敘述所研究的甲骨學外，也理解到其著書的目的在於研究古代社會歷史，也就是上古史。歸納法的研究性質是較「實證性」（positive）的，並不先以自身洞見成立一個假說，而是由可知的龐大資料，去整理出一個合理的說法，是一種比較務實的研究方法。然而，這樣的研究途徑也有它的侷限性，李學勤曾評論說：

> 《殷墟卜辭綜述》最主要的缺點是作者對殷代社會性質及其發展途
> 徑沒有明確的認識，因而書中只羅列了龐雜的現象，不能提高到理
> 論的階段，同時對若干現象也不能有滿意的解釋，這和馬列主義的
> 歷史科學相距是很遠的。但本書既要綜述卜辭的各種內容，就不得
> 不涉及有關殷代社會經濟的問題，如第十八章身分和第十六章農業
> 及其它。上述缺點在這些章節表現最為明顯。〔註41〕

所謂「不能提高到理論的階段」，可能就是歸納法本身較容易有的缺失。如今我們以比較客觀的角度解析《綜述》，可以明白它的價值在於提供豐富的甲骨

〔註40〕陳夢家：《殷虛卜辭綜述・前言》，頁9。

〔註41〕李學勤：〈評陳夢家《殷虛卜辭綜述》〉，頁110。

研究資料，雖然羅列的內容龐雜，但也爲甲骨學史與當時的辯證思維，留下了足夠的紀錄。相較於時人都從同一理論（馬列主義的歷史科學論）來演繹各種學說，這樣務實性質的研究方式，反而留下了珍貴的資訊，豐沛了學問的生命；可以說《綜述》研究方法所存在的缺陷，恰巧也是它的特色，而如今看來，這些問題是瑕不掩瑜。即使連陳夢家自己，也在完成《綜述》後，自述過這本著作的一些缺點：「對於作爲殷代史料的卜辭，雖已分類敘述，並略加分析，然未能進一步據此探究殷代社會的性質。此書所載，多爲材料的排比與整理而已。」〔註42〕雖然作者也很明白這種研究方法的侷限性，但是存在取捨與成書性質的問題，我們了解到《綜述》一書的性質，以完備資料來歸納說法，是最適合的研究方法，便凸顯了它在甲骨學史上的價值。而對殷代社會性質研究的不足，則可以視爲原始材料與進一步社會理論研究之間的過渡橋樑，其缺陷也能成爲可取之處。

關於《綜述》歸納性研究的價值，王世民曾如此評說：

> 雖然，這部書並沒有從理論的高度進行殷代社會性質的深入探討，但它的可貴之處在於以實事求是的治學態度，認真地總結了甲骨文研究和有關考古發現的客觀情況，既可供專門研究者參考，又能爲初學者指點門徑，因而在國內外學術界有較大影響，爲甲骨學的普及和提高發揮了積極作用。〔註43〕

從陳夢家的研究方法，也能探討出學人的治學態度，這種實事求是的驗證方法，當爲甲骨學在基礎探索時的不二法門。

（二）清楚的問題意識

雖然陳夢家的《綜述》是以前人的研究成果作爲基礎，但由於他特殊的求學歷程〔註44〕，又因此與傳統學人的學術考據方法有區別。即使是累積了資料作探討，他也能從龐雜的訊息中，釐出一個清楚的問題意識，之所以能將甲骨文的片面文字，提高到甲骨學的研究，也是因爲這樣宏觀的眼光。他自己曾說：

〔註42〕陳夢家：《殷虛卜辭綜述・校后附記》，頁 674。

〔註43〕王世民：〈陳夢家〉收錄於陳清泉編《中國史學家評傳》，頁 1696。

〔註44〕陳夢家大學畢業於中央法學系，並非由傳統國學、考據學訓練下的學者；他最早是對上古歷史感到興趣，最後轉而研究上古文字。

「作者在 1932 年起從事甲骨研究之時，曾經片面的注重於文字的分析與尋求卜辭中的禮俗。後來因爲作完了銅器斷代的工作，才覺得應從斷代著手、全面的研究卜辭。」〔註45〕斷代研究的部分，成爲陳夢家研究甲骨學重要的問題意識，因此，他的甲骨學研究長處並非在於札實的文獻考據，不爲了解決個別問題、考釋個別文字爲標的，而是一種從歷史脈絡中觀察到的基本框架，形成他獨特的洞見力。即使有時候推論過程有誤，也可能因爲這樣的洞見力出現正確的結果。

　　即使建立了清楚的問題意識，例如以分組斷代的方式爲研究甲骨學的重點，陳夢家的古史研究方法和條件也不是亂無標準，對此，他曾說：

> 除了方法是最主要的以外，工具和資料是研究古史的首要條件。在工具方面，沒有小學的訓練就無法讀通古書，無法利用古器物上的銘文；沒有版本學和古器物學的知識就無從斷定我們所採用的書本和器物的年代；沒有年代學、曆法和古地理作骨架，史實將無從附麗。〔註46〕

可見得作者雖然具有非傳統訓練下的洞見力，但還是認爲基礎的小學訓練十分重要，因爲這些背景知識成爲了研究最主要的依據，而這個研究應該是務實可證、非天馬行空的想像，才可能成就可信的上古史。

（三）在前人的基礎上進行學科總結

　　談到陳夢家《綜述》的研究成果時，不得不提王宇信的一段概括性結語：

> 如果說百年來甲骨學研究所以取得今天的輝煌成就，在『草創時期』（1899～1928）是『四堂奠基』（羅雪堂、王觀堂、郭鼎堂、董彥堂）的話，那麼在 1949 年以後的『繼續發展時期』，應是『五老弘揚』了。陳老（夢家）、唐老（立庵）、商老（錫永）、于老（思泊）、胡老（厚宣）等學者，在『甲骨四堂』研究的基礎上，把甲骨學研究推向了一個新的高峰。〔註47〕

陳夢家的甲骨學研究便是在前人的基礎上，進行一個學科總結的段落。王宇信

〔註45〕陳夢家：《殷虛卜辭綜述・前言》，頁9。

〔註46〕陳夢家：《尚書通論・初版序》。

〔註47〕王宇信：〈陳夢家先生對甲骨學的貢獻〉，頁83。

將百年甲骨學研究的成就分爲：草創時期、繼續發展時期、深入研究時期，而陳夢家在「繼續發展時期」中，起了總結學科的作用，鞏固了當時甲骨學再繼續深入研究的基礎。然而，總結的意義並非在於結束，而是以此做爲再出發的起點：

> 總結是爲了前進。在甲骨學發展的不同階段，都有學者認眞總結已
> 經取得的成就，指出研究中需加強探索的問題並指出研究方向，從
> 而使研究者能『以最前進的一線爲起點而再前進』。〔註48〕

學問的探索是沒有窮盡的，永遠有後出轉精的可能，持正確的治學態度和方法，都有機會站在巨人的肩膀上看得更遠。

1999 年李學勤發表〈甲骨學的七個課題〉，提出在甲骨學中：文字研究、卜法文例研究、綴合排譜研究、禮制研究、地理研究、非王卜辭研究、西周甲骨研究等，仍有許多可以深入、尚待研究的問題。1999 年距離《綜述》成書的1954 年又將近半個世紀，甲骨學研究這個發展一個世紀的新興學科，卻仍有許多未知的爭論、未解的謎團。而陳夢家的甲骨學研究，呈現了當時學人的總結研究，又因爲他洞見的歷史觀，而有了更進一步的成就。如今我們應該在歷史脈絡中去重視這個階段的研究結果，並重新學習、檢視、思考，成爲未來進步的動力。以下以王宇信評論甲骨研究的一段話，作爲此段的小結：

> 經過學者們幾十年的努力，甲骨文和商史的研究取得了很大的進
> 展。三百多名甲骨學者在他們所寫的近九百種論著中，提出和解決
> 了不少重大問題。將散見於九百多種論著中的甲骨學和商史研究的
> 科學成果加以去粗取精的全面整理和提高，以供後人借鑑、參考，
> 是將這門新興學科大大推向前進的需要〔註49〕

以上幾點可以看出資料蒐整與材料運用，在陳夢家甲骨學研究方法上的影響；可貴的是，除了前人累積的學問外，陳夢家更能在其中理出自己的眞知灼見，爲甲骨學的基礎與再發展，做出總結性的貢獻。

陳婉欣認爲陳夢家研究的態度可以概括爲：全面性、系統性、順序性。

〔註48〕王宇信：〈陳夢家先生對甲骨學的貢獻〉，頁85。

〔註49〕王宇信：《建國以來甲骨文研究》，頁65～66。

〔註 50〕這裡的研究態度是泛指陳夢家對所有學科的研究方法，無論是甲骨學、金文學、簡牘文字學、上古史，他在短時間內將資料蒐齊，廣泛地閱讀，再從裡面去蕪存菁，發表自己的卓見；完成一個學科的總結後，再接觸下一個學科。如今我們看待陳夢家甲骨學的研究方法，也追隨他研究的腳步，呈現一種順序性：從《綜述》資料蒐整的方法，到材料運用的過程，最後是研究途徑的具體呈現。

　　跟著陳夢家研究甲骨學方法的步驟，更可貴的是也一步步探索到他的治學態度，以務實的歸納法、札實的小學訓練、廣泛的學科接觸、卓越的史觀洞見與整合，來完成一個系統性的學科研究。

〔註 50〕陳婉欣：《陳夢家金文學研究》，頁 16～17。

第三章　《殷虛卜辭綜述》甲骨學析論

　　《殷虛卜辭綜述》一書共 70 萬餘字，二十個章節，分別是：總論、文字、文法、斷代（上、下）、年代、曆法天象、方國地理、政治區域、先公舊臣、先王先妣、廟號（上、下）、親屬、百官、農業及其它、宗教、身分、總結、附錄等章。我們可以將《綜述》的二十章分爲兩大部分，即甲骨學、殷商史。本章擬就陳夢家建立的甲骨學體系裡，去統整分析出其中的重點、利弊及特色，依照所有章節性質，分爲五小節，再加以結論，章節的分配可整理爲表格如下：

本論文章節		分　類	《綜述》中的章節
第三章 甲骨學	第一節	甲骨學基礎	總論、文字、文法
	第二節	甲骨學斷代與年代	斷代上、斷代下、年代
第四章 殷商史	第一節	商代天文地理與政治文化	曆法天象、方國地理、政治區域、百官、身分
	第二節	商代宗教與祭祀	先公舊臣、先王先妣、廟號上、廟號下、親屬、宗教
	第三節	商代農業及民生活動	農業及其它、總結、附錄
	第四節	小結	全

　　析論的方式將以依照原本的章節作重點式的整理，並於行文中將其問題與討論提點出來，最後再爲分類做出小結。

第一節　甲骨學基礎

　　《殷虛卜辭綜述》中的甲骨學基礎的討論，集中在第一章總論、第二章文字、第三章文法中，爲清楚它們所討論的內容與架構，將此三章的章節標題表列如下。

第一章　總論	甲骨的發現、鑑定與蒐集
	甲骨的種屬及採用的部分
	甲骨的整治與書刻
	甲骨出土地的確定與展延
	「殷虛」所甲骨包含的年代
	安陽發掘與甲骨銅器出土地區
	甲骨刻辭的內容與其它銘辭
	甲骨的保存及其公布
	甲骨刻辭研究的經過
第二章　文字	甲骨文字的初期審釋
	甲骨字彙的編制及其內容
	考釋甲骨文字的方法
	甲骨文字和漢字的構造
第三章　文法	卜雨之辭
	詞位的分析——名詞
	單位詞
	代詞
	動詞
	狀詞
	數詞
	指詞
	關係詞
	助動詞
	句形
	結語

　　陳夢家在《綜述》裡講述的甲骨學基礎，重點內容在甲骨出土與它的性質問題，以及刻辭基本的文字、文法討論。本節擬以析論方式呈現《綜述》甲骨學基礎各章中的重點，再以前人研究看法，討論它的貢獻，與商榷其中問題。

一、《綜述》甲骨學基礎析論

（一）總　論

《綜述》第一章總論共九小節，主要是敘述甲骨由發現到研究，以及考訂它確切時代的過程，依照各小節要點分述如下：

1. 甲骨的發現、鑑定與蒐集

甲骨的發現，正值於鴉片戰爭發生的十九世紀後半葉。最先注意到考古的學者是當時的官僚與退休官僚、地主，其中也有些有創見性的鑑別與研究。只是在骨董商與富豪、文化侵略者的私自挖掘盜墓行為下，破壞了許多古墓地層；陳夢家在此的說解，大抵表示了之後科學研究考古地層的困難之處。

因為時代背景的轉變，使得甲骨出土後的考訂，適時地與研究環境發生良好的互動，陳夢家觀察到是因為十九世紀後半古物出現，與之前研究有不同特性：

（1）古物範圍擴大，北宋的金石學以銅器與石刻為主，此時被歸入古器物學，不能包含所有古物。

（2）品類專門化，原本在金石範圍內的古物發展成各自的學門。

（3）數量與內容的豐富，自阮元開收藏研究之風後，私人收藏與發表遠超過宋代著錄。

（4）器物銘文與文字學歷史學的系聯，承接乾嘉時期以來的小學發展，以文字發展條例與古代歷史制度的新資料來考古。

（5）石印術與照相術的輸入，突破拓本的限制，增加研究與刊印的方便。〔註1〕

以上為敘述殷虛甲骨發現之時的背景因素，對於小屯殷虛甲骨發現過程的資料處理，陳夢家不完全是從他人的經驗中整理出二手訊息，而是自己曾經作過實際的田野調查。他在 1953 年曾到過小屯，訪問到李成的兒子李全福與何金生（何三），提到山東濰縣的范姓估人，在 1898～1899 年之間向李成收購帶字甲骨。〔註2〕當時村人最早開挖的地方是小屯村北「劉家二十畝地」。

〔註 1〕陳夢家：《綜述》，頁 1～2。

〔註 2〕陳夢家：《綜述》，頁 2。

至於甲骨廣爲人知的年月，陳夢家認爲有兩說：一說光緒是 25 年（公元 1899 年），劉鶚《鐵雲藏龜》、羅振玉《殷墟書契》持此說法；一說是光緒 24 年（公元 1898 年），王國維、汐翁、王襄等持此說法。陳夢家認爲此二年都不能說爲甲骨出土年，因爲在此之前農民就常常刨地得甲骨，羅振常 1911 年的《洹洛訪古記》提到：「此地埋藏龜骨前三十餘年已發現，不自今日始也。」陳夢家應該是認爲，依羅振常所說，則甲骨具體的出土年間並不可考；但若說起甲骨廣爲人知的年月，他認爲要採取 1899 年王懿榮賞識並蒐購帶字甲骨開始，故王懿榮爲收藏與鑑定甲骨的第一人。爾後八國聯軍戰爭爆發，王懿榮自盡，所收藏甲骨歸於劉鶚。1903 年劉鶚《鐵雲藏龜》出版，成爲甲骨刻辭的第一本著錄，甲骨文字才廣泛爲世人所見，成爲研究資料。

陳夢家對甲骨發現的過程說明，很有洞見，不含糊地去說誰人第一個發現甲骨，而是知道這樣的結果有一個過程；就如同文字的創造也有一個發展過程，若說倉頡一人造字，並不符合文字實際的發展過程，所以甲骨也不是在一時一地被某人挖掘出來，就能知道它的性質並開始研究。陳夢家認爲甲骨從發現的時空到廣爲人知的年月，要分開來敘述，是一個科學性的想法；況且他特別注重在當地實際考查的一手資料，除了他自己到該地訪問外，所引用的資料也是羅振常《洹洛訪古記》，該書也是在出土地的一手考察資料。

在甲骨的蒐集上，早期甲骨的出土地，因爲古董商人爲壟斷市場而不明，羅振玉 1908 年考證甲骨出土地是安陽小屯〔註3〕，1909〜1911 年先後派人去安陽蒐求甲骨與同出古物，1913 年印出著錄《殷墟書契前編》。陳夢家認爲羅振玉的蒐集與著錄，是早期甲骨蒐集史上最重要的成果之一。

2. 甲骨的種類及採用的部分

除了甲骨的應用性質，陳夢家也注重它的材料來源，所以說陳夢家建立的不只是甲骨文字研究，更是細緻到各種甲骨相關的問題，來構築「甲骨學」的完整體系。透過甲骨的種類確定、所採用部分，我們甚至有機會窺見殷人文化中信仰的特色。〔註4〕

甲骨包含刻字、不刻字的卜甲與卜骨，通常所說的甲骨，是指刻卜辭的帶

〔註3〕羅振玉將考證過程撰寫在 1910 年出版的《殷商貞卜文字考》。

〔註4〕如認爲銅器裡的亞形與烏龜腹甲的形狀類似，體現了殷人四方的世界觀。

字卜甲與卜骨。討論卜用甲骨是龜甲和牛骨的哪個部分，也就是何種部位被採用。牛骨起初被誤認成其它獸骨或牛的其它部位，之後羅振玉考證正確，始知是牛的肩胛骨。〔註5〕陳夢家以爲起初牛骨的部位的考訂，會造成爭議是因爲：

> 由於牛胛骨本身的構造的厚薄度，出土後骨臼與骨條常常分裂開
> 來，而邊緣部分因爲有一道捲起的厚邊，並因其背面近處的一道直
> 立脊被削去之故，故容易裂爲長條形，由此誤會爲剖而用之的脛骨。
> 〔註6〕

很細緻地觀察到，因爲卜骨的骨臼部分容易斷裂，所以初期曾被誤會爲牛的脛骨。關於龜甲、牛肩胛骨以外的其它種屬，有象骨、鹿骨、牛肋骨等說，陳夢家則引用羅振玉、王襄、董作賓、李濟等人的看法，最後總結：

> 象骨只是一種推測，而卜用鹿骨不但在安陽而且在其它地區也有發
> 現。不過安陽出土的，雖有鹿頭刻辭和鹿角刻辭，卻不能指定哪一
> 塊有卜辭的是鹿肩胛骨。〔註7〕

爲解決殷虛卜骨的種屬問題，陳夢家請教古生物學家楊鍾健〔註8〕，得到幾個回覆：

（1）出土殘缺的肩胛骨，須個別判斷爲哪種動物，鹿馬豬羊牛都有。

（2）碎裂的肋骨很難判斷爲何種動物屬別。

（3）牛骨包括兩種牛：牛 Bos exiguus、聖水牛 Bubalus Mephistopheles Hopw

爲了瞭解殷虛採用牛骨、龜甲的原因，陳夢家還探討了中國其它地方少數民族的占卜習俗，主要從文獻記載中整理出來，有羊骨卜、牛骨卜、鹿骨卜、豬骨卜四種，最後他認爲這些不同種屬材料的使用乃由於取得因素：凡此不同的材料，與當時不同的民族食用的不同的獸類有著一定的關係。〔註9〕

〔註5〕羅振玉仍保留了牛的脛骨的錯誤說法。

〔註6〕陳夢家：《綜述》，頁4。

〔註7〕陳夢家：《綜述》，頁5。

〔註8〕楊鍾健於1953年的回覆。

〔註9〕陳夢家：《綜述》，頁6。

關於牛肋骨刻辭的討論，陳夢家認爲殷代沒有以牛肋骨做占卜的現象，所出土的牛肋骨多爲習刻，或少數爲記事刻辭。

早年的收藏家很少得到完整的龜甲，可能由於盜掘時的打亂，出土後的分散出售等原因，所以分碎的龜片不容易辨別是屬於龜殼的哪個部分（背甲或腹甲）。

羅振玉考證龜甲時皆認爲是腹甲，是受古籍記載說法的引導，陳夢家舉出《殷曆譜》中背甲的使用，當中都是帝乙、帝辛時代的背甲；並舉出了幾次科學發掘所出的背甲，有武丁、廩辛時期的同出甲骨，YH127坑的改製後背甲，陳夢家據石璋如的描述認爲：這種鞋底形的改製背甲有一個不小的穿孔，可知連系若干背甲穿扎起來，可能就是「典冊」之「冊」的象形。〔註10〕

安陽龜甲的種屬，陳夢家整理了一些他人研究的成果，共有幾種龜：中國膠龜 Ocadia sinensis、地龜 Geoclemys reevesii，大龜腹甲可能如同現在產於馬來半島的龜種。

陳夢家將龜甲與牛胛骨斷代研究後，歸結出不同時代所使用的不同龜甲、牛骨的部位，認爲所使用的部位也有時間因素存在，整理他的說法，製表如下：

時　　代	所　用　甲　骨			
	腹　　甲	胛　　骨	對半背甲	改製背甲〔註11〕
武丁	✓	✓	✓	✓
祖庚、祖甲	✓	✓	X	X
廩辛	✓	✓	✓	X
康丁、武乙、文丁	✓（少）	✓	X	X
帝乙、帝辛	✓	✓	✓	X

本節的最後，陳夢家討論了甲骨在殷代被埋藏的原因，認爲：殷代卜官如何處置他們的檔案，到今天爲止我們尚無充分的知識。地下發掘到的比較有秩序的大量堆積的甲骨，只能說是儲積。〔註12〕這樣的說法是很依據事實所

〔註10〕陳夢家：《綜述》，頁8。

〔註11〕改製背甲乃《綜述》第8頁陳夢家所說：「鞋底形的改製背甲有一個不小的孔，可知連繫若干背甲穿扎起來，可能就是『典冊』之『冊』的象形。」

〔註12〕陳夢家：《綜述》，頁9。

作出的結論。而陳夢家不贊同甲骨廢棄之說，故修正董作賓說法將甲骨埋藏的性質依照時間因素分爲三類：儲積的（同一時代）、累積的（不同時代）、零散的（一些散見如習刻）。〔註13〕

3. 甲骨的整治與書刻

本節中，陳夢家以甲骨的實物觀察，輔以文獻記載，敘述小屯甲骨從取材到刻辭的經過共有：取材、鋸削、刮磨、鑽鑿、灼兆、刻辭、書辭、塗辭、刻兆九個步驟，節錄重點如下：

（1）取材：《周禮》有龜人之官，取龜於春而攻龜（即殺龜存甲）於秋，以入於龜室，然後釁之。〔註14〕陳夢家引《周禮》中敘述殺龜取材之事，認爲殷代的做法大約也與此相同。

（2）鋸削：龜殼與牛肩胛骨尚需加以人工的攻製。此種加工手續，在小屯出土的刻辭甲骨，最爲發達。〔註15〕再清楚地談論龜殼與牛肩胛骨的構造，與攻製以後形成的固定形狀。

（3）刮磨：無論是龜甲或牛骨，刮磨都能使不平處變爲平整。

（4）鑽鑿：甲骨反面有人工造作的窠槽，橢長形者是鑿，圓形者是鑽。鑽鑿之法有三：鑽、鑿、鑽鑿並用。〔註16〕因爲鑽鑿的位置而影響卜兆顯像的方向，基本原則是：龜甲的兆向一律向中脊方向，牛骨的兆向一律向有脊骨（骨臼切口）的一邊。關於鑽鑿所使用的的工具，陳夢家認爲：小屯出土的刻辭甲骨，無論是橢長形的鑿或圓形的窠，絕大多數是用鑿子鑿成的，也就是挖出來的。〔註17〕

（5）灼兆：甲骨有鑽而未灼者，可知先鑽後灼。引《周禮》、《爾雅》、《白虎通》、《史記》等記載與註解，來推論灼兆時的準備與過程。甲骨的灼處，絕非直接在然火上燒出來的，乃是從一枝圓柱形的木枝燃燒以後所燙灼的；故其灼跡是近乎圓的。鑽孔之所以要圓，乃所以容納燒熾了的木端而可以集中熱力

〔註13〕董作賓說：存儲、埋藏、散佚、廢棄。

〔註14〕陳夢家：《綜述》，頁10。

〔註15〕陳夢家：《綜述》，頁10。

〔註16〕陳夢家：《綜述》，頁11。

〔註17〕陳夢家：《綜述》，頁12。

以增強其爆裂性。有鑽者，灼於所鑽中；無鑽者，通常灼於鑿的左右。〔註18〕

（6）刻辭：甲與骨的兆以在正面者居多，所以卜辭多在正面，但背面也有刻辭的，以武丁的最多，它期的很少。〔註19〕陳夢家整理了記事刻辭在甲骨上所刻寫的位置，可表列如下：

甲橋刻辭	腹甲的左右甲橋上（背面）
背甲刻辭	背甲裏近脊甲的邊緣處（下方）
右尾甲刻辭	腹甲的右尾甲的正面
骨臼刻辭	胛骨的骨臼上
骨面刻辭	胛骨正面的下方寬薄處或背面近邊處

而契刻用的工具，還沒有在當地找到當時的實物。關於契刻的方法，陳夢家則說：卜辭有偶而缺刻橫畫的……。由此可知契刻之時是整行的先刻直道，然後再刻橫畫。〔註20〕而甲骨是否以毛筆書寫後再契刻，陳夢家則先引董作賓的說法：卜辭有僅用毛筆寫而未刻的，有全體僅刻直畫的，可見是先書後刻。〔註21〕關於卜辭的先書後刻，陳夢家有不同的看法，以下「書辭」將講解。

（7）書辭：在甲骨上用筆書寫，朱書或墨書，有兩個特點：一是字寫得特別粗大，比同版的契文大得多；二是寫在背面的居多，就我所知的還沒有寫在正面的。〔註22〕陳夢家為證明以上所說，舉了共 22 個朱書和墨書的例子。書寫的字既然較刻辭為粗大，且常與刻辭相倒，所以書辭並非為刻辭而作的，更不是寫了忘記刻的。刻辭有小如蠅頭，不容易先書後刻，況且卜辭所常用的字並不多，刻慣了自然先直後橫，本無需乎先寫了作底子。〔註23〕陳夢家並不同意卜辭都是先寫後刻這樣的說法，認為書辭多為記事之辭，而與占卜刻辭有所區別。

（8）塗辭：出土甲骨刻辭，並非全有填色，而且最盛行於武丁時代。陳夢家舉例五版證明填朱填墨是有區別的，並不是為了美觀。……，往往大字填朱而小字填墨。陳夢家也提到，卜辭中的卜者與刻辭者並不是同一個人：

〔註18〕陳夢家：《綜述》，頁 12～13。

〔註19〕陳夢家：《綜述》，頁 13。

〔註20〕陳夢家：《綜述》，頁 13。

〔註21〕陳夢家：《綜述》，頁 14。

〔註22〕陳夢家：《綜述》，頁 14。

〔註23〕陳夢家：《綜述》，頁 15。

我們看到許多同版的卜辭，同屬於一個卜人的卜辭，其字形的結構與風格不同處，正證明了卜人並不一定是刻者。〔註24〕

（9）刻兆：和塗飾一樣，刻兆是武丁時代所特有的。陳夢家認為刻兆與塗辭的目的是否在於美觀還待確認，但多盛行於武丁時期。

本節最後，陳夢家依以上九事，整理出「小屯式」的甲骨特點：

（1）獸骨以牛肩胛骨為主，龜甲則腹甲多於背甲。

（2）牛肩胛骨切去臼部之半，削去臼角，削平背面；龜腹甲保存甲橋，背甲對剖之或再加削小。

（3）有鑽有鑿，但不一定都是鑽鑿並施的；大體上鑿不可少而鑽有時可省。

（4）鑽或鑿大多數是挖成的，少數是鑽出來的。

（5）鑽鑿的地位排比整齊，且有相當的間隔。

（6）灼於鑽處，無鑽者酌於鑿旁應施鑽之所。

（7）灼痕大多近乎圓，不透過兆面。

（8）兆面刻卜辭，但背面也有刻辭的，骨臼與甲橋上刻有關卜事的刻辭〔註25〕

陳夢家對比《周禮》記載掌管卜事的職位（龜人、菙氏、卜師、大卜、占人）與實際殷人的卜事程序，認為相距不遠，可以小屯甲骨本身的現象和有關卜事的刻辭作為對照。這是商代到周代在祭祀文化上一個傳承的過程，陳夢家在《綜述》裡時常會注重後代延續的狀況，或作一些相互的對比。

最後再討論到甲骨整骨後的收藏單位「屯」，陳夢家有注意到所謂一屯代表一對胛骨或背甲（他釋字為「弋」）。而記事刻辭的「入」與「示」則有觀察出是記入檔之事，且以計數的數量推測出腹甲用的多。以文字的考察來歸納甲骨所採用部位的數量，是他研究見微知著的地方。

4. 甲骨出土地的確定與展延

1899 年甲骨初出現時，都是由估人運送販賣，所以收藏者並不知道出土的

〔註24〕陳夢家：《綜述》，頁 16。

〔註25〕陳夢家：《綜述》，頁 16。

確切地方，只流行著兩種出土地說法：湯陰（羑里城）、衛輝（朝歌古城）。此二地與小屯都在豫北，都是晚殷時代的都邑，陳夢家說：劉鐵雲定甲骨文字為「殷人刀筆」，未始不是受了這種暗示。〔註26〕

有關甲骨的出土地確定，還有賴後來羅振玉的判斷，此時已經距甲骨開始廣為人知的時間 10 年了，陳夢家如是說：

> 1908 年羅振玉最先探析了埋藏在估人心中十年之久的甲骨出土地。在宣統年間（1909 年～1911 年）他三度遣人去安陽出土地採集甲骨，其事詳其弟羅振常的《洹洛訪古記》上冊。〔註27〕

陳夢家提到，安陽區域內刻辭甲骨出土集中之處主要有三：小屯北地、小屯村南、侯家莊南地。他由這三個地方所出土的甲骨內容推定：小屯北地南地乃國都和宗廟所在，而侯家莊、武官村之北為殷代王陵所在，侯家莊南地則為居址與葬地。〔註28〕

本段標題所謂展延，即衍伸到殷墟以外的地方。陳夢家詳述了除了小屯之外出土的卜用甲骨地：城子崖、後岡、高井臺子、四盤磨、王裕口、大賫店、羊頭漥、安上村、武官南壩台、同樂寨、大辛莊、黑孤堆、濟南南郊、四盤磨西北地、花園莊西北地、琉璃閣、邠縣、東大寺、二里岡、大司空村南地、彭公祠，坊堆、齊家村、龍口村、客省莊等共二十五地。而它們的時代有先殷的，有殷的，有可能為殷末周初的，也有可能更晚的，大致分為四大類，我們將其表列如下：

龍山式（先殷）	城子崖下層、後岡中層、高井臺子和大賫店的龍山文化層、羊頭漥
小屯式（盤庚或武丁以後的殷代，可能延至西周初）	小屯北地、小屯四周的後岡上層、四盤磨、王裕口和霍家小莊、南壩台、大司空村、花園莊、鄭州彭公祠濟南大辛莊和南郊
豬卜式	二里岡、琉璃閣
殷末西周初的	洛陽東大寺、邠縣、坊堆、客省莊

在以上四類之中，卜骨的種類是牛胛骨始終佔多數，龜甲是殷代才有的而背甲

〔註26〕陳夢家：《綜述》，頁 20。

〔註27〕陳夢家：《綜述》，頁 20。

〔註28〕陳夢家：《綜述》，頁 20。

的利用只見於小屯北地和大辛莊。〔註29〕以龜甲作爲卜骨爲殷代特有這件事，再加上它所記載的文字能與傳世文獻作對比，可以說是中國文化延續的中心；這裡陳夢家所整理的甲骨出土地展延，使的殷商甲骨的性質成爲考古學的一環，它文化上的特有性也被凸顯出來。

最後，陳夢家認爲研究出土甲骨要注意以下六點：

（1）出土層次及其同出物

（2）灼兆的存在是卜用甲骨的最基本條件

（3）甲和骨的種屬及其部位

（4）整治的方法

（5）鑽鑿的方法及其排列

（6）刻辭與其它〔註30〕

掌握以上要點，就較有掌握甲骨性質與內容的能力。雖然各地所見占卜卜骨或各有特色，但是在研究上還是要注意到：古代部族的都邑常常遷徙，在占卜術上部族與部族之間有交換的可能。因此之故，我們不能因爲某種材料某種製作形式就決定其時代。〔註31〕

5.「殷虛」所在和甲骨包含的年代

有關「殷虛」的所在地和甲骨包含的年代，陳夢家先略述劉鶚、孫詒讓、羅振玉早期對甲骨出土地與年代的考證，以羅振玉所考證的最爲正確，且羅氏更進一步考證甲骨爲殷王室的遺物。〔註32〕陳夢家認爲，要研究這個問題，得先闡明歷史上的幾個「殷虛」與安陽殷墟作爲商都的起訖年代，他以史籍記載，歸整出殷虛曾經存在的三個地點：商丘、朝歌、小屯。陳夢家認爲《竹書紀年》的記載可靠，而王國維也因此修正羅振玉說，將宅殷之時定爲盤庚到帝乙；董作賓則認爲時代到帝辛。

至於殷虛所包含甲骨年代的下限，陳夢家提到：董作賓以爲止於帝辛，乃

〔註29〕陳夢家：《綜述》，頁29。

〔註30〕陳夢家：《綜述》，頁29。

〔註31〕陳夢家：《綜述》，頁29。

〔註32〕只是訂爲「武乙之虛」是錯誤的。

本於《紀年》之說。郭沫若則認為帝乙末年遷沬，所以沒有帝辛的卜辭。……
我們認為帝乙遷沬與否並不能決定安陽出不出帝辛卜辭。〔註33〕陳夢家舉出
1948年清華大學所藏甲骨一片：

> 由此一片，可證安陽出土甲骨確有帝乙、帝辛之世者。……證實了
> 卜辭的「文武帝」乃是帝辛所以稱其父帝乙的，由此帝乙名詞之出
> 現於帝辛卜辭中，更證實了安陽小屯出土的甲骨有著帝辛時代之物。

最後，陳夢家作出一個結論，認為殷墟卜辭所包含的時代應是紀元前 1300
～1028 年，即盤庚遷殷至紂王末年。〔註34〕

6. 安陽發掘與甲骨銅器出土地區

1927 年中央研究院發掘安陽小屯前，有一些零星的私人挖掘，這些非正式
的挖掘讓出土地不容易有正確記載，傳聞共有劉家二十畝地等八個地點，陳夢
家列出且略述。中央研究院於 1928 秋季～1937 年春季，在安陽做了十五次發
掘，陳夢家依時間與地點將這些發掘分為三階段：

第一階段，以小屯為重點	1 到 9 次發掘 前三次是試探性發掘，著意於發掘甲骨 第四次起注意窖穴基址的遺留
第二階段，以西北岡為重點	10 到 12 次發掘
第三階段，以小屯為重點	13 到 15 次發掘 注意建築基址的遺留及其組織之系統和排列狀況，所出最多甲骨之坑乃大十三次的 YH127 坑

記述了十五次科學發掘工作的主要工作人員，並整理了發掘的地點、次數和遺
址的性質。對於這十五次的發掘，陳夢家肯定它在考古學上的成果，也提出了
四點改進的意見：不夠注意全面的社會文化面貌、發掘材料的不能及時公布、
發掘工作與研究工作沒有良好的配合與清楚的分工、實物與歷史文獻的印證不
足。〔註35〕

1949 年中國科學院考古研究所成立，1950 到 1953 年挖掘了兩次安陽遺
址，陳夢家認為此時的發掘與之前精神又有不同：即是要全面地了解古代社

〔註33〕陳夢家：《綜述》，頁 34。

〔註34〕陳夢家：《綜述》，頁 35。

〔註35〕陳夢家：《綜述》，頁 37。

會，要及時地配合國家建設工程在建築地址上清理古代墓葬地址，要配合有關方面訓練考古人才以推廣考古事業。〔註36〕而他將發掘的七個地點分爲：有刻辭的卜用甲骨出土地點、有習刻卜辭的卜用甲骨出土地點、無刻辭的卜用甲骨出土地點三項。值得注意的是，陳夢家發現到一些並非王室卜辭的記錄，只是習刻所爲。……我們可以推測王室甲骨有歸檔的可能，而王室以外有使用甲骨占卜的，但尚無刻辭的發現。〔註37〕此時距離著名的王族卜辭——殷虛花園莊東地甲骨發現〔註38〕，還有很多年的時光，只是陳夢家已經有注意到非王卜辭存在的可能性，觀察相當敏銳。

提到安陽殷墟所出土的銅器，陳夢家就幾本史籍記載，首見於宋代羅泌的《路史》注中，注乃其子羅苹所作，又見於元代納新著《河朔訪古記》、宋代呂大臨著《考古圖》。〔註39〕陳夢家還綜合了史籍記載、發掘紀錄、傳聞、自我實地訪問的結果，整理出殷代銅器的出土地共 17 地，在《綜述》裡分別敘述，且認爲這些地方聯整起來後，便是安陽殷都的輪廓。

最後陳夢家歸結一個結論：我們以爲五十年來稱小屯一帶爲「殷虛」爲「小屯」爲「鄴中」是不很適宜的，應該改稱爲「安陽殷都」，簡稱爲「安陽」。〔註40〕

7. 甲骨刻辭的內容與其它銘辭

羅振玉確定龜甲文字的性質爲「貞卜文字」，成句的爲「卜辭」，陳夢家舉出羅振玉、王襄、董作賓、胡厚宣、郭沫若等各家對卜辭的分類。最後陳夢家改正郭沫若的說法，將甲骨刻辭的內容提出六類，依據刻辭的性質來區分，表列後如下：

祭祀	對祖先與自然神祇的祭祀與求告等
天時	風、雨、啓、水及天變等
年成	年成與農事等
征伐	與方國的戰爭、交涉等

〔註36〕陳夢家：《綜述》，頁 38。

〔註37〕陳夢家：《綜述》，頁 39。

〔註38〕花園莊東地甲骨乃 1991 年秋季所出土。

〔註39〕《考古圖》還記載了宋代所出在小屯以外的商器。

〔註40〕陳夢家：《綜述》， 頁 42。

王事	田獵、遊止、疾病、生子等
旬夕	對今夕來旬的卜問

占卜的內容可以反映時王的願望：國境的安全，年成的豐足，王的逸樂，對於祖先和自然神的崇拜。〔註41〕

陳夢家提到一條完整卜辭的結構包含四部分：前辭、命辭、占辭、驗辭。武丁卜辭又在兆旁記一、二、三等數字，稱爲「兆序」，又兆旁記小告、二告等，稱爲「兆記」。康丁卜辭在兆記旁記吉、大吉、弘吉等是簡化了占辭。

陳夢家認爲非卜辭的刻辭（刻在卜用甲骨上的）可分爲三類：卜事刻辭、記事刻辭、表譜刻辭。且都各舉幾個例子。他又舉一些無關卜事、記在卜骨外載體上的例子（以晚殷時期的古器物爲主），共分爲刻辭、書辭、鑄辭三種。

陳夢家又提到，殷人的典冊應該是書於竹木上的，今已無存。……卜辭也應屬於王室的文書記錄，是殷代的王家檔案。〔註42〕這個觀念是很正確的，而他佐證卜辭是檔案的理由有四：

(1) 殷代的社會，王與巫既操政治的大權，又兼爲占卜的主持者，所以這些卜辭也可以視作<u>政事的決定紀錄</u>

(2) 卜辭集中的出土於殷都安陽，而卜辭中所記占卜地往往有殷都以外的，可見這些<u>在外地占卜了的甲骨仍舊歸檔於殷都</u>

(3) 殷都的甲骨有很多是<u>儲積或累積於一處，可能是當時儲檔之所</u>

(4) 非卜辭的卜事刻辭，除了記述甲骨的來歷、整治以外，還有經管的卜官的名字，可見<u>當時有人經管這些檔案</u>〔註43〕

8. 甲骨的保存及其公布

甲骨早期因私人挖掘、四處分售與戰亂因素散落各地，妨礙了它統整性的研究，一同出土的古物也無法合併研究。外國著名收藏者有：方法斂、庫壽齡、明義士、懷履光、金璋、哈同，也有流落至日本。1949 年後發掘甲骨皆歸公，1953 年劉體智所藏兩萬八千餘片甲骨捐出中國文化部，是最大的一宗甲骨歸公案。

〔註41〕陳夢家：《綜述》，頁 43。

〔註42〕陳夢家：《綜述》，頁 46。

〔註43〕陳夢家：《綜述》，頁 46。

陳夢家整理出當時所知出土甲骨的約略數字，表列如下：

屬於公家的	約 51,000 片
屬於私人的	約 4,000 片（估計）
現在台灣的	約 26,000 片
現在歐美的	約 7,000 片
現在日本的	約 10,000 片
總　　數	約 98,000 片

從他的整理，我們可以知道：出土的甲骨大約十萬片。……這十萬片中，碎片居絕大多數，完整的甲和骨僅止數百個而已。在當時十萬片甲骨中已經發表了三、四萬片，複印的內容都是經過挑選的。

陳夢家的出土甲骨統計約 10 萬片，到 1987 年陳煒湛的《甲骨學簡論》，基本上對這個統計數字還表達支持的看法，認為相差不遠。2006 年孫亞冰為甲骨材料做了一次精細的統計，包括殷墟內外出土的、百年來的甲骨片數統計，約共有 13 萬片。〔註 44〕她認為陳夢家統計數字的問題在：

> 陳先生以甲骨實物為統計對象的統計方法，從根本上避免了統計中
> 出現重複的問題，比早期要依據著錄的統計方法更科學。但陳先生
> 沒有對甲骨實物的現藏情況進行調查，所依據都是估計數字，因此
> 他的統計結果並不可靠。〔註 45〕

雖然這個統計的數字不夠可靠，但基本上孫亞冰也肯定陳夢家的統計方法，已較前人以著錄來統計的方法更為進步。

陳夢家提到甲骨材料的發表，有幾種不同的影印方式：拓本石印、拓本珂羅版影印、拓本金屬版影印、拓本膠板影印、照像珂羅版印、摹本石印。四種印法，以石印最劣，珂羅版最好；三種材料的取形，以拓本最好。除了有些甲骨太脆弱經不起拓墨只能照像外，大部分甲骨都可以打製拓本；摹本可以補足拓本之不足，但不能代替拓本。〔註 46〕由此可見，陳夢家對三種甲骨發表的取形方式，拓本最為重要，照相可以補充，而摹本無法替代拓本。

陳夢家提到過去出版的甲骨著錄書籍，有許多反覆重複的部分，所以他說

〔註 44〕孫亞冰：〈百年來甲骨文材料統計〉，載《故宮博物院院刊》，2006 年第 1 期。

〔註 45〕孫亞冰：〈百年來甲骨文材料統計〉，頁 26。

〔註 46〕陳夢家：《綜述》，頁 48。

為了要避免這種不必要的重複，為了查對方便起見，很需要一個完整的「甲骨刻辭總編」，包括所有的甲骨材料，有系統地編印出來。〔註47〕這是一位甲骨研究學者在當時迫切需要的工具書之一。

陳夢家說明拓全甲骨有助於完整的甲骨的研究，除了內容以外，文字的位置也是很重要的。另外他也提到了綴合的重要性，王國維綴合兩片甲骨「文義連續而斷痕可相接合，乃知由一片折而為二也」，是開綴合的先河，還由此糾正了〈殷本紀〉的錯誤。郭沫若、董作賓也在綴合上有所成就，並因為綴合更進一步研究了殷代歷史；另外在研究過程中著力於綴合的有曾毅公、郭若愚、李學勤等人。

9. 甲骨刻辭研究的經過

要討論甲骨刻辭的研究經過，陳夢家是先從資料蒐集開始，所以有了《綜述》後面附的「論著簡目」：我們在此書附錄「甲骨論著簡目」，是本書在編寫中所應用到的，對於一些較可認為有用的論述，還是從寬地選錄了，以備研究者隨時參考查檢之用。〔註48〕可能不是盡力去廣收全部與甲骨研究有關的文章，但至少是《綜述》編寫過程中所運用到的資料，這些被運用的文章，想必有一定程度的學術價值。

陳夢家敘述甲骨刻辭研究時，分為三個時期：甲骨出土後十年間、科學發掘以前、科學發掘以後，略述如下：

（1）甲骨出土後十年間（1899～1910），只出版了三本甲骨書籍：第一部著錄《鐵雲藏龜》、第一本研究著作《契文舉例》、較具甲骨研究規模的《殷商貞卜文字考》。

（2）科學發掘以前（1911～1926）的主要研究者是羅振玉、王國維的「羅王之學」。羅振玉擁有較豐富的甲骨實物，所以比孫詒讓更有能進一步認識單字的條件，並依此將甲骨文字通順地釋讀為卜辭。《殷虛書契考釋》又將零亂的卜辭訊息爬梳成可運用、有條理的史料。王國維的《先王先公考》證實《殷本紀》商王系統的可靠性，並加以修正；《殷禮徵文》、《殷周制度論》都是討論商代禮制的篇幅，在《古史新證》中提出重要的二重證據法。陳夢家對羅

〔註47〕陳夢家：《綜述》，頁48。

〔註48〕陳夢家：《綜述》，頁50。

王之學的看法是：

　1. 熟習古代典籍

　2. 並承受有清一代攷據小學音韵等治學工具

　3. 以此整理地下的新材料

　4. 結合古地理的研究

　5. 以二重證據治史學經學

　6. 完成史料之整理與歷史紀載之修正的任務〔註49〕

（3）1927～1948 年經歷了科學發掘甲骨時期，此時的甲骨研究者可分爲兩大部分，一爲「羅王之學」的後學與繼承者（如王國維後學：程憬、劉盼遂、吳其昌、余永梁、戴家祥、徐仲舒、周傳儒、朱芳圃；羅振玉後學：商承祚），另一部分爲安陽考古發掘者。安陽考古研究者中：

> 李濟、梁思永、郭寶鈞、石璋如作了有關殷虛發掘的報告，沒有接
> 觸到卜辭本身；丁山、徐仲舒、張政烺作室內文字攷證工夫，沒有
> 參加過發掘；參加發掘而作甲骨研究的有董作賓、胡厚宣、高去尋
> 等人。〔註50〕

陳夢家認爲貢獻最大的是董作賓的斷代研究：

> 董作賓由貞人說而成立的斷代研究，開闢了甲骨研究的新園地。有
> 了斷代的劃分，卜辭中所記祭祀、禮制、史實、文例、字形等才有
> 可能推尋其歷史的演變之迹。〔註51〕

另外，陳夢家也十分肯定郭沫若的研究成果《古代社會研究》、《甲骨文字研究》、《卜辭通纂》、《殷契粹編》等，多引用郭沫若自己的說法，來簡單闡明他作品的寫作目標。

對於甲骨學的一些基礎架構如文字、文法、辭例、綴合等等，或是進一步到整理好的工具書，陳夢家也說明了重要的研究者和作品。

本段的小結，陳夢家認爲五十餘年以來甲骨學的研究是向前不斷進展的，

〔註49〕陳夢家：《綜述》，頁 51。

〔註50〕陳夢家：《綜述》，頁 52。

〔註51〕陳夢家：《綜述》，頁 52。

可以將之以進展的性質區分為「古文字學」、「古文獻學」、「考古學」、「社會歷史科學」四個發展過程。

（二）文　字

文字章共四小節，主要聚焦在甲骨文字的審視與漢字的構造，分述如下：

1. 甲骨文字的初期審釋

1903 年劉鶚完成的《鐵雲藏龜》曾嘗試解讀幾條卜辭，釋出了 40 多字，有 34 字是對的。而 1904 年孫詒讓《契文舉例》是第一部攷釋甲骨文字的著作。

陳夢家認為孫詒讓此書最重要的貢獻是：

> 偏傍的分析不能算作孫氏的創見，因為許慎的《說文解字》最先分別部居、剖析形聲，乃鋪陳文字於平列的不動的靜態中加以分析。孫氏將不同時代的銘文加以偏傍分析，藉此種手段，用來追尋文字在演變之中的沿革大例。……他在古文字學的最大貢獻，就在於此。

> 在甲骨文字考釋之上，孫氏還是有他開山之功的，他是初步的較有系統地認識甲骨文字的第一人。由於材料的不足，而卜辭殘闕的很多，因此他只是認得若干單字，沒有在完整辭句中求通其意義。……因為他不認得王字，故不知卜辭為殷代王室的卜辭。〔註52〕

總而言之，孫氏雖初為文字考釋者，但是囿於材料，還不能很正確地認識卜辭的性質，所以誤釋的字也很多。

孫詒讓以後，最重要的研究者便是羅振玉、王國維。王國維手寫羅振玉的《殷虛書契考釋》後，對羅振玉評價：審釋文字，自以羅氏為第一，其攷定小屯為故殷虛，及審釋殷帝王名號，皆由羅氏發之。郭沫若對羅振玉評價：甲骨自出土後，其蒐集、保存、傳播之功，羅氏當居第一，而攷釋之功也深賴羅氏。又說《考釋》一書的出現：使甲骨文字之學蔚然成一巨觀。談甲骨者固不能不權輿於此。

陳夢家肯定王國維與郭沫若對羅振玉考釋文字的評價，認為他：攷定小屯為殷虛與審釋殷帝王名號二事，確乎是羅氏攷釋文字以外的貢獻；沒有此二事為前題，對於文字攷釋也難求其貫通的。……羅氏對文字的攷釋，先後往往更

〔註52〕陳夢家：《綜述》，頁 56。

易補充其說，陳夢家舉出羅氏所有的書稿（共七本），說七種其實只是一種的增易。

陳夢家簡單地敘述了羅振玉從《貞卜》到《考釋》的寫作過程，因爲羅振玉手上甲骨材料更加擴充，所以釋出更多字，也擴充建立了綱目。因爲《考釋》出版時是王國維手抄稿，所以坊間有流傳《考釋》非羅氏所作，這裡陳夢家就他所見替羅氏提出澄清：1951 年我得到《考釋》的原稿本，都是羅氏手寫，其中書頭上常注有某條應移應增改之處，並有羅氏治王氏便箋請其補入某條者，稱之爲「禮堂先生」。……王氏在校寫時對於行文字句的小小更易是常有的，但並未作大的增刪。〔註53〕這段文字對於澄清羅振玉抄襲了王國維作品的謠言，是相當重要的。

陳夢家在《綜述》曾經澄清羅振玉《考釋》的著作權問題，對當時的甲骨學史上的著作疑案作出了莫大的貢獻，但是要到 2006 年中華書局出版《殷虛書契考釋三種》上、下兩冊，並書後附陳夢家所見原稿影印，與王世民的〈《殷虛書契考釋》的羅氏原稿與王氏校寫〉、〈羅振玉《殷虛書契考釋》〉兩文，此案的證據才算公諸於世、眞相大白。羅振玉作《考釋》的眞相沒有蒙受不明之冤、石沉大海，陳夢家當年在《綜述》裡面的說解，也是爲此作出貢獻的。

陳夢家認爲羅氏在《考釋》以前的諸作，就文字審釋而論，都還是不甚成熟。《考釋》的寫定，才逐字的較爲精密地審核每一個字。〔註54〕而陳夢家認爲羅氏在考釋文字的問題在於「可以認字，但無法證字」，他說：他所用作證明的，只是這些字與金文篆文的形體因襲關係而已。古文字研究所遇到的困難，就在於此。所以以嚴格的標準來看，《考釋》中有許多字還必須退回「待問」的範圍裡去，這樣羅氏眞正認得準確的字要大大地減少。

陳夢家整理了王國維的古文字和古史著述的經過，提到羅振玉說王國維自從 1912 年辛亥東渡日本後開始，到 1925 年在清華大學講習《古史新證》〔註55〕，而由這個過程中，陳夢家認爲可以看出王國維與羅振玉不同之處：羅氏對於卜

〔註53〕陳夢家：《綜述》，頁 58。

〔註54〕陳夢家：《綜述》，頁 59。

〔註55〕羅振玉說王國維自東渡日本以後：自是始盡棄前學，專治經史，日讀注疏盡數卷，又旁治古文字聲韻之學。（《觀堂集林》序）。

辭辭句的通讀與分類，是他勝過孫氏處；王氏又從辭句的通讀與分類，更進一步結合卜辭於史地和禮制，亦即是歷史的考證。〔註 56〕王國維很少爲詮釋文字而釋字，而是在討論《尚書》、古地理、禮儀制度、先公先王等等的題目下，爲解決題目的問題而釋字，所以夢家認爲王國維所釋的字雖然不多，卻還是有他的特殊貢獻在，如釋出「王」、「旬」等字。

1904～1918 年是釋甲骨文字審釋的第一個時期，對於這個時期，陳夢家認爲王國維所說的一段話很適合當作結語：書契文字之學自孫比部而羅參事而余，所得發明者不過十之二三，而文字之外若人名若地理若禮制有待於攻究者尤多。〔註 57〕王國維認爲甲骨文字的研究從孫詒讓、羅振玉到自己，都還只是做了一些初期的文字辨識工作，在此之外，人名、地理、禮制等等，都還有很多待研究的問題。

2. 甲骨字彙的編製及其內容

陳夢家羅列出當時重要的字彙的出版資訊：羅振玉《殷虛書契考釋》、王襄《簠室殷契類纂》、商承祚《殷虛文字類編》、朱芳圃《甲骨學文字篇》、孫海波《甲骨文編》、于省吾《契文例》（稿本），對這幾本書的提出評論：就編制與摹寫而論，孫書較勝。于氏稿本羅列材料之富，遠勝上述五書，分析較細而客觀，其長處係每字之下博引卜辭。……他的這種作法，和我們理想的「甲骨刻辭字彙」很相接近。〔註 58〕

雖然陳夢家提出六點證明以字彙統計所能認識的甲骨文字有它的困難處，但他還是爲達到一個概數而統計了各書的字彙數量，將總數表列如下：〔註 59〕

作 者 與 書 名	字 彙 總 數
羅振玉《殷虛書契考釋》	初印本 1574 增訂本 1560
王襄《簠室殷契類纂》	初印本 2867 重訂本 2776
商承祚《殷虛文字類編》	1575
朱芳圃《甲骨學文字篇》	925

〔註 56〕陳夢家：《綜述》，頁 61。

〔註 57〕陳夢家：《綜述》，頁 61。

〔註 58〕陳夢家：《綜述》，頁 62。

〔註 59〕陳夢家的統計中，除了原書的數字外，也有他自己算出來的數字；因爲他計算的數字屬於數量校正，所以若與原書記載有出入，以他數出的數量爲主。

孫海波《甲骨文編》	2117
于省吾《契文例》（稿本）	3006

根據當時所有統計的細目，可約略估計出：

甲骨上的文字總數約有 3,000～3,500 字

前人已經審釋的不超過 1,000 字

現在還不曾認出的約有 2,000 字

以下，陳夢家詳細記載了上述甲骨字彙書所採用的拓本、考釋為何書，也對這些字彙書籍作出他個人的評述，可以將其重點表列如下：

作者與書名	內 容	
羅振玉《殷虛書契考釋》	所用材料	《鐵》、《前》、《後》、《菁》、《餘》；增訂本加《林》
	所采各說	孫詒讓、羅振玉、王國維
	重要簡評	此書大部分為羅氏所釋，但孫詒讓著作中考訂過的有 180 餘字同於羅氏者，……，我們仍應將首先審釋之功歸之於孫氏而以補充發揮引申之功歸之於羅氏。
王襄《簠室殷契類纂》	所用材料	羅書所引、《簠》
	所采各說	孫詒讓、羅振玉、王國維、王襄、華學涑（少數）
	重要簡評	我們不是說他的考釋勝於羅、王，只是說他的創作性勝於商、孫兩種字彙，而有些字至今還是認作正確的。
商承祚《殷虛文字類編》	所用材料	《鐵》、《前》、《後》、《菁》、《餘》、《林》
	所采各說	孫詒讓、羅振玉、王國維、商承祚
	重要簡評	此書正編 790 字，實際上是羅氏增訂本《考釋》加上依偏傍隸定之字。除了一部分同於王襄以外，很少加入新字。
朱芳圃《甲骨學文字篇》	所用材料	《鐵》、《前》、《後》、《菁》、《餘》、《戩》、《拾》、《林》、《明》、《新》、《卜通》、《燕》、《佚》
	所采各說	孫詒讓、羅振玉、王國維、王襄、商承祚、葉玉森、陳邦懷、容庚、余永梁、胡光煒、丁山、徐仲舒、郭沫若、董作賓、唐蘭、吳其昌、戴家祥、沈兼士
	重要簡評	此書羅列諸家之說，也沒有自己的說解。

	所用材料	《鐵》、《前》、《後》、《菁》、《餘》、《拾》、《林》、《戩》
孫海波《甲骨文編》	所采各說	孫詒讓、羅振玉、王國維、商承祚、葉玉森、陳邦懷、容庚、唐蘭、董作賓、孫海波、王襄、林泰輔、余永梁、胡光煒、丁山、徐仲舒、郭沫若
	重要簡評	除了摹寫較真、舉例較備、采錄之說較多以外，孫書的編作精神還是承襲了商書的傳統。這本字彙結束了羅、王之學中傾向於保守的一支脈。

文中說六書，卻獨缺了于省吾《契文例》稿本的說明，不知道原因為何，可能是因為並未成書。

最後陳夢家作出本段的小結：

> 1919 年～1933 年是甲骨文字審釋的第二時期。這個時期中出現了四種字彙，只有王襄的比較有著創造性的貢獻，增加了一些新認識的字。這個時期有些人很輕易的印出小冊，他們的說法是臆想多於考證。……反之，有些人從研究某一問題而涉及甲骨文，常常有較好的結果。〔註60〕

這些研究某一問題，而研究甲骨字彙的學者如徐仲舒、胡光煒、丁山、吳其昌、沈兼士等人。陳夢家再次印證了，為研究一個上古史問題而考釋文字的研究方法，比純粹為考釋文字而考釋文字來的錯誤率低，因為研究文字不僅要知道文字本身繼承發展的內緣關係，也必須要了解它所處的外在環境，才能降低錯誤臆想的發生率。

3. 考釋甲骨文字的方法

1933 年開始為甲骨審釋的第三個時期，最有貢獻的代表者是郭沫若、唐蘭、于省吾。陳夢家認為：他們對於甲骨文字和銅器銘文同樣地都有深刻的研究，對於古器物和一般的古史有較富的知識，在孫、羅、王以後更進一步地去研究甲骨文字而有著創造性的貢獻。〔註61〕以下就陳夢家的敘述，將重點表列整理。

〔註60〕陳夢家：《綜述》，頁 67。

〔註61〕陳夢家：《綜述》，頁 68。

研究者與代表著書	陳 夢 家 簡 評
郭沫若《甲骨文字研究》、《卜辭中之古代社會》	這兩本書的考釋對於過去治理甲骨學的人有過很大的貢獻，他們幫助了學者自淺而深的全面的有系統的了解卜辭內容，並從而得到殷代社會各方面的結論。……說明研究過程中不斷發展與不斷改正乃得到正確結論的必要條件，文字的認識必須結合著社會歷史文化的全貌的認識才可以互相校正。 郭氏的考釋，不在於一個字一個詞的發明。他的優點是：不落窠臼，不受束縛、考證簡明、對於古代社會總的認識下解釋卜辭、對於羅、王的承說去粗存精、比較注意卜辭文法結構，不孤立的處理單字。
唐蘭《古文字學導論》、《殷虛文字記》	唐蘭總結卜辭研究：「卜辭研究自雪堂（羅）導夫先路，觀堂（王）繼以考史，彥堂（董）區其時代，鼎堂（郭）發其辭例」，而以創造字學條例自居。 他提出辨明古文字形體的四種方法：比較法、推勘法、偏旁分析法、歷史考證法，陳夢家認為所謂歷史考證法也不脫比較法與偏旁分析法。 辨明形體上強調分析法是真確的，但是唐蘭認為充分運用分析法可以比別人認識一倍以上的字，陳夢家認為這會忽視單字作為一個「詞」，在卜辭句子中所代表的意義，也忽視了斷代上的差異。 辨別形體是認字的一個基本重要的手續，但不是終極的目標；三種文字分析方法常是混合用的，同時都是從文字的變化的狀態中去應用三種方法。
于省吾《殷契駢枝》	于省吾以訓詁方法推崇段玉裁及王念孫，又發展了王國維的二重證據法，以參驗考證的方法來處理古文字，較為嚴謹。 陳夢家整理《駢枝》中所考證的 100 多條，分為單字、語詞、專名三類。 單字：前人所未釋或釋錯的、前人已釋而加以補充 語詞：只卜辭中常出現的有關於占卜所用的術語、成語、複詞等，如大吉、無尤、不午黽等。 專名：女姓、卜人名、方國和族名、人名和先公或神祇名、地名。

陳夢家為甲骨文字的審釋時期作了一個小結，認為當時認字是為了通讀卜辭，為了瞭解文字所反映的意識，不在乎出奇致勝的要發明什麼。……一個字的認識乃許多學者累積而成的成績，現在已認識的甲骨文字往往不是一個人考訂出來的。〔註62〕他認為學問的發展是累積性的，這些成果並不能僅歸

〔註62〕陳夢家：《綜述》，頁73。

功於任何一人。

　　這個時期除了郭沫若、唐蘭、于省吾外，還有其它的學者也致力研究甲骨
文字，如聞一多、楊樹達《積微居甲文說》、張政烺等人。

4. 甲骨文字和漢字的構造

許慎《說文解字》完成於公元 121 年，是最早分析中國字形的經典著作，但是
有兩個錯誤的說法：以爲文字是倉頡所創、以爲文字先經過了八卦和結繩的兩
個階段。之所以會有這個錯誤，陳夢家認爲：

> 由於他不瞭解人類發展的歷史，不了解語言和文字的不可分離關
>
> 係。……文字是事物圖象的符號，同時也是語言的符號。〔註63〕

關於漢字歷史的討論中，陳夢家認爲唐蘭以陶器上的圖飾推斷「至少在四、五
千年前，我們的文字已經很發展了」，根據是很薄弱的，因爲陶器上所見的多爲
記號、數目、單名，並不能助以尋求最古的文字，他的看法是：

> 最古的文字是用以記載事情的，它決不僅僅寫刻在器物上而可能是
>
> 寫在竹簡木札上的，這些材料最不容易保存。……甲骨卜辭之所以
>
> 成爲今天最古的刻辭，因爲占卜用甲骨，就便即在甲骨上記載卜辭，
>
> 而甲骨是不容易腐朽的，所以保存至今。……我們只能從甲骨文字
>
> 的本身去推求它究竟有了多少年的發展歷史。〔註64〕

這樣的認知到今天來看也是很正確的，在製作甲骨刻辭的時代，最主要的書寫
載具絕對不會是龜甲與牛骨，甲骨只是如同前面陳夢家所說，是占卜紀錄的檔
案，不過因爲這個載體不容易腐朽，才得以保存至今。

　　安陽卜辭所包含的年代約是公元前 1300～1028 年之間，期間大概只有兩
百多年，在這之前的文字是如何演變的？爲解答甲骨文字之前的發展歷史，
要先解決甲骨文字是如何構造的？以甲骨文爲基礎的漢族文字是如何構造
的？陳夢家認爲解決這些問題，要先回歸到許慎的《說文解字》。

　　陳夢家討論許慎《說文》中關於六書說理論的問題，他認爲除了轉注，
其它五書所講的單字結構是沒有問題的。唐蘭批評許慎的六書說，他說會意

〔註63〕陳夢家：《綜述》，頁 73。

〔註64〕陳夢家：《綜述》，頁 75。

和假借所舉的字例是錯的，陳夢家認同他這個看法；但是，「比類合誼以見指撝這種會意字，在秦以前古文字裏簡直就沒有看過」這種說法，陳夢家就不能同意，舉「雙木爲林」、「日月爲明」等加以反駁。唐蘭提出了「三書說」來修正許慎的六書，陳夢家認爲他的三書說是在孫詒讓以後第一個企圖打破舊說而以古文字學重新擬搆中國文字的構造的。他是以甲骨金文作根據的，因此我們須加以評述。〔註65〕

　　唐蘭所謂的三書指象形、象意、形聲，認爲這三類可以包括盡一切的中國文字。象意包含了合體象形、會意字、指事字。上古的象形、象意完成於夏初，是圖畫文字；近古期的形聲字則發源於商代；上古之前還有原始期，是繪畫到象形爲文字的完成時期。而象形文字的定義：獨體字、名字、本名以外不含別的意義。

　　陳夢家以爲，唐蘭建立的系統有他獨到的見解，但是稱象形、象意文字爲圖畫文字，是不妥當的，文字與圖畫之間應該要有所區別。另外在象形字發展到形聲的過程中，假借是很重要的一環，他說假借字必須是文字的基本類型之一，它是文字與語言聯系的重要環節；脫離了語言，文字就不存在了。〔註66〕假借在造字規則裏的發揮確實是漢字發展很重要的部分，這是何以漢字能一直停留在象形系統的主因。

　　陳夢家提出自己對古代文字構造的看法，認爲漢字是在漢語的基礎上成長的，特徵是單音綴、孤立的、分析的。所謂單音綴，指語言上是孤立語、單音綴、有聲調系統、古濁母變清母傾向、語法上語序居重要位置。所謂孤立的，指沒有形式變化以表明語法性，也不因句中詞類而有改變。所謂分析的，指每一個語詞是一個意義單位，不容混同。綜合這些特色，漢語決定了古代漢字長期停留在象形的形符系統上而沒有走上音符文字的路。〔註67〕

　　陳夢家認爲形聲字由假借產生，是表達漢字裏抽象概念的方法。而象形、假借和形聲是從象形爲構造原則下逐漸產生的三種基本類型，是漢字的基本類型。陳夢家表示象形字、形聲字、假借字在文字形、音、義上的關係：

〔註65〕陳夢家：《綜述》，頁75。

〔註66〕陳夢家：《綜述》，頁76。

〔註67〕陳夢家：《綜述》，頁77。

> 象形是由形而得義，形聲是由形與音而得義，假借是由音而得義。
> 由此可知假借字的「字形」和形聲字的「音符」在形象上都與義沒
> 有直接的關係，然而他們都原先是象形字而後作爲注音符號的。我
> 們說漢字是以象形爲基礎的，漢文字的特色是形符文字，其意義在
> 此。〔註68〕

值得注意的是，這裡所有關於六書的討論，是在甲骨文的基礎之上，也就是
說，以「文字發展歷程」的宗旨來討論這個問題，以古文字做爲標的，與傳
統提到《說文解字》時的六書是有所區別的，因爲《說文》中的六書是以小
篆做爲理論的基礎。陳夢家就文字發展歷程，所提出的象形、假借、形聲釋
文字的三個基本類型；但是他在《中國文字學》的第四章中提到「傳統的六
書說」，處理的方式與看法就會與看待甲骨文字的立場有所不同。例如假對借
的討論，陳夢家認爲：

> 假借字並不是造字的一種，也不像象物、象事、象意、形聲是四種
> 結構，他只是一種性質，並且是象物、象事、象意、形聲四種字共
> 有的性質，並不是在造字以前已預設了假借這一種功用，不過文字
> 在應用上有種用法而已。〔註69〕

這裡傾向將假借視爲一種用字之法，但這與他在《綜述》中提出象形、形聲、
假借爲爲漢字的基本類型是不相牴觸的，他是由文字發展歷程的角度來解讀所
謂「三書」，而《說文》的六書理論，本來就是在小篆的結構分析上去討論出的
結果，並非以文字發展理論爲主要考量。

陳夢家指出，因爲卜辭受到書寫材料的限制，甲骨文裡面常見象形省變，
共有五種方式：

（1）抽象：如數字、砂粒、雨點、肉汁等等

（2）省易：如隹是鳥的簡寫

（3）分合：如門的一半是戶

（4）指示：如倒人爲匕

（5）會合：如二木爲林

〔註68〕陳夢家指的象形包括了許慎的象形、指事、會意。

〔註69〕陳夢家：《中國文字學》，頁113

接著討論假借字，甲骨文的假借字，嚴格說應該叫做「聲假字」，以別於後來本有其字的「通假字」。而文字有三義：本義、引申義、假義，甲骨文字有此三義。凡假借字只能有假義，象形和形聲有本義有引申義。

再討論形聲字，認為《說文》裡「形聲相益之字」包含了：形與聲之相益、形與形之相益、聲與聲之相益三種。在陳夢家眼中認為象形、假借、形聲並不是三種預設的造字法則，只是文字發展的三個過程。甲骨文中增加形與音的方式有六種：加聲於形、加形於聲、加聲於聲、加形於形、加指標的、合文。

象形、假借、形聲三種基本類型完成於殷代，而基本類型完成後文字依舊會遵循這個演變的規律，陳夢家以一張圖〔註70〕代表七種發展方向來呈現：

這張圖揭示了文字演變的基本規律，摘要他敘述的重點如下：

（1）象形一直是象形

（2）象形變為假借

（3）假借加形符或音符變為形聲

（4）形聲變為假借

（5）形聲一直為形聲

（6）假借一直為假借

（7）象形加形符或音符變為形聲。

除了（3）、（7）兩項以外都見於武丁卜辭，所以才說武丁時代具備三種類型，而武丁時代形聲還不太發達，用象形作為音符的假借類型還是佔了優勢。

陳夢家將甲骨文與西周金文作比較，相異的點有：

（1）不多出現新的象形

（2）形符的逐漸的定型

〔註70〕陳夢家認為這張圖是甲骨文字的發展圖，也是後來文字的發展圖。

（3）某些形符的增加

（4）有了有字而假的「通假字」

（5）虛詞的漸漸出現

（6）形符與音符的替代多於甲骨文。陳夢家認爲會出現以上變化，是因
爲社會的物質生活有了變化，而民族、地域和時代也是主要的條件
之一。

大體上說，殷的文字和語法與西周文字是相承襲的，屬於一個系統。但陳
夢家認爲殷周文字之間還是存在一些特殊的差異性，舉了六個跟詞彙和合文有
關的例子。

陳夢家認爲：卜辭的合文，一方面似和漢字的簡省規律以及漢語的單音綴
性相牴觸，一方面和形聲字結構有相關聯之處。所以陳夢家就卜辭的合文作了
一些申述。

卜辭的合文以名詞和數詞居多，結合的形式有：橫列的、逆列的、順列的
（上下相次）、內含的（內外相包），舉出廟名、地名、月名、神人、品物、數
目、常語幾種類型的合文。沿用到西周的合文，和殷代還是有所不同，有四個
重點：月名分書、數目合文漸少，且皆順讀、廟名和人名的合文漸少、上下順
列的合文多，橫列的漸少。合文在後代漢語中減少的原因，陳夢家認爲是因爲
與漢語單音綴的特性相牴觸。而上述說明與西周合文的差異原因，主要是甲骨
書寫的載體和性質，與金文有所差異，整理如下：

（1）甲骨是簡省地記載占卜結果，金文是傳世永寶用，所以甲骨合文多，
金文虛詞多。

（2）甲骨的載體使書寫方向不是由上到下、由右到左那麼固定，所以合文
的結合形式也比較多元。

陳夢家檢討漢字的特性，認爲組成漢字的要求有三：意義是一個單位、構
形成爲一個單位、讀音是單音，而合文本身不能符合讀音是單音的條件，某些
性質的合文可以成爲單音字，就能發展一成一個單字，如單位字（一白→百）、
品類字（勿牛→物）。

陳夢家總結了本章甲骨文構造的基本類型和他的發展過程，認爲漢語的特
性乃從象形始，但是發展成形聲以後還是沒有失去象形的本質。而形體發展上
遵循了兩個路線：一個是逐漸的使字形簡省、定型、單位小，使之成爲象形的

符號，……；一個是逐漸的發展成一組可作為形符的象形字，隨時和別的作為音符的象形字結合而成為形聲字，其結果是今天所用的字很多是形聲字。〔註71〕

　　若拿今日的漢字與甲骨文做比較，基本上是相同的，所以漢字在武丁時代已經大致定型了，但是文字中的三種基本類型還沒完全成熟，所以說牠是漢字創始過程的末期。而最早的創始時代，陳夢家認為要從武丁卜辭往前推約 500 年（西元前 1,700～1,238？年）。

（三）文　法

　　文法章的內容較為繁瑣，依照詞性分共十二小節：卜雨之辭、詞位的分析——名詞、單位詞、代詞、動詞、狀詞、數詞、指詞、關係詞、助動詞、句形、結語。由於其敘述過程中過於繁瑣，總結的部分為各段精華，故摘要總結如下：

1. 卜通名詞可以加數詞，專名詞和代詞都不能加。

2. 單位詞一定在名詞數詞之後。

3. 人稱代詞有數的分別，有領格與主賓格之分而無主格與賓格之分。

4. 狀詞緊附在所附加的名詞之前。

5. 數詞在名詞之前或後。

6. 時間指詞表示過去、現在、未來。

7. 連詞是名詞間（並數詞間）的連接，也作為主句與短句間的連接。

8. 動詞其附加詞所構成的動詞組，形容性的附加詞緊附於動詞之前，語氣詞更在其前。

9. 句子結構的主要形式是主詞、動詞、賓詞的順序。

10. 時間介詞組在動詞前，也可以在主詞前或賓詞後。

11. 主要卜辭之旁的附屬卜辭，常常可以省略某些詞位。

12. 卜辭有簡單的構句，也有複雜的構句。

13. 從屬的句子在主句之前。

14. 卜辭的文法和現代的漢語法在基本上是一系的。〔註72〕

〔註71〕陳夢家：《綜述》，頁 83。

〔註72〕陳夢家：《綜述》，頁 132～133。

《綜述》所整理的文法章重點，可以看得出名符其實地多在陳夢家認為重要的「詞位分析」。其詞位分析又如同他所說的「與現代漢語語法上基本一致」，那麼他研究卜辭語法，顯然也是由現代漢語語法的角度去分析它。這樣的作法有其優缺點，其問題可以由下段討論。

二、《綜述》甲骨學基礎的貢獻與問題的商榷

《綜述》全書的綱目分類，時常有層次上的問題，例如文字章的一、二、三節可以視作一個單元，第四節又自成一個單元，那麼把他們排在同樣是「節」的層次，就有點說不通。文法章也是如此，第一節與後面的小節本身性質不太相同。可是綱目以外，《綜述》在甲骨學基礎的建立上，仍有很多的貢獻，也有許多值得商榷的問題，討論如下。

關於第一章總論，裘錫圭認為其提供的知識雖龐雜，卻有益於初學者，也糾正了一些當時流行的說法，例如：卜辭是先寫後刻、貞人即書寫者、甲骨背面的「鑽」事實上是挖出來的。〔註73〕總論提供的不僅是甲骨文字本身的審視研究這些內緣的問題，它涉及到了很多外緣的問題：甲骨的出土地、甲骨的年代、甲骨本身的性質、甲骨的保存與研究等等。釐清這些問題，就使得「研究甲骨文字」得以發展為「研究甲骨學」。

總論的內容雖然龐雜，但基本上依著甲骨的出土與其性質的核心問題出發，確實是很好的初學教材，可以引領初學者，清楚而沒有錯誤地了解甲骨學這門學科的概念。它的綱目清晰，內容也有許多重要且精闢的見解。雖然如此，也有些瑕不掩瑜的訛誤，借裘錫圭的意見，整理如下：

頁　數	錯誤的說法和意見
44	講非卜辭的甲骨卜辭時，把《乙》4856 的「帚□子日宮」一辭列為「家譜」。此辭跟同版的「壬辰子卜貞：帚□子日戠」一辭左右相對，都刻在有序數「二」的卜兆旁，顯然是卜辭而不是家譜。
頁　數	沒有校出來的書寫、印刷等錯誤
41	倒 6 行「考古：4」當作「考古：5」。
45	3 行「本書圖版參拾」當作「本書圖版拾參」。

〔註73〕裘錫圭：〈評《殷虛卜辭綜述》〉，頁 214。

頁　數	其它文字錯誤的例子
8	7行的「卡美年」當作「卞美年」。
29	14行「而」與「胛骨」間脫一「豬」字。
32	倒8至倒7行「去于武乙」當作「去于帝乙」。
34	倒10行「武乙」當作「帝乙」。
36	倒10行「此」下空兩字，當作「第一」。

李學勤對《綜述》文字章的批評，主要在於六書的觀點問題：

> 文字章第四節中，陳夢家提出他對甲骨文字結構的看法，以象形、
> 形聲、假借爲漢字的基本類型。他所謂「象形」的內涵極爲龐雜，
> 所包括的「抽象」、「省易」、「分合」、「指示」、「會合」等，實已遠
> 超出象形可能包括的範圍。所謂「假借」只是一種運用文字的方法，
> 不是文字結構的類型。〔註74〕

六書的觀點，基本上是基於《說文解字》所產生，其文字理論自然適用於《說文》所著述的時代，也就是東漢的文字，更精確的說法是，適用於《說文解字》一書中所有的文字。即使漢字是一脈相承，但如今若以六書強加在現代文字，或是上古文字，都會產生某些不能分類的問題。這也是陳夢家、唐蘭等重新檢討上古文字的造字理論的原因。李學勤所謂「假借是用字之法」，若放到古文字的觀點裡，假借是形成形聲字的一種重要途徑，必然是造字的一部份。裘錫圭對陳夢家的三書說，就有比較公允的看法：

> 陳氏在大學裡教過文字學，對漢字的性質有深刻的理解，所以第
> 二章文字不乏精彩的意見。他認爲象形、假借和形聲是古漢字的
> 三種基本類型。對比唐蘭先生的象形、象意、形聲三書說合理得
> 多。
>
> 〔註75〕

可以說《綜述》的古文字基本類型，是藉由了解文字造字的方法與源流後，再歸整出來，所以較其它學說，更具有說服力。

　　裘錫圭認爲陳夢家考釋文字的成就並不突出，不過若爲研究一甲骨問題而

〔註74〕李學勤：〈評陳夢家殷虛卜辭綜述〉，頁122。
〔註75〕裘錫圭：〈評《殷虛卜辭綜述》〉，頁214。

涉及甲骨文字，比爲求發明新字而釋字來的正確，這似乎就是甲骨考釋文字的一個準則，而《綜述》的考釋擁有這樣的優點。裘錫圭對文字章的勘誤僅有一條，頁 68 倒三行的「追縱」當作「追蹤」，僅是文字書寫上的錯誤。

《綜述》文法章的錯誤較零碎，與它繁瑣的內容有關。另外一個問題是，所謂「文法」的研究，本就不是中國傳統國學的研究範疇之一，文法乃西方的語文學研究領域，以之應用在中國語文上，還不是很長的時間，可以說中國文法學的發展尚未成熟。不過研究卜辭的文法，重點在於「詞位分析」，這對我們了解卜辭的意思，還是有極大幫助的。畢竟去古久遠的文辭，與如今的語法會有隔閡，即使卜辭與今日漢語是一脈相承，古文字中無法與今相對應的許多漢字，還是可以藉由統整卜辭的詞位分析，來推算它的性質，進一步合理推測可能的意義。關於文法章的一些訛誤，將裘錫圭之說整理如下：

頁　　數	錯誤的說法和意見
86、87	以判斷吉凶的占辭爲問句，此說不妥。〔註76〕
96、97	把公認讀爲「有」或「又」的「屮」看作「有替代名詞的作用」，說它「可能是第三人稱」，此說不妥。
99、130、131	把一般看作連謂結構或兼語式的「乎（呼）多臣伐邛方」「令戉來歸」一類句子中的「多臣伐邛方」「戉來歸」等，整個當作「呼」「令」等動詞的「賓詞」，此說不妥。
100	把一般認爲是祭名的「秦」定爲「用牲類」動詞。
102	認爲用否定詞的句子只有「在兩種條件下才可以先置賓詞：即（1）只有在否定詞「不」之句中，（2）只有在人稱代詞「我」的句中」。其實卜辭中有「不余淵」（前 6・59・6）、「勿余蚩」（丙 523）等語，陳氏所說與事實不合。陳氏在 103 頁還舉出「我不受年」一類句子，作爲「雖具備『不』『我』的條件而不先置其賓詞」之例。可見他並不知道賓語是否前置跟主語是不是「我」根本無關。
126	「一個『動詞組』，若是有否定詞，則它一定在最前，不定詞與肯定詞介乎否定詞與動詞之間」，這也與事實不合。卜辭中「允不雨」之語屢見，肯定詞「允」就放在否定詞「不」前面。
頁　　數	傳統文字學和古音學的錯誤
92	甲骨文「鄙」字是形聲字。甲骨文「鄙」字作「啚」此字見於《說文》，自古以來都認爲是會意字。
頁　　數	錯認卜辭裡的字

〔註76〕參看裘錫圭：〈關於殷墟卜辭的命辭是否問句的考察〉，頁 7～12。

93	引了兩條以地支「亥」為日名的卜辭，「亥」都是「萬」的誤釋。
95	引《乙》5404「朕臣鳴」，「臣」是「耳」的誤釋。
95	引《甲》3933一辭的釋文中的兩個「女」（汝），實際上都是從「女」字的偏旁，應與其上一字並為一字。，，
121	引《乙》5582「雀及子蒂……」一辭，以「及」為連詞。從原著錄書看，「雀」下一字有些像「尸」，斷非「及」字。卜辭中尚未發現用作連詞的「及」。
頁　數	**讀錯或理解錯卜辭或其中詞語**
100	引《粹》1187「侯告伐尸方」，把「告」看作動詞。卜辭中屢見人名「侯告」，《綜述》328頁所列舉的侯、伯之中就有此人。《粹》1187的「侯告」無疑也是人名。
頁　數	**前後自相矛盾**
94	文法章「單位詞」節說「鬯的單位是卣和斗」，同章「數詞」節111頁舉單位詞與數的結合之例，有《續》1‧40‧5「鬯二升一卣」一條。94頁所說的「斗」跟此條的「升」顯然是同一字的異釋。廟號章講宗廟名稱時也引了《續》1‧40‧5，釋文作「其禱新鬯二升，一卣」，並解釋說「『其登新鬯二升一卣』者，謂登新鬯一卣于二升（廟），二升並非量名」，說法跟文法章完全不同。依此說，卜辭裡表示鬯的單位的詞，就只有「卣」而沒有「斗」或「升」了。把「二升」看作宗廟名是對的，但是「升」字究竟能否這樣解釋，還有待研究。
91	「卜辭裡沒有語助詞」，128頁卻說「武丁晚期的自組卜辭中，偶有在句末安置語氣詞的」，132頁對卜辭語法作總結時也說「句尾亦偶有少數的語氣詞」，相互矛盾。
110	講數詞時說「殷代數詞組中只有一個連詞」，122頁講連詞時卻舉出了《乙》764「毌一百屮九（當釋九十）屮九」，這個連用兩個連詞的數詞組的例子，相互矛盾。
頁　數	**其它文字錯誤的例子**
87	16行「不雨」當作「其雨」。
97	9行「方」當作「：」。
102	倒4行「邛才」當作「邛方」。
105	12行注明上一行「臣」字的詞性的「狀」字當作「名」。
122	倒12行「示屮」當作「示壬」。
130	7行前序數「3」應移至上一行前，倒6行前序數應移至倒7行前。

第二節　甲骨學的斷代與年代

　　《殷虛卜辭綜述》中的甲骨學斷代與年代的討論，集中在第四章斷代上、

第五章斷代下、第六章年代，為清楚它們所討論的內容與架構，將此三章的章節標題表列如下。

第四章　斷代上	斷代的分期及其標準	
	坑位對於甲骨斷代的限度	
	村中出土的康、武、文卜辭	
	自組卜辭	
	E16 坑與自組的時代	
	賓組卜辭	
	子組卜辭	
	午組卜辭	
	結語	
	附錄	第一次發掘各坑甲骨
		寫本與甲編 1～447 對較
		第十三次發掘所獲各坑甲骨
		十五次發掘所獲甲骨及其地區
		賓、自、子、午四組卜辭稱謂對照表
第五章　斷代下	武丁賓組卜人	
	武丁特殊記事刻辭	
	武丁不系聯的卜人	
	祖庚、祖甲的出組卜人	
	出組分群及其相當的時代	
	廩辛何組卜人	
	何組卜人早晚的分別	
	武乙和帝乙、帝辛卜人	
	結語	
	表	賓組卜人系聯表
		出組卜人系聯表
		何組卜人系聯表
		卜人斷代總表
		卜人隸定原形對照表
第六章　年代	西周積年	
	般庚遷殷至殷亡積年	
	商積年	
	關於漢世的殷曆	
	關於夏年	
	結語	

　　陳夢家在《綜述》裡講述斷代與殷商的年代，重點的內容在於他講述分期斷代的標準、貞人組的內容與斷代、商周積年問題。本節擬以析論方式呈現《綜述》中斷代與年代章的重點，再以前人研究看法，討論它的貢獻，與商榷其中問題。

一、《綜述》斷代與年代析論

　　由前表格我們可以探知，《綜述》的斷代章，是先立出斷代的標準，再以這個標準來討論甲骨中的各個斷代問題。關於斷代對甲骨學的重要性，陳夢家認為：

> 研究甲骨與銅器最基本與主要的工作，莫過於考定年代與分別時期。由此才可以著手研究字體、詞彙與文例的演變，花文、形制與鑄作的演變，以及其它一切。〔註77〕

由於陳夢家對銅器斷代作過研究，使他在研究甲骨時，特別著重於斷代這一塊，也將甲骨的斷代與銅器斷代作一比較，認為由於文字載體的緣故，兩者間運用的標準有很多的不一樣。〔註78〕

　　甲骨的分期斷代，陳夢家提出了「三個標準」和「九期分法」，為求清楚，將其內容整理後表列如下。

表：陳夢家分期斷代的三個標準

第一標準	世系	
	稱謂	
	占卜者（貞人）	
第二標準	字體：包括字形的構造和書法、風格等	
	詞彙：包括常用詞、術語、合文等	
	文例：包括行款、卜辭形式、文法等	
第三標準	事類	祭祀：對祖先與自然神祇的祭祀與求告等
		天象：風、雨、啓、水及天變等
		年成：年成與農業等
		征伐：對戰爭與邊鄙的侵犯等
		王事：王之田獵、游止、疾、夢、生子等
		卜旬：來旬今夕的卜問

〔註77〕陳夢家：《綜述》，頁135。

〔註78〕陳夢家：《綜述》，頁135～137。

這三個標準的運用方法，必須依照先後次序來逐步進行。依照這三個標準，陳夢家將殷商甲骨分爲九期，整理如下：

表：陳夢家九期殷墟甲骨文

武丁卜辭	武丁卜辭 1	一世	早期
庚、甲卜辭	祖庚卜辭 2	二世	早期
庚、甲卜辭	祖甲卜辭 3		早期
稟、康卜辭	稟辛卜辭 4	三世	早期
稟、康卜辭	康丁卜辭 5		早期
武、文卜辭	武乙卜辭 6	四世	中期
武、文卜辭	文丁卜辭 7	五世	中期
乙、辛卜辭	帝乙卜辭 8	六世	晚期
乙、辛卜辭	帝辛卜辭 9	七世	晚期

對於這樣的分期方法，陳夢家自己說：

> 提出早、中、晚三期大概的分期，同時也保留了董氏五期分法。在
> 可以細分時，我們盡量的用九期分法；在不易細分別時則用五期甚
> 至於三期的分法。〔註79〕

由此可知，陳夢家的分期斷代的成果，還是基於董作賓《甲骨文斷代研究例》的「五期分法」與「十項標準」的基礎之上，只是在五期之下更細分爲九期；在十項標準裡，提出他認爲斷代運用的標準中，應有的先後順序。

斷代標準之中，陳夢家最重視的是由「貞人」斷代，最早提出以貞人爲斷代方法的是董作賓，陳夢家發揮董氏之成果，再更進一步將之分組，來解決一些甲骨斷代困難的問題。《綜述》中也有提到以考古坑位斷代的問題，以往有些學者認爲同坑出土的卜甲與卜骨，必是同時代之物，而忽略了不同時代堆積的問題，陳夢家注重這個問題，而提出以下看法：

> 董作賓氏在〈大龜四版考釋〉中最先發表貞人斷代的學說，同時並
> 提到坑層爲斷代方法之一。〔註80〕

> 我們說某坑出土的甲骨屬於某某期，必須根據了卜辭本身的斷代標

〔註79〕陳夢家：《綜述》，頁 138。

〔註80〕陳夢家：《綜述》，頁 139。

準，如卜人、稱謂、字體、文例等等；這些斷代標準必須嚴格而準
確，纔能定出某坑甲骨的時期。〔註81〕

坑位只能提供給我們以有限度的斷代啟示，而在應用它斷代時需要
十分的謹慎。〔註82〕

依據考古發掘時的坑位資料，我們可以得到很多資訊，可是陳夢家認為，沒有
參考卜辭本身內容提供的訊息來斷代，而僅以出土坑位來訂定他的時期，是不
夠嚴謹的作法。

《綜述》在兩章斷代中，討論了所有以上九期中各個的分期問題。先說
明了出土的康丁、武乙、文丁的情況，將這三期所主要著錄的書列出，方便
讀者翻閱時查找。又開始就𠂤組、賓組、子組、午組等分類與分期的問題討論。

關於𠂤組的時代討論，先將它與賓組互相比較，基於賓組為武丁時代的卜
辭，所以將𠂤組也斷代為武丁時期，他說：

試比較𠂤與賓組，則知兩者相同之多。兩組所同的父甲、父庚、父辛、
父乙實即武丁所以稱其父輩陽甲、盤庚、小辛、小乙者，所以兩組
都是武丁時代的卜辭。〔註83〕

這裡主要是依據稱謂來斷代，認為𠂤組與賓組的稱謂多相同，都是武丁時期的
卜辭。至於𠂤組屬於武丁時期早或晚的卜辭，陳夢家則認為：

𠂤組卜辭屬於武丁的晚期。……𠂤組大部分和賓組發生重疊的關係，
小部份與下一代重疊，它正是武丁和組庚卜辭的過渡。即在同一朝
代之內，字體文例及一切制度並非一成不變的；他們之逐漸向前變
化也非朝代所可隔斷的。〔註84〕

這裡陳夢家提出的「字體文例變化漸進說」，就《綜述》分類的觀點來說是
很重要的，後面陳夢家在分類一些不好區別時代的卜辭時，也會提起這個觀
念。〔註85〕

〔註81〕陳夢家：《綜述》，頁 140～141。

〔註82〕陳夢家：《綜述》，頁 141。

〔註83〕陳夢家：《綜述》，頁 147。

〔註84〕陳夢家：《綜述》，頁 153。

〔註85〕如之後《綜述》頁 201 討論何組卜人時。

斷代上後面幾個小節討論子組、午組、賓組等卜辭，也都將之歸類於武丁時代的卜辭，也有以坑位、稱謂作爲其中的依據，如：

> 我們認爲子組、𠂤組和賓組常常出於一坑，而同坑中很少武丁以後（可能有祖庚）的卜辭，則子組、𠂤組應該是武丁時代的，YH127坑中的午組及其它少數卜辭也是屬於這一時代的。〔註86〕

> 此組〔註87〕的稱謂約有半數與賓、𠂤、子三組相同，而其中下乙一稱尤足證午組屬於武丁時代。〔註88〕

陳夢家的分期斷代方法，在這裡的應用上，是先以貞人將卜辭分組，釐清彼此之間的系聯關係，然後再運用稱謂、世系或坑位等方法，將卜辭的年代與商王作連結。《綜述》裡面的研究成果，可以說都是以他的分期斷代標準來實際運用的結果。

雖然將𠂤、子、午三組卜辭認爲與賓組卜辭都是武丁時期的卜辭，但是陳夢家並沒有忽略其中的差異，《綜述》中提出了其中的不同：

> 我們稱賓組爲正統的王室卜辭，因它所祭的親屬稱謂多限於及王位的父祖母妣，此在𠂤、子、午等組則擴張至未即王位的諸父諸祖諸兄諸子。賓組的字體是謹嚴方正不苟的，祖甲和乙辛是接受這個傳統的，而𠂤、子、午三組的字體是非正統派的。〔註89〕

> 我們所論的四組，雖都是武丁時代的，然而也有早晚之不同，𠂤、子兩組大約較晚。除了有早晚葉之分外，賓組似乎是王室正統的卜辭；𠂤組卜人也常和時王並卜，所以也是王室的，而其內容稍異。午組所祭的人物很特別，子組所記的內容也與它組不同。〔註90〕

陳夢家已經注意到𠂤、子、午組與賓組的區別，他將賓組訂爲「正統的王室卜辭」。也就是說，在當時還沒有「非王卜辭」、「王族卜辭」或是「多子組卜辭」的概念提出，而陳夢家已經有意識到，雖然同樣是武丁時期的卜辭，賓組的正

〔註86〕陳夢家：《綜述》，頁158。
〔註87〕陳夢家：指午組。
〔註88〕陳夢家：《綜述》，頁164。
〔註89〕陳夢家：《綜述》，頁158。
〔註90〕陳夢家：《綜述》，頁167。

統性由武丁之後的卜辭承接，其它自、子、午組則各有其與王室卜辭不同的特性。《綜述》裡面這樣細微的觀察與分辨，可以說是之後「非王卜辭」的提出、與「兩系說」的起點。

非王卜辭是李學勤在 1957 年的〈評陳夢家《殷虛卜辭綜述》〉和 1958 年的〈帝乙時代的非王卜辭〉兩篇文章中提出來的。小屯 YH127 坑的子組卜辭及一些有關卜辭，還有 YH251、330 等坑的卜辭，都不是王卜辭，故稱作非王卜辭。兩系說則是李學勤以非王卜辭為基礎，更進一步分類的結果，認為殷墟卜辭除了子組、午組等非王卜辭系統，其發展可以分為兩個系統：第一個系統由賓組發展到出組、何組、黃組，第二個系統由自組發展到歷組、無名組。兩系說的說法尚有爭論，但在早期陳夢家研究貞人分組卜辭時，就已經觀察到各組之間細微的不同之處。

陳夢家強調分期斷代的研究所依據的標準，有一定步驟與順序，其它方面的依據將作為輔助，不比第一標準中的貞人、稱謂、世系來得精確，《綜述》中提到：

> 我們曾屢次涉及字體文例及其它制度作為斷代的一種輔助，凡此皆是初步的，此中情形複雜，變化多端，尚待作詳細的，精深的研究，才可以用來斷代。〔註91〕

陳夢家嘗試以貞人分組作系統性的分期斷代研究，但是他不會忽略每個卜辭的獨特性。理想的狀態下，是可以將卜辭分入各個商王底下，但是並不是每一版卜甲或是卜骨，都具有容易被分類的特性。所以在甲骨的斷代上，還是要保有謹慎的態度、細微的觀察、商討的空間：

> 董氏貞人說的倡明，斷代的擬議和用坑位斷代的嘗試，都是極有功於甲骨學的研究。但是，我們先要把一切已有材料作徹底盡量的蒐集與分析，然後才可歸納出一些條例，來作有限度的解釋。〔註92〕

陳夢家分期斷代的研究方法，是歸納性的、是條列式的，用分類與觀察去佐證既有的資料，再將這些資料透露的訊息，彙整成豐富的研究成果。

《綜述》斷代章下討論了自、子、午組以外的武丁時代卜辭，又討論了出

〔註91〕陳夢家：《綜述》，頁 167。
〔註92〕陳夢家：《綜述》，頁 167。

組、何組、帝乙帝辛時的卜辭，整理了整個殷墟出土的商王斷代體系。除了上
述的分期斷代標準外，陳夢家觀察到祭法對斷代研究所提供的幫助，歸納出周
祭制度與歲祭之間的關係，例如：

> 祭法與同時代的不同稱謂有著某種程度的關係。〔註93〕

> 周祭中的若干祭法，在武丁時代已經存在，但是有系統的周祭制度
> 則建立於祖甲及位之後，近乎周祭的歲祭制度與周祭同時而較早。
>
> 〔註94〕

> 周祭制度成立於祖甲（即祖庚已亡之後）時代。〔註95〕

> 有周祭者並有歲祭，歲祭雖產生較早，然在周祭制度已經成立以後，
> 仍然通行。〔註96〕

年代章主要討論殷商積年，為討論殷商積年，也連帶討論了西周積年、夏
積年。陳夢家主要依據的是《竹書紀年》的記載，佐以其它傳世文獻，盤庚遷
殷至殷王的積年部分，才以甲骨紀錄作討論。最後，他訂出各朝積年：

夏	西元前 2100～1600	約 500 年
商	西元前 1600～1028	約 550 年
殷	西元前 1300～1028	273 年（或 275 年）
西周	西元前 1027～771	257

而盤庚遷殷以後的 273 年，也就是殷墟卜辭主要包括的年代，則可以推測如下：

般庚、小辛、小乙	西元前 1300～1239	60±	
武丁	西元前 1238～1180	59	據〈無逸〉
祖庚	西元前 1179～1173	7±	據《史記》
祖甲	西元前 1172～1140	33	據〈無逸〉
廩辛、康丁	西元前 1139～1130	10±	
武乙	西元前 1129～1095	35+	據《紀年》

〔註93〕陳夢家：《綜述》，頁 189。

〔註94〕陳夢家：《綜述》，頁 190。

〔註95〕陳夢家：《綜述》，頁 192。

〔註96〕陳夢家：《綜述》，頁 192。

文丁	西元前 1094～1084	11+	據《紀年》
帝乙	西元前 1084～1080～1060～1050	20+	據卜辭
帝辛	西元前 1060～1050～1027	20+	據卜辭

　　陳夢家作《綜述》前，曾著力於殷商年代問題考證，如〈商殷與夏周的年代問題〉、〈西周年代考〉、〈六國紀年〉、〈中國歷史紀年表〉等等；雖然《綜述》當中關於殷商年代的篇幅不長，要了解陳夢家考訂年代問題時，可與前述幾篇文章參看。

二、《綜述》斷代與年代的貢獻與問題的商榷

　　雖然在 70 萬字的《綜述》當中，斷代與年代的章節並不佔有很大的篇幅，卻大大呈現了陳夢家特有的的研究成果，不單單只是甲骨學相關資料的雜編。所以，其中的內容，有許多前人予以研究，本段主要闡述各家的看法，讓《綜述》甲骨學斷代與年代的貢獻與問題，能逐一呈現。其它書本的勘誤問題，也一併整理在段末。

　　《綜述》的斷代研究中，貢獻最大與爭議最多的，就在於陳夢家「貞人分組」斷代方法的提出與實踐，其中的重點，如同王宇信〈陳夢家先生對甲骨學的貢獻〉一文所說：

> 陳夢家最早提出了貞人「分組」說，是他對甲骨學研究的重大貢獻，
> 即武丁期貞人分爲賓組、午組、子組、𠂤組，祖庚、祖甲時貞人稱爲
> 出組等。陳夢家的貞人分組對今天學者的斷代研究新方案仍起重大
> 影響，可以說，是分期斷代「兩系說」的起點；陳夢家先生關於午
> 組、子組、𠂤組卜辭命名的提出和考證其爲武丁時代，也爲長期困擾
> 學界的「文武丁卜辭」〔註97〕之謎的討論作出了貢獻。〔註98〕

如上一段所述，學者們多將陳夢家甲骨分期斷代研究的貢獻，聚焦在貞人分組，和𠂤、子、午組的考證與斷代上面。

　　謝濟的〈陳夢家甲骨文分期斷代研究的重要貢獻〉一文，將陳夢家《綜述》中提到斷代的內容，做了簡單扼要的整理爬梳，討論了其中的兩個問題：

〔註97〕由董作賓提出，相當於𠂤、子、午組卜辭。

〔註98〕王宇信：〈陳夢家先生對甲骨學的貢獻〉，頁85。

（一）**論𠂤、子、午組卜辭的斷代**。1940 年代，董作賓提出了「文武丁卜辭時代之謎」的分期說，將後來陳夢家認爲屬於武丁時期的𠂤、子、午組卜辭，訂爲文丁時代的卜辭，董氏以字體、貞人、文例、祭祀等等斷代的標準，將之近於武丁時代（早期）的甲骨特徵，論證爲「文武丁卜辭的復古」說。基本上，陳夢家不認同這樣的看法，所以在《綜述》中坑位、稱謂、前辭形式等幾點來證明他們屬於武丁時期。〔註99〕

（二）**論康丁、武乙、文丁卜辭**。陳夢家在《綜述》討論康丁、武乙、文丁卜辭時，認爲它們多出於村中，有位置上的一致性。他以字體、卜人、甲骨比例、前辭形式、稱謂、周祭與紀月等六點比較中期的康、武、文卜辭與早期的廩辛及以前卜辭的不同。〔註100〕1977 年李學勤提出的歷組卜辭（相當於陳夢家的武乙、文丁卜辭）被定爲早期卜辭（武丁、祖庚時期），之後小屯南地甲骨出土，又改變了學界的看法，謝濟說明此次出土後的出版品《小屯南地甲骨》〔註101〕中的研究，對陳夢家康、武、文卜辭研究的肯定：

> ……新出卜辭與過去著錄書從稱謂、字體、貞人、文例、事類等多
> 方面並解釋如同名問題等深入研究，說與「康、武、文卜辭的關係
> 密切」，對陳先生學說深信不疑。大量新出土甲骨及其研究，證明陳
> 先生康、武、文卜辭說很有生命力。〔註102〕

陳夢家《綜述》中所提出的𠂤、子、午組卜辭斷代（王族卜辭）、康、文、武卜辭斷代（歷組卜辭），都曾引起甲骨學界不輟的討論。

吳師俊德先生所著《殷墟第四期祭祀卜辭研究》中，提到陳夢家《綜述》主張𠂤、子、午組卜辭（王族卜辭）爲武丁時期的根據：

1. 𠂤、賓組稱謂多同。

2. 𠂤、賓組之紀時法大同小異，而其中某種卜辭形式、字體、祭法、
   稱號等有武丁至庚、甲過渡現象。

〔註99〕𠂤、子、午組卜辭的討論，可以說形成一個長期的論證過程。無論是董作賓（屬於晚期）的說法、陳夢家（屬於早期）的說法，都各有擁戴者，下文再述。

〔註100〕陳夢家將廩辛卜辭，在三期分法中劃爲早期。

〔註101〕蕭楠著（集體編著名）。

〔註102〕謝濟：〈陳夢家甲骨文分期斷代研究的重要貢獻〉。

3. 以 B119、YII006、E16、YH127 為例說明自、子、午與賓組卜辭同坑出土，時代一致。

4. 午組稱謂系統半數同於賓、自、子組，且「下乙」一稱足證時代與武丁相同。〔註103〕

基本上謝濟與吳師俊德的整理並沒有相異之處，只是吳師俊德整理了王族卜辭、歷組卜辭的各家異說，基本上都分為支持早期（第一期）、晚期（第四期）兩派的說法，將之簡化如下。

王　族　卜　辭　的　時　代	
主張第一期的學者	主張第四期的學者
貝塚茂樹、伊藤道治、陳夢家、李學勤（1980 年）、饒宗頤、屈萬里、蕭楠、謝濟、劉淵臨	董作賓、李學勤（1957 年）、島邦男、嚴一萍、許進雄、余祥恆、丁驌、石璋如
歷　組　卜　辭　的　時　代	
主張第一期的學者	主張第四期的學者
李學勤、裘錫圭、黃天樹、彭裕商	陳夢家、蕭楠、張永山、羅琨、謝濟、嚴一萍、陳煒湛、林小安、方樹鑫

　　吳師俊德主張解決王族卜辭、歷組卜辭的時代問題，要倚重甲骨「類型學」的運用，也就是鑽鑿的研究；語序和曆法也是不會隨意改變的基準。由於甲骨文是由人刻寫在甲與骨上，文字的書寫因為不同的人、同一人不同的時間，自然會出現很多差異，這些差異對文字的分類形成障礙。而鑽鑿是對甲骨的單純「施工」：

　　鑽鑿的挖削，屬於工藝的技術。在大量製作的過程中，技工個別特
　　色較無法顯現，因為它必須遵從較多挖削技巧的約束，……，鑽鑿
　　型態的呈現，在相同的時期中，必然亦有約略一致的現象。〔註104〕

依照對鑽鑿形式的彙整，再輔以語序和曆法的研究結果對比，吳師俊德認為王族卜辭、歷組卜辭所屬的時代皆為晚期，這個結果對長久以來卜辭斷代的歧見，有突破性說法。〔註105〕可為陳夢家的甲骨學斷代研究，備為一說。

〔註103〕吳師俊德：《殷墟第四期祭祀卜辭研究》，頁 23。

〔註104〕吳師俊德：《殷墟第四期祭祀卜辭研究》，頁 49。

〔註105〕吳師俊德：《殷墟第四期祭祀卜辭研究》，頁 48～55。

　　若上溯到較早期，關於陳夢家《綜述》成書以來，最先給予反饋的乃李學勤〈評陳夢家《殷虛卜辭綜述》〉一文。李學勤此文，雖然在時代背景下，對陳夢家當時的生命處境有所影響；批評也相當嚴苛，但實際上也有它的學術價值存在。李學勤對《綜述》中卜辭的斷代有幾點意見：

（一）卜辭的分類

　　李學勤以為陳夢家不能將卜辭的分類與斷代區分開來，應先分類後斷代，所以有以斷代名稱作為分類名稱的錯誤，他說：

> 卜辭的分類與斷代是兩個不同的步驟，我們應先根據字體、字形等
> 特徵分卜辭為若干類，然後分別判定各類所屬時代。……《綜述》
> 沒有分別這兩個步驟，就造成一些錯誤。〔註106〕例如《綜述》所謂
> 「康丁卜辭」，便是用一個斷代上的名稱代替分類上的名稱。〔註107〕

（二）斷代標準和卜人

　　李學勤認為斷代標準應以稱謂系統為主，但《綜述》卻以世系與卜人為斷代第一標準，他說：

> 卜辭斷代標準應以稱謂系統為主，祖先世系則系其根據。卜人雖是
> 一個有效的標準，但因很多類卜辭不記卜人，所以並非通用的標準。
> 《綜述》以祖先世系與卜人為斷代的第一標準，是不恰當的。

實際上，《綜述》斷代的第一標準為貞人（即卜人）、稱謂、世系。這三者之中，李學勤首重稱謂，陳夢家首重貞人，但稱謂也包含在陳夢家的所謂斷代第一標準裡面。從《綜述》中實際操作斷代的過程來看，稱謂系統的重要性並不亞於其它斷代方法，陳夢家只是先依貞人分組，再使用稱謂、世系或其它標準來分期斷代。若如李學勤所說，很多卜辭不記卜人，影響了卜人斷代的準確性；那麼稱謂系統的重疊，也很容易誤導卜辭分期的結果。所以，斷代的各種標準，運用在不同的卜辭上，會呈現不同的結果，需要將多項標準相互參看，必須減少單指某項標準為第一要件這樣先入為主的觀念。

　　李學勤討論《綜述》以卜人斷代出現的錯誤，基本上集中在認字問題之上，最後統正出，《綜述》的卜人斷代總表應刪去21人，移動19人，增補5人。

〔註106〕裘錫圭有對李學勤此說提出反對意見，詳見後段。

〔註107〕李學勤：〈評陳夢家《殷虛卜辭綜述》〉頁124。

（三）卜辭的時代：

指出《綜述》卜辭斷代成果中的錯誤。此時李學勤將「文武丁卜辭」〔註108〕（也就是陳夢家分類𠂤、子、午組卜辭）和都視爲文武丁時代〔註109〕，和陳夢家訂爲武丁晚期有所不同，理由如下：

1. 其字體、字形都是晚期的。

2. 與公認的武乙至文丁初的大字卜辭（有卜人歷）和另一類有「自上甲廿示」的卜辭聯系。

3. 沒有武丁至祖庚初與工方戰爭的紀錄。

4. 「𠂤組」的稱謂系統不同於武丁，而近於文丁初的大字卜辭。

李學勤列出所有𠂤組的稱謂，證明他與武丁晚期的不同之處。最後他討論了小屯是否出帝辛卜辭的問題，認爲陳夢家在《綜述》中所提出帝辛卜辭的證據，都是不妥的，主要原因是誤讀與引用僞器。〔註110〕

裘錫圭的〈評《殷墟卜辭綜述》〉〔註111〕，相較於其它單篇文章，篇幅略長，對陳夢家《綜述》裡的價值與問題都有較深入的評論，各方面的錯誤，也幾乎鉅細靡遺地記錄下來。他認爲陳夢家在斷代章節有比較大的貢獻。李學勤在〈評陳夢家《殷墟卜辭綜述》〉中批判陳夢家沒有將分類與斷代區分開來，但是裘錫圭認爲雖然沒有明確的兩個步驟，而陳氏在研究武丁卜辭時已經這樣做了：

> ……陳氏所說的卜人組跟董作賓所說的貞人集團似乎沒有甚麼重大區別，他們二位研究甲骨斷代的方法是很不相同的。陳氏認爲在字體等方面各具特點的不同卜人組的卜辭可以屬於同一個時代，如賓組、𠂤組、子組、午組都屬於武丁時代。這實際上就是把卜辭的分類和斷代分成兩步來進行，研究方法比董氏科學得多。〔註112〕

〔註108〕由董作賓提出。

〔註109〕小屯南地甲骨出土和公布斷代研究後，李學勤改變他的看法，將之跟陳夢家一樣歸於武丁時期。

〔註110〕李學勤：〈評陳夢家《殷虛卜辭綜述》〉，頁124～127。

〔註111〕裘錫圭：〈評《殷虛卜辭綜述》〉，頁215～217。

〔註112〕裘錫圭：〈評《殷虛卜辭綜述》〉，頁215～216。

關於午組卜辭與賓組、𠂤組、子組不能系聯的部分，陳夢家提出這個觀察，並使之自成一組，裘錫圭亦以此證明上述看法：可見他對應該先按字體等標準來給卜辭分類這一點，並非毫無認識。〔註113〕雖然陳夢家推行貞人斷代，但是實際操作過程當中，其它的斷代標準還是會作為考量，不可能僅僅單就貞人分組來操作斷代，如同李學勤所說，會有不記貞人的卜辭，陳夢家依舊得處理這些卜辭，此時的依據將會是其它標準。裘錫圭舉出陳夢家研究午組、廩辛、康丁等卜辭的分類方法，反駁李學勤的批判，最後他評論陳夢家的研究方法：

> 陳氏在甲骨斷代的研究中，實際上已經在相當大的範圍裡使用了先分類後斷代的方法。這在甲骨斷代研究史上是具有重要意義的。
> 〔註114〕

這是裘錫圭對陳夢家斷代方法的看法。另外，裘錫圭指出，陳夢家將𠂤、子組卜辭歸類於武丁時代，與貝塚茂樹所謂「多子組卜辭」是一致的，但是提出午組卜辭並將之歸入武丁時期，就是陳夢家自己的創見。而陳夢家主張貞人斷代的研究方法，在甲骨學斷代研究史上也有一定的成績，影響後來的研究發展，裘錫圭指出：

> 陳氏創立的賓組、𠂤組、子組、午組、出組、何組等名稱，在近年來關於甲骨斷代的討論中已經被廣泛採用。〔註115〕

《綜述》斷代章的一些零星問題，裘錫圭則注意到幾點，如：

1. 《綜述》142頁提到，「康、武、文」沒有卜人，只有「武乙卜旬之辭有卜人歷數見」，裘錫圭認為：其實歷貞之辭並不完全限於卜旬之辭，《京津》4387「己亥歷貞：三族王其令追召方及于□」便是一例。

2. 《綜述》148頁提到，殷墟第三次發掘所得的𠂤組卜骨都是習刻。裘錫圭認為這是沒有根據的。

3. 《綜述》151頁提到，「賓組卜辭凡稱幾日者以所卜之日為第一日，𠂤組以所卜之次日為第一日計算」。裘錫圭認為其實𠂤組也有不少從所卜之日起算

〔註113〕裘錫圭：〈評《殷虛卜辭綜述》〉，頁216。

〔註114〕裘錫圭，〈評《殷虛卜辭綜述》〉，頁216～217。

〔註115〕裘錫圭，〈評《殷虛卜辭綜述》〉，頁217。

的例子，賓組也有少量從所卜次日起算的例子。〔註116〕

　　裘錫圭認為這些是《綜述》不確切、不成熟或明顯錯誤的說法及意見。〔註117〕除了這幾個問題以外，裘錫圭以為斷代章還有其它的錯誤，有幾種情況：錯認卜辭裡的字、讀錯或理解錯卜辭或其中詞語等情況；卜人名誤認；先人稱謂誤認；讀錯或理解錯卜辭或其中詞語；前後自相矛盾；沒有校出來的書寫、印刷等錯誤；其它文字錯誤的例子等等，未免繁瑣，整理表格如下。

頁　數	錯　　　　誤
錯認卜辭裡的字、讀錯或理解錯卜辭或其中詞語等情況	
158	引《乙》7781「乙毋保黍年」，「毋」本作「弗」，這大概是筆誤。
165	引《乙》1704「戊申卜，奉生五妣于妣于父丁」，「于妣于父丁」是「于乙于父己」的誤釋。
卜人名誤認	
176	引《續》5‧31‧8的卜人名「屮」，其實是「殼」的下部殘文。〔註118〕
181	引《粹》1239的卜人名「己」，其實就是「亘」。〔註119〕
183	引《乙》749的卜人名「尤」，其實就是「永」。〔註120〕
184	講武丁卜人時所引的《甲》3399的「名」，其實就是193頁講廩辛卜人時所引的見於《佚》406等片的「囧」
193	講祖甲卜人時所引的《庫》1062（拓本見《美國》90）的「夼」，其實就是陳氏隸定為「吳」的、常見的出組卜人名。
先人稱謂誤認	
160	子組稱謂「父庚」條所注出處為《乙》370。《乙綴》393已將此片與《乙》393綴合，其上並無「父庚」稱謂，但有「庚午卜……」一辭。陳氏大概把「卜」下一字的右旁誤認為「父」，把「庚午」的「庚」誤認為稱謂中的天干了（從字體看，陳氏把這一片歸入子組也是錯的）。
163	午組稱謂「母丁」條所注出處為《乙》3478和5394。這兩片都並無「母丁」。《乙》3478「丙午卜」一辭有「受丁」。《乙》5394「壬戌卜」一辭中有「……見邑……」之文。「受」和「見」的外形有些像「母」，「邑」字上部與「丁」同形。陳氏大概是因此而誤釋的。

〔註116〕見黃天樹，《殷墟王卜辭的分類與斷代》的附錄一〈關於卜辭的計日法〉。

〔註117〕裘錫圭，〈評《殷虛卜辭綜述》〉，頁219。

〔註118〕參看李學勤：〈評陳夢家《殷虛卜辭綜述》〉，頁125。

〔註119〕參看島邦男：《殷墟卜辭研究》中譯本，頁8。

〔註120〕參看李學勤：〈評陳夢家《殷虛卜辭綜述》〉，頁125。

165	所舉午組稱謂有《乙》5162 的「外戊」。這跟 163 頁所舉的「司戊」其實是同一個稱謂。司戊之「司」不从「口」，《乙》5162 的「司」字是反寫的，所以就被陳氏戊認為「卜（外）了」。
讀錯或理解錯卜辭或其中詞語	
158	陳氏認為「B119 和 YH006 兩坑是自組和子組的混合」，但是在 149 頁舉出來的 B119 坑的子組卜辭《乙》131、139 和 YH006 坑的子組卜辭《乙》373、393，實際上都不能歸入子組。《綜述》所引作子組卜辭的，實際上往往並不屬於子組。他認為這些卜辭裡的「余」都是卜人名，也是缺乏根據的。
前後自相矛盾	
150、151	講武丁卜辭中「貞」字的各種寫法，所列「式十」作尖耳形，所舉之例中《甲》2907 扶卜是自組卜辭，且是下文卻說「自組貞字只作方耳的（式四）」。
沒有校出來的書寫、印刷等錯誤	
142	10 行的「830」當作「840」。
147	15 行「乙 3047+3048」的「乙」當作「甲」。
149	8 行「甲 2014+3020」的「2014」當作「3014」。
150	12 行「3045+3047」的「3045」當作「3048」。
其它文字錯誤的例子	
144	11 行「七塊」當作「六塊」。
147	8 行所舉自祖同于賓組的稱謂中的最後一個「伊尹」，當為衍文（自組、賓組都無「伊尹」之稱）。
155	倒 2 行「自組以及以其……」顯然有誤。
158	8 行前序數「56」當作「36」。

　　陳夢家《綜述》的年代章，篇幅不長，歷來討論的學者並不多。李學勤以為斷代、年代章是論述商王年代及卜辭時代問題，《綜述》主要的根據是《竹書紀年》，對殷商時間記載上來說，並不是特別可靠的傳世文獻，他說：

> 《竹書紀年》是戰國時魏人史書，它對東周年代的記載是可信的，
> 但對西周以上各年代的數字記載就不一定準確。特別是推算公元年
> 次時，商元年要根據周元年，夏元年更根據商元年，因此是很不可
> 靠的。〔註121〕

夏商周的積年問題，因為去古久遠，至今仍有許多無法解決的困境。陳夢家出

〔註121〕李學勤：〈評陳夢家《殷虛卜辭綜述》〉，頁 124。

生在西學東漸的時代，當時的中國學者，一來受西方戰爭侵入的文明打擊；二來從西學的研究方法中學習對文明史實的重視，亟欲重建中國上古史，將之帶入「信史」的階段。適逢甲骨文出土，王國維所謂以傳世文獻佐以出土文獻對照研究的「二重證據法」，廣受學者重視。在可靠資料有限的情況下，陳夢家也是以《竹書紀年》佐以出土的甲骨文內容，盡他所能去考定上古史的年代。

　　裘錫圭則校勘出年代章的一個行文上的錯誤：頁 212 倒 6 行（3），當作（1）。

　　馮時曾在〈陳夢家先生的年代學與《尚書》研究〉一文中，討論了陳夢家的古史年代學研究（不限於《綜述》之中的內容），分為西周積年、商代月食年代、商代周祭、西周金文月象等幾個主題。他認為這些研究成果反映了陳夢家的研究方法與態度：

> 這些事例充分展示了陳夢家先生嚴謹的學風，其中史料運用的科學詳實，研究方法的持正客觀可見一斑。〔註122〕

即使陳夢家的年代研究，沒有他斷代研究來得出色，其中的研究方法，也是特別值得後人借鏡的。

〔註122〕馮時：〈陳夢家先生的年代學與尚書研究〉。

第四章　《殷虛卜辭綜述》殷商史析論

　　本章節的寫作體例，如同上一章，延續《綜述》中殷商史的部分為討論主體，為清晰所論的範圍，重現表格如下。

本論文章節		分　類	《綜述》中的章節
第三章 甲骨學	第一節	甲骨學基礎	總論、文字、文法
	第二節	甲骨學斷代與年代	斷代上、斷代下、年代
第四章 殷商史	第一節	商代天文地理與政治文化	曆法天象、方國地理、政治區域、百官、身分
	第二節	商代宗教與祭祀	先公舊臣、先王先妣、廟號上、廟號下、親屬、宗教
	第三節	商代農業及民生活動	農業及其它、總結、附錄
	第四節	小結	全

　　析論的方式將以依照原本的章節作重點式的整理，並於行文中將其問題與討論提點出來，最後再為一個分類做一小結。

第一節　商代天文地理與政治文化

　　《殷虛卜辭綜述》中的商代天文地理與政治文化的討論，集中在第七章曆法天象、第八章方國地理、第九章政治區域、第十五章百官、第十八章身分，為清楚它們所討論的內容與架構，將此五章的章節標題表列如下。

第七章　曆法天象	殷代曆法
	紀時法
	一日內的時間分段
	晚殷紀年月日法
	天象紀錄
第八章　方國地理	史書所載般庚前後的遷徙
	卜辭地名的形式分類
	殷的王都和沁陽田獵區
	泉名及京名
	武丁時代的多方
	武丁時代的晉南諸國
	武丁後的多方
	乙辛時代所征的人方、盂方
	結語
第九章　政治區域	卜年與族邦
	四土四方
	邑與鄙
	邦伯與侯伯
第十五章　百官	臣正
	武官
	史官
	結語
第十八章　身分	卜辭中的「人」
	西周文中的殷人身分

　　陳夢家在《綜述》裡講述商代的天文地理與政治文化，重點在於曆法問題、政治地理與殷代官制。本節擬以析論方式呈現《綜述》中這數章的重點，再以前人研究看法，討論它的貢獻，與商榷其中問題。

一、《綜述》商代天文地理與政治文化析論

　　《綜述》曆法天象章中，討論了商代的曆法、紀時法與天象紀錄等。曆法是觀察天象與氣候的發展而有的編制，需要長時間的紀錄與天文、數學的深厚知識，殷商的曆法已經十分成熟，在當時主要是為農業的需求而生，《綜述》說：

曆法是根據天象以一定的單位對於長的時間間隔的計算。天時觀念
的發達,是與農業的發展相關連的,因為農業需要尋求天時週期的
規律,以便及時地播種和收穫。〔註1〕

曆法的基礎是時間計算單位,全世界的曆法,從古至今約有太陽曆、太陰曆和
陰陽曆三種,《綜述》觀察殷代的曆法為陰陽曆,他的特色是:

中國古曆是一種陰陽曆,先漢曆法所推算的歲實朔策已經相當的接
近於今測,計歲實大於今測曰 19/10000,朔策大於今測約 5/10000。
由此可以推斷,此種曆法必經過一甚長的發展過程,而殷代曆法遠
在此種曆法之先。〔註2〕

陰陽曆具有閏月,故一年十二個月,或一年十三個月;十二個月的年份稱為
「平年」,十三個月則稱為「閏年」,十三個月的閏年即有閏月。殷代是平年
閏年都有出現過,可以從紀錄上計算出。〔註3〕而平年、閏年和大小月的分配,
還無從知道,只能約略計算年日:

今假設其大致為大小月相間而設,則平年當為353～354日,閏年當
為383～385日,如猶太曆。〔註4〕

至於置閏的月份,因為武丁卜辭中有「十三月」的紀載,可以知道當時是「年
終置閏法」。而年終置閏的十三個月在祖庚、祖甲之後就不見了,而開始出現
兩個「七月」或「八月」,顯然就是如今的「閏七月」、「閏八月」,被稱為「年
中置閏法」,至於年中置閏法究竟何時開始,《綜述》裡認為未能確定,只說:

可見年終置閏法在祖甲時仍存在。不過當時已有了年中置閏法。
〔註5〕

祖庚時代已有年中置閏法,而較他晚的祖甲卜人尹、行、即卜旬辭
中仍然有十三月之名。可見年終置閏與年中置閏,至少在某個時期

〔註1〕陳夢家:《綜述》,頁 217。
〔註2〕陳夢家:《綜述》,頁 218。
〔註3〕陳夢家:《綜述》,頁 218。
〔註4〕陳夢家:《綜述》,頁 220。
〔註5〕陳夢家:《綜述》,頁 220～221。

內是並行的。〔註6〕

因爲祖甲時年終置閏、年中置閏是同時進行的，也許我們也能將之視爲一種過渡時期。

在《綜述》撰寫之前，董作賓就已經完成了他的《殷曆譜》，陳夢家肯定董作賓對殷代曆法嘗試編排的精神，但是認爲裡面有很多不能立即解決的問題，影響了《殷曆譜》的眞實性。主要是甲骨刻辭對曆法的紀載並不是連貫的，換句話說，並不是天天都有占卜的紀錄留下，好讓後人可以據之排出殷曆，《綜述》認爲：

> 甲骨刻辭關於月日的記載雖然不少，但由於它們不聯貫，不能恢復成某一年或二年的曆譜。沒有整齊的一年兩年的曆譜，便很難擬出某個朝代的曆法的具體內容。〔註7〕

利用既有的曆法材料來做分析，是《綜述》在研究態度上，謹小細微的一面。

曆法以外，《綜述》還討論了「春」、「秋」等紀時法，因爲殷商時對季節，還沒有「春、夏、秋、冬」之說，可能在一年中，只分爲上下兩季：

> 後世春夏秋冬四季的分法，起於春秋以後，此以前恐怕只有兩季，即上述的兩歲。卜辭「下歲」可能即指下半年的一季。這兩歲在卜辭中稱爲「春」「秋」。〔註8〕

卜辭中的季，稱爲歲，歲用來指稱爲一年，可能是再之後的事。《綜述》如是說：

> 以歲爲一年，當是較晚之事，它最初當是季。《淮南子・時則篇》記春夏季三季「迎歲」，秋「迎秋」，然則歲與秋皆指一季。這裏的歲和卜辭的歲雖不全同，然而是近似的。至於卜辭之「歲」究應是三個月或六個月，則限於材料，未能一定。〔註9〕

以卜辭蒐整到的訊息來看，故殷代的紀時法，以春秋爲上下歲。

時是更小的時間單位，《綜述》認爲「卜辭對於一天廿四小時以內的各個

〔註6〕陳夢家：《綜述》，頁221～222。

〔註7〕陳夢家：《綜述》，頁223。

〔註8〕陳夢家：《綜述》，頁226。

〔註9〕陳夢家：《綜述》，頁228。

時間的階段，都有詳細的專名」，這其實是有點誇大的說法，應該說一天之中很多的時段，都有特別的專有名稱，例如說明中午的「中日」、「各日」即落日、「大食、小食」即朝夕兩餐之時、「日」即白天、「夕」即夜，凡此種種共17種記述特別時段的方法。

晚殷時，記述年、月、日的方法，與之前稍有不同，陳夢家列出以下重點：

> 約當乙辛時代，卜辭、獸骨刻辭和銅器銘文，有了共同的較整齊的紀時法。這種紀時法的特點就是：有了近乎「年」的時間單位，名曰祀（或司）；有一種「祀季」介於祀與月之間。〔註10〕

> 殷末以日、月、祀、祀季爲基本的紀時法，反映了其所借用的農曆。「日」「月」是借用於農曆的，「祀」與「祀季」是周祀祀譜本身所產生的。農曆與祀周既互相借用。〔註11〕

這裡可以觀察到，商代王室所用的曆法，主要與祭祀相關；但祭祀的主要目的之一，也是在於求農事豐收，所以有農民曆的產生，兩者會互相作用，產生影響。

《綜述》敘述天象，主要依據卜辭所整理出來的所有天文與氣象狀況。因爲古人對自然現象還不能全盤地了解原理，所以對天文、氣象的觀察十分細密，這些現象影響農事，在宗教崇拜上會認爲是上天給予的信號。自然，在殷代時還沒有完整的「天」的概念，但就陳夢家所言，「帝」的概念與祖宗作祟等等，莫不使殷人時常占卜、祭祀以乞求保佑。卜辭中所記載的天象有：月食、日食、日又哉、風、霾、雨、雪、雲、虹、隮，霞雲、暘日、啓、霽、霏、昱、星等和其它，多達十六項，《綜述》一一列出所載的卜辭，予以討論。

《綜述》的方國地理章，主要討論了卜辭中殷王朝的所在地。因爲殷虛卜辭的年代在盤庚之後，自然可以討論的信史也從盤庚之後開始。《綜述》要討論殷代的地理，首先要明白古代地名的研究有很大的侷限。卜辭雖然記載了非常多的地名，但因爲時間久遠，即使用了相同的字眼，也不能貿然與後世的地名相互牽合，據此，陳夢家認爲：

〔註10〕陳夢家：《綜述》，頁233。

〔註11〕陳夢家：《綜述》，頁237。

卜辭所記載的地名約在五百名，它的材料是很豐富的，以往的學者對於此批材料，還沒有很充分的利用它。三千年以來，地名的更改不計其數，城邑的遷移也極頻繁，地理沿革的考證至今尚未有整理有緒可資援用的。所以若以卜辭任何一名（卜辭地名又以單名為大多數）和古書上地名相同的相比，自然極易對合，此等對合並不能認為卜辭的地名已經考定了。〔註12〕

我們先爬梳卜辭對地名的考證，一般會分為三類：一、孤立的解釋若干單名；二、系聯的解釋一些相鄰近或通過的地名；三、典籍所載商王都邑的考證。〔註13〕因為卜辭的產生在商王室，其地理位置自然是在殷商的王都，而許多和戰爭相關的卜問，或王出行的卜問，也都會涉及到聯外的地名，這也成為討論項目之一。至於殷王朝的所在地，自然是相當重要的，《綜述》對史書所載盤庚前後的遷徙有一番討論，認為由卜辭的紀錄中辨明商殷帝王都邑的遷徙，對於去輪廓商王朝的活動範圍，有很大的幫助。〔註14〕陳夢家認為古書中最可信的紀錄來自《竹書紀年》：

> 《紀年》所記商王名號，大同於卜辭，所以它所記諸王遷徙之帝，
> 也當可信；尤其是盤庚至帝辛居殷更不徙都之說，證以安陽殷虛出
> 土卜辭有帝乙、帝辛時代的遺物，可見其確實。〔註15〕

甚至可以由此證明殷墟出土的卜辭，時代下限到帝乙、帝辛時期。

《綜述》討論卜辭的地名時，因為是以詞位的分析來推測名詞，而名詞之間，地名與方國名、宗廟或居室名、山水之神名之間，最容易互相混淆。〔註16〕討論殷代地名的過程中，可能會透露它的地貌概況甚至社會制度，如：

> 我們從而知殷代各地有駐軍，居處有取高地形者，而平地之邑的
> 產生與擇水流而居的習慣，與當時的城市形成和農業生產是有關
> 的。〔註17〕

〔註12〕陳夢家：《綜述》，頁249。

〔註13〕陳夢家：《綜述》，頁249。

〔註14〕陳夢家：《綜述》，頁249。

〔註15〕陳夢家：《綜述》，頁251。

〔註16〕陳夢家：《綜述》，頁253。

〔註17〕陳夢家：《綜述》，頁255。

商王朝地名的討論，最重要的還是聚集在王都的位置，據古籍與卜辭的紀載，殷的王都有商、亳、衣等，三個主要地方。稱商的有商、中商、大邑商、天邑商、丘商等。〔註18〕《綜述》整理了所有紀載商的內容，認為：

> 我們以為商和殷最初當為商族作為都邑的地名，國號因都邑地名而起。然此作為地名的商或殷，並不限於一個地方的地名，它們可以是數個地方共同的地名，如有許多地方名亳或薄一樣。〔註19〕

最後將商的地望推測如下：

商、丘商	今商丘附近
大邑商	今沁陽附近
天邑商	可能為朝歌之商邑，今淇縣東北
中商	可能在今安陽

要注意這個地望的推測，所謂「今」的行政區域劃分，是在 1950 年代的。

另一個很重要的卜辭地名，是作為田獵區地名的「衣」，陳夢家說它始見於廩辛卜辭。〔註20〕

如今我們稱盤庚遷都以後為殷，在那之前的商朝不稱為殷。可是《綜述》據卜辭分析，又引用郭沫若的看法，認為：

> 我們以上所述「商」、「殷」之別，郭沫若也有過簡明的分析。他說：「根據卜辭的記載看來，殷人自始至終都稱為商而不自稱為殷的。在周出銅器中才稱之為殷，起先是用『衣』字，後來才定為殷。衣是卜辭中的一個小地名，是殷王畋獵的地方。周人稱商為衣、為殷，大約出於敵愾」。〔註21〕

這個說法有些推論的性質，但可備為一說。

《綜述》的方國地理章，還有其它方國的討論，例如武丁時的多方。因為《綜述》將許多卜辭都歸類在武丁時期，所以許多方國的記錄自然也多見於武丁，他說：

〔註18〕陳夢家：《綜述》，頁 255。

〔註19〕陳夢家：《綜述》，頁 255。

〔註20〕陳夢家：《綜述》，頁 259。

〔註21〕陳夢家：《綜述》，頁 264。

武丁卜辭所記征伐的方國甚多，可有三種整理的方式。一種如郭沫若在《卜辭通纂》的征伐一類，羅列了不同的方國；一種如董作賓在《殷曆譜》的武丁日譜中，排列了四年半以正土方、邛方爲主的卜辭；一種如胡厚宣的〈邛方考〉則但就所征的一個方國而加以平面的處理。武丁卜辭既無紀年的，亦無如晚殷周祭的聯系關係，所以以干支月名譜作日譜是不很穩妥的。〔註22〕

而武丁卜辭記載方國較爲詳備，武丁以後比較簡略了。〔註23〕到了乙辛時期，也有很多人方、盂方被征的的卜辭資料，陳夢家以時間序列整理出「征人方歷程」，爾後又大篇幅地討論這段過程：

董作賓爲了要證實他所擬定的「殷曆」，曾在他的殷曆譜中彙集了征人方的卜辭依年、月、日排列爲帝辛日譜，並繪出往返路線圖。……他所考定的地名，也有不合乎時日所排出的路程的。我們現在一一糾正這些錯誤，增入了新出的材料，刪除了不必要的和錯置的材料，作「正人方歷程」。〔註24〕

《綜述》方國地理章的結論，是根據卜辭所見的商王都邑、方國，整理出了殷商區域的四個邊界，約略是：

北約在緯度 40° 以南易水流域及其周圍平原

南約在緯度 33° 以北淮水流域與淮陽山脈

西不過經度 112° 在太行山脈與伏牛山脈之東

東至於黃海、渤海〔註25〕

如果以如今地望來探討殷都的具體位置，《綜述》以爲盤庚以來的殷代，商王室的主要活動範圍還是在河南，在此之前可能位置較偏於山東，分爲三個中心討論：

（一）豫北以安陽爲中心，是當時的王都，包括朝歌之商邑，西周

〔註22〕陳夢家：《綜述》，頁 269。

〔註23〕陳夢家：《綜述》，頁 298。

〔註24〕陳夢家：《綜述》，頁 301。

〔註25〕陳夢家：《綜述》，頁 311。

的衛建立於此。

（二）豫西以沁陽之衣（即殷）爲中心，是當時的田獵區，在春秋
　　　爲周、鄭的地方。

（三）豫東以商丘爲中心，包括亳、西周的宋建立於此。〔註26〕

《綜述》第九章的政治區域，討論了卜年與族邦、四土四方、鄙與邑、邦
伯與侯伯等，基本上是就卜辭占卜、祭祀的內容來觀察商王朝的國土區域與有
關的政治文化。

因爲殷代主要的經濟活動還是農業，所以卜辭之中卜農事相關如求雨、卜
雨之辭，占了很大的數量。又或是卜農事收成的「某受年」之語，某可能是當
時的地名、邦族名、諸侯名、方國名或區域名。《綜述》認爲：我們若能求得這
些名字的方位，也就是求到了殷代疆域的大略。〔註27〕由卜年之辭我們可以推
求商王國勢力所及的範圍，甚至進一步推測它和諸侯的關係，以及當時主要生
產的農作物爲何。

《綜述》的政治區域章還討論了卜辭裡所記載的四土四方，觀察到卜年於
四方與四土者，因時代而異：

武丁卜辭	四土受年	四土以外有北田、西田
武文卜辭	四方受禾	四方對大邑
乙辛卜辭	四土受年	四土對商

爲此，陳夢家說：

四土與四方的意義本來是有差別的：四土指東西南北四個方面的土
地，四方指東西南北四個方向。〔註28〕

邑與鄙討論的是卜辭記載的都邑與邊鄙。在官制上討論了邦伯與侯伯：

在卜辭中有一些特殊身分的名稱，代表著一些佔有大小不等的土地
的統治者，他們對於殷王的關係以及他們對於所占有的土地上的人

〔註26〕陳夢家：《綜述》，頁311。

〔註27〕陳夢家：《綜述》，頁313。

〔註28〕陳夢家：《綜述》，頁319。

們的關係，是研究殷代社會最重要的問題。〔註29〕

在殷邦內外及其邊域上，有許多大小邦的諸侯，我們稱其君長爲「諸侯」，稱其地方爲族邦。對於殷王國有貢納農作物和爲王征伐的義務，而殷王國從諸侯出征也是殷王國對於所臣服的侯白盡保護的義務。各個族邦，有他們自己的土地人民，但非殷王國所封賜，與後代的封土式的情形自有不同。〔註30〕

《綜述》的百官章，討論了卜辭上可見的殷代官制，認爲卜辭中可以見到的官名有二十多個，之所以可以知道是官名，因爲和西周及其以後的官名都有些關係，但不完全相同，陳夢家將之分爲：臣正、武官、史官三類。〔註31〕

臣正	某臣、某正、某臣正、某元臣、小王臣、王臣、小臣、臣、多臣……等
武官	馬、多馬、亞、多亞、亞某、射、多射、犬、犬某、戍某、五族戍……等
史官	尹、多尹、又尹、某尹、乍冊、卜某、多卜、工、史、某御史、吏……等

他們與西周後的官名相較，其特色是：

卜辭官名和晚殷金文中的官名，有很多是相同的，但卜辭保存較多的臣正與武官之名。殷代史官如尹、乍冊、史、卿史等沿至西周，尚存其制；其它如宰、工、射、犬亦相沿至西周。至於西周金文所見的虎臣、司寇、司土、善夫等等，則似爲純粹的周制。

〔註32〕

《綜述》中有關商代政治文化的還有「身分」一章，討論了卜辭中的「人」，有單位詞、方國名、王自稱、族人、集體、邦人……等等性質與義涵，也討論了「眾」這個身分。第二節對西周文中的殷人身分，是以西周金文爲主要材料的。統整以後，認爲殷人存在兩種階級：〔註33〕

〔註29〕陳夢家：《綜述》，頁325。

〔註30〕陳夢家：《綜述》，頁332。

〔註31〕陳夢家：《綜述》，頁503。

〔註32〕陳夢家：《綜述》，頁522。

〔註33〕陳夢家：《綜述》，頁625。

統治階級	王、侯、田、邦伯、百官、多士（上層百姓）
被統治階級	自由的小人（下層百姓）、奴隸

本章的亮點在於「眾」的討論，其結果爲：

（一）殷王有「眾」

（二）「喪眾」是奴隸的逃亡

（三）「眾」也從事農耕

（四）王常卜「收穫」

（五）殷王宗廟所在，集中的儲藏了大批石製收割具

　　那麼至少殷王有許多「眾」爲他從事耕作，不在收割之時，是不把收割用的石鐮發給他們的，如此「眾」必須是奴隸了。〔註34〕

關於「眾」的問題，將在下段中加以商榷。

二、《綜述》商代天文地理與政治文化的貢獻與問題的商榷

　　身分章中關於「喪眾」的討論，李學勤認爲是有問題的，上述幾個條件之中，第一、三、四不能算是眾的性質的證據，因爲也適用於奴隸以外的情形，而二、五是有誤的，需作討論：

　　關於喪眾：「喪」是動詞，「眾」是賓詞，「喪眾」是在戰爭中亡失人眾。如依陳夢家以「喪」爲眾的主動逃亡，那麼卜依文法須乙作「眾喪」和「眾不喪」這是不對的。

　　關於石製收割具：這是指所謂小屯石刀，……這些出石刀地點顯然是製造石刀的工場，而不是像陳夢家所說是儲藏收割具的宗廟所在。〔註35〕

喪眾的問題，恐怕李學勤的看法才是正解。

　　曆法天象章中，李學勤認爲《綜述》沿襲董作賓的看法，對年中置閏、月食的推算，都是不可靠的。他認爲殷代一貫通行年終置閏，月食的卜辭也可能在安陽以外地方所卜。

〔註34〕陳夢家：《綜述》，頁 626～627。

〔註35〕李學勤：〈評陳夢家《殷虛卜辭綜述》〉，頁 119～120。

對《綜述》方國地理章裡的錯誤，李學勤說：

> 方國地理章對殷代地理的敘述極不精密，且多錯誤，可以看出作者
> 根本不曾有系統地整理有關地理的卜辭。該章第三節把商、大邑商、
> 天邑商分為三地，就是顯著的錯誤之一。……「大邑」、「商」均指
> 商人心目中四方之中的一個區域。它既稱「商」，應即「大邑商」。
> 〔註36〕

商的地名之外。李學勤還指出了《綜述》在「征人方卜辭」中，地理位置上的
錯誤，因為李學勤此時著力於研究殷商地理，所以在細節上，對於不是專職研
究地理的陳夢家，有許多可批評之處。

方國地理章中，陳夢家稱「二田疆、盂」等稱「田」之地，都是獵田而非
農田。〔註37〕裘錫圭則認為其實卜辭中的「疆田、盂田」等地顯然是有農田的。
陳夢家所引的「二田疆、盂，有大雨」，是卜問求雨之事的。這條卜辭就可以證
明疆、盂二地有農田。如果完全是獵田，就沒有求雨的必要了。

雖然《綜述》的方國地理章有這些細節上的錯誤，但仍有它主要的貢獻存
在，劉正以為陳夢家對先人的甲骨地理研究進行整理，在透過分析卜辭文獻，
勾勒出商代的地理範疇，讓殷商疆域成為可信的基礎史料，他說：展開對殷代
王都及其周邊地區的地理研究，為甲骨學殷商史的研究奠定了最基礎的地理範
圍。〔註38〕

最後，我們討論《綜述》百官章中，「臣、正」的問題。鍾柏生曾專文討
論這個官名〔註39〕，主要的方法是先討論歷史上「正」的官名，再逐條檢討陳
夢家所引用的所有卜辭，認為「臣正」可能是出於陳夢家的誤讀，最後的結
論是：

> 「正」這類官名，普遍而長時期的存在於周代的中央與地方官制中，
> 我也相信商朝可能有正官的存在，但在卜辭中至今未能找到明確的

〔註36〕李學勤：〈評陳夢家《殷虛卜辭綜述》〉，頁121。

〔註37〕陳夢家：《綜述》，頁262。

〔註38〕劉正：〈當日群雄誰泰斗──重讀陳夢家先生的《殷虛卜辭綜述》〉，頁36。

〔註39〕鍾柏生：〈《殷虛卜辭綜述》第十五章百官第一節「臣、正」為官名說之檢討〉，《中
國文字》新34期。

例證。〔註40〕

陳夢家《綜述》一書，內容詳盡駁雜，但不能說他將各個課題都研究透徹，故常有細節上的缺失。要在 70 萬字的《綜述》中找出錯誤的問題，並不是那麼困難，但它的貢獻並不在於學說上的十全十美，而是一種研究方向的完備，研究課題的提出。如商代的天文地理與政治文化，都不是陳夢家所擅長的領域，不過他還是能就這個領域，整理前說，提出自己的觀察，哪怕這些觀察不夠深入精確，也提供了後人研究的一種方向。

其它有關裘錫圭提出，《綜述》的曆法天象、方國地理、政治區域、百官、身分個章的勘誤，製表如下。

章 節	頁 數	分期、分組的錯誤
方國地理	286	引了武丁卜辭中提到「黎方」的卜辭四條，第四條（《佚》865）從字體看也應是所謂「武文卜辭」。

章 節	頁 數	錯認卜辭裡的字
曆法天象	230	引《鄴三》445「癸于旦仍伐戈𤰔，雉人」。原辭「仍」本作「迺」（乃）；「𤰔」本作「不」，當屬下讀。
方國地理	284	引「貞令多馬方射于北」一辭，所注出處作《甲》而無片號。疑所引即《甲》3473，原辭作「貞令多馬衛于北」，「方射」似是「衛」的誤釋。
方國地理	305	引《甲》2700「……〔天〕邑商望人〔方……〕」，當是「……〔告于大〕邑商，亡〔戋才𢆶〕……」的誤釋。
政治區域	322	引《鐵》213‧3「弗其戋卅邑」，「卅」為地名「𡿺」的誤釋。

章 節	頁 數	傳統文字學和古音學的錯誤
方國地理	255	「蒙或冢是山頂」。《爾雅‧釋山》：「山頂，冢」。陳氏顯然錯把「冢」跟「豖」當作一個字了。《綜述》中「冢」常被印作「豖」，這大概不是印刷之誤而是原稿之誤。
方國地理	310	「涅、淲古音相同」。上古音「涅」屬質部，「淲」屬月部，並不相同。
政治區域	320～321	卜辭的「四戈」即「四國」。上古音「戈」屬歌部，「國」屬職部，無由相通。

〔註40〕鍾柏生：〈《殷虛卜辭綜述》第十五章百官第一節「臣、正」為官名說之檢討〉，頁10。

章　節	頁　數	讀錯或理解錯卜辭或其中詞語
曆法天象	230	引《甲》404「旦其故鼎，酒各日又正」，認爲此辭以「旦各日爲對」，把「各日」讀爲「落日」。「各日」指祭祀時的一種儀式，也可說成「各于日」，陳說不可信。〔註41〕
百官	505	引了《乙》5393 和《哲庵》199 兩片上記臣屬「來王」的卜辭。其實在原辭中「來」「王」二字都不相連。〔註42〕
方國地理	276	卜辭方國名「亘」作「王亘」（前7·35·2），以與古書所見地「王垣」比附。《前》7·35·2 原辭是「……乍（作）王亘于西」，「王亘」當指一種建築，並非方國名或地名。
	283	把卜辭中屢見的動賓辭組「御方」（意爲「抵禦方國」）錯誤地解釋爲方國名。《前》5·11·7 有「貞：菁于下御方」一辭。「菁」是人名。《合》4888 等也有命菁御方之辭。「下」當指抵禦敵人時所處的方位，他辭或言「〔于〕上御方」（合6801）可證。283 頁引《前》5·11·7，漏釋「下」字，作「貞菁于御方」，「御方」就像是方國名了。
	274	《乙》6684「己酉卜鬼方易亡囚」，誤作「己酉卜鬼方禍」。

章　節	頁　數	其它文字錯誤的例子
百官	508	9 行「多亞、亞」當作「多馬、亞」。
方國地理	264	倒 11 行「過度」當作「過渡」。
	306	倒 5 行「文方」當作「人方」。
曆法天象	228	倒 3 行「春夏季」當作「春夏冬」。

章　節	頁　數	沒有校出來的書寫、印刷等錯誤
身分	605	8 行「587」當作「589」。
	606	10 行「1331」當作「1231」。
	607	14 行「戌其喪人」後脫片號，當作「林2·18·20」。
	610	2 行「1748」當作「1745」。
方國地理	260	13 行的「157」當作「657」。
	276	倒 12 行的「7·35·2」當作「7·38·2」。

〔註41〕參看裘錫圭：《釋秘》，頁 21。

〔註42〕參看李學勤：〈評陳夢家《殷虛卜辭綜述》〉，頁 127。

第二節　商代宗教與祭祀

　　《殷虛卜辭綜述》中有關商代宗教與祭祀的討論，集中在第十章先公舊臣、第十一章先王先妣、第十二章廟號上、第十三章廟號下、第十四章親屬、第十七章宗教這些章節，為清楚它們所討論的內容與架構，將此六章的章節標題表列如下。

第十章　先公舊臣	商殷的世系研究
	殷本紀先公與卜辭的對照
	為卷、為羌與年、雨的祈求
	先公的祭祀與並列的關係
	舊臣
第十一章　先王先妣	殷本紀的世系
	商王繼統法
	直系先王及其順序
	旁系先王及其順序
	先王的法定配偶
	祀周與農曆
	周祭祀譜的編排
	祀季與祀季的系聯
	結語
第十二章　廟號上	史書上的商王廟號
	七甲
	六乙　二丙
	八丁
	一戊至一癸
	其它的廟號
	廟號的區別字
	結語
第十三章　廟號下	諸母
	諸兄
	集合的廟主
	先王先妣的宗廟
	集合的宗廟
	宗室及建築

第十四章 親屬	親屬的稱謂
	配偶的稱謂
	女字與帝
	牽生
	集合的親稱
	族
	關於宗法
第十七章 宗教	上帝的權威
	帝廷及其臣正
	風雨諸神
	帝之一些問題
	土地諸祇
	山川諸示
	求雨之祭

　　陳夢家在《綜述》裡，祭祀的篇幅較多，這主要是因為卜辭的占卜內容，有很大一部份與祭祀相關。本節擬以析論方式呈現《綜述》中商代宗教與祭祀章節的重點，再以前人研究看法，討論它的貢獻，與商榷其中問題。

一、《綜述》商代宗教與祭祀析論

　　《綜述》所述的商代宗教，主要集中在「宗教」一章中，其它先公舊臣、先王先妣、廟號、親屬等章節，則著重在祭祀的研究，故而我們先述宗教章。

　　相較於其它章節的祭祀研究，宗教章主要聚焦在非人神的神祇祭祀，如帝、風雨山川等各個自然神。關於宗教，《綜述》如是說：

> 古代的人在為生存而和自然和野獸作鬥爭的過程中，在獲取生活資
> 料的過程中，由於武器和生產工具的簡陋，由於對自然現象了解之
> 愚昧和控制之無能，不能不屈服於神明統治世界的一種看法。而在
> 統治階級，為了要保持他們的特權，也乞靈於祖先、神明來保護自
> 己的利益。對於祖先、神明的崇拜及其崇拜的儀式，構成了所謂宗
> 教。〔註43〕

對宗教的產生原由，陳夢家有很準確的看法，那就是對自然現象的崇拜：

〔註43〕陳夢家：《綜述》，頁 561。

殷人對於自然力量的崇拜，對於通過巫術行爲與自然發生虛幻的交

通，反映了當時農業生產的重要和當時部族之間鬥爭的激烈。〔註44〕

這些對自然現象的崇拜裡面，反映了殷人對其生活的願望，除了祈求年歲豐收以外，部族之間的爭鬥也會透過宗教祈禱來乞求順利，占卜的內容與範圍非常廣泛，這些事物都記載在甲骨刻辭裡面，對於去殷不久的後代來說，因而出現了「殷人尙鬼」，也就是好爲宗教祭祀的說法，《綜述》裡說：

就卜辭的內容來看，殷代的崇拜還沒有完全形式化。這表現於占卜

的頻繁與占卜範圍的無所不包，表現於「殷人尙鬼」的隆重而繁複

的祭祀，也表現於銅器、玉器、骨器等器物上所雕鑄的動物形象的

森嚴。〔註45〕

甲骨出土後，更能證實殷人之尙鬼。

卜辭裡的祭祀占卜，人神的部分要多於自然神的部分，可以說殷人重視祖先崇拜多過於自然神崇拜，也許是中國傳統中以人爲本、人文主義的一種顯現，《綜述》裡說：

祖先崇拜的隆重，祖先崇拜與天神崇拜的逐漸接近、混合，已爲殷

以後的中國宗教樹立了規範，即祖先崇拜壓倒了天神崇拜。〔註46〕

這便是中國上古宗教的特性之一。而卜辭裡面所祭祀的內容，主要可以分爲三個部分，以表顯示如下。

天神	上帝；日，東母，西母，云，風，雨，雪
地示	社；四方，四戈，四巫；山，川
人鬼	先王，先公，先妣，諸子，諸母，舊臣

可以說卜辭裡所祭祀的對象，是有關天、地、人三方面的鬼神。

《綜述》裡談到所謂「上帝的權威」，是源自於卜辭中「帝」字的使用，卜辭的帝字共有三種用法：一爲上帝或帝，是名詞；二爲禘祭之禘，是動詞；三爲廟號的區別字，如帝甲、文武帝，名詞。〔註47〕而宗教章裡面主要探討卜

〔註44〕陳夢家：《綜述》，頁561。

〔註45〕陳夢家：《綜述》，頁561。

〔註46〕陳夢家：《綜述》，頁561。

〔註47〕陳夢家：《綜述》，頁562。

辭中上帝，認爲上帝具有很大的權威，是管理自然與下國的主宰。彙整武丁卜辭中上帝的能力，一共有：令雨、令風、令蟞、降莫、降禍、降啟、降食、降若、帝若、受又、受年㞢年……等多達十六項，可以說是無所不包。〔註48〕陳夢家認爲以上所說上帝的權威裡，可以分爲惡義與善義的，整理如表下。

	〔善義的〕	〔惡義的〕	〔不明的〕
令	雨	風	蟞
降	若，食	禍，莫，不若	啟
受	佑，年	不佑	
	若	不若	
邑		終、禍、不若	孜
王	佐、缶、福		兂
年	受	㞢	

上帝所管轄的事項是：年成、戰爭、作邑、王之行動。他的權威或命令所及的對象是：天時、王、我、邑。〔註49〕〔註50〕

所謂「帝廷及其臣正」，《綜述》認爲是上帝的屬下、使臣等，它說：

> 卜辭中的上帝或帝，常常發施號令，與王一樣。上帝或帝不但施令
> 於人間，並且他自有朝廷，有使、臣之類供奔走者。〔註51〕

關於《綜述》中所述「帝」的問題，下段將予以討論。

卜辭中所謂風雨諸神，是爲自然神。《綜述》中彙整所有的自然神，將其相關的卜辭條列出來，得到結論：

> 殷卜辭所記祭祀於天時諸神的：日、東母與西母、云、風、雨、雪；
> 上述對於日月雲風雨雪諸神的祭祀，傳至後世而不衰。〔註52〕

《綜述》的宗教章還討論了「帝之一些問題」，主要是因爲卜辭並無明顯的祭祀上帝的紀錄。有一些卜辭是帝字與其它字的結合，陳夢家以爲意義不

〔註48〕陳夢家：《綜述》，頁562～571。

〔註49〕指當時殷的都邑。

〔註50〕陳夢家：《綜述》，頁571。

〔註51〕陳夢家：《綜述》，頁572。

〔註52〕陳夢家：《綜述》，頁573～577。

明，所以列出了：巫帝、方帝、干帝、帝降陟等，加以說明。〔註53〕最後他得出結論：

> 以上各節，述及卜辭有關帝的諸事。由此可見殷人的上帝或帝，是掌管自然天象的主宰，有一個以日月風雨爲其臣工使者的帝廷。上帝之令風雨、降禍福是以天象是其恩威，而天象中風雨之調順實爲農業生產的條件，所以殷人的上帝雖也保佑戰爭，而其主要的實質是農業生產的神。

> 先王可以上賓於天，上帝對於時王可以降禍福、示諾否，但上帝與人王並無血統關係。人王通過了先公先王或其它諸神而向上帝求雨祈年，或禱告戰役的勝利。……殷人的上帝是自然的主宰，尚未賦以人格化的屬性；而殷之先公先王先祖先妣賓天以後則天神化了，而原屬自然諸神（如山、川、土地諸祇）則在祭祀上人格化了。〔註54〕

可知殷人崇拜上帝，期望其帶來農業豐收、保佑戰爭，還可透過人神的先公先王來祭祀上帝。而祭祀人神與天神後，將之人格化與神格化的交互作用，在殷代就已經出現了。

《綜述》中討論卜辭中的土地諸祇，主要可分兩類：一類是先公土，一類是某地之社。祭土即祭社，文獻中記載極多。祭社所以求地利、報地功，與卜辭奉年于社，其意義是相合的。〔註55〕卜辭之祭土，有二事應加注意：一是社與方的關係，二是殷人只有社而無稷。〔註56〕

《綜述》討論土地時，也兼論了卜辭中的「四方」，主要的看法是：

> 殷人已有東、南、西、北的觀念。四方的觀念有兩種，一種是方向，一種是以某地爲中心的不同方向的地面。卜辭四方實爲四方地主之神，乃求雨奉年的對象。〔註57〕

〔註53〕陳夢家：《綜述》，頁 577～579。

〔註54〕陳夢家：《綜述》，頁 580。

〔註55〕陳夢家：《綜述》，頁 583。

〔註56〕陳夢家：《綜述》，頁 583。

〔註57〕陳夢家：《綜述》，頁 584～585。

卜辭四方之祭，大別爲三類：（一）祓禳，如寧於四方，寧風雨於方；
（二）祓年之祭，如莽年莽雨於方；（三）方望之祭，如「尞于東」
「帝于西」。〔註58〕

四方本來由方向之名變爲方域之名，更發展爲神、帝名。〔註59〕
關於四方的研究，可以參考胡厚宣〈甲骨文四方風名考〉。〔註60〕

《綜述》中論及「求雨之祭」，認爲求雨之祭，常用樂舞。〔註61〕是對於求
雨祭祀形式的一種推測，陳夢家總結卜辭所記的舞事，可以分爲舞者、舞之地
方、所降之神三個部分，而跳舞的地方有記載於田，又爲了求雨，可見舞與農
事的關係。所以陳夢家說：就卜辭來説，舞用以求雨，是十分明顯的。〔註62〕

《綜述》「先公舊臣」章中，先討論了商殷的世系，以之開啓商代對先人祭
祀的研究。商王世系研究的根本在於：

> 甲骨卜辭出現後，對於歷史學最大的貢獻之一，在於有了地下的
> 材料證明了殷本紀所載商王世系的眞實性。紙上的歷史材料與地
> 下的考古材料的結合，本不始於甲骨之出現。……如此，甲骨卜
> 辭使我們更確實的證明了商代的存在，並增加了殷代社會的若干
> 知識。〔註63〕

而研究殷商王室世系，早期的甲骨發現者中，羅振玉因爲確定了甲骨乃商王朝
王室遺物，所以掌握了最早開始研究世系的契機，陳夢家認爲這個發現是十分
重要的：

> 羅振玉作《貞卜》時，已經知道了甲骨出土於小屯，乃是殷虛所在，
> 「又於刻辭中得殷帝王名謚十餘，乃恍然悟此卜辭者實殷室王朝之
> 遺物」。〔註64〕

〔註58〕陳夢家：《綜述》，頁588。

〔註59〕陳夢家：《綜述》，頁590。

〔註60〕載於《責善》半月刊，1941年。

〔註61〕陳夢家：《綜述》，頁599。

〔註62〕陳夢家：《綜述》，頁601。

〔註63〕陳夢家：《綜述》，頁333。

〔註64〕陳夢家：《綜述》，頁333。

當時羅振玉使用《史記·殷本紀》與卜辭相互對照，能夠找出大部分的商王號，但是陳夢家認爲這種方法是有其極限的。意思是說，那些卜辭有載、未載的王號，不單單只能從傳世文獻中去著手解決。而羅振玉的貢獻還只是王號的證明和王妣的提出。〔註65〕

羅振玉之後，王國維接續商代王室世系的研究，《綜述》認爲是有系統性的研究，主要的貢獻在於〈殷卜辭中所見先公先王考〉和〈續考〉這兩篇文章的提出：

> 他的〈先公先王考〉，後來鋪演而成爲《古史新證》的講稿，並他早作的《殷禮徵文》，其特色有如下各點：（1）擴充了對照的範圍，不僅限於史記與卜辭的對照。（2）擴充先王的範圍，及於先公。（3）先王的世次及其繼統法。〔註66〕

王國維的研究以後，建立了比較完整的商王世系系統，不過關於商王世系的研究，也不是到此結束，在《綜述》完成的時候，陳夢家認爲還有一些研究問題可以擴展，如：

> 第一，關於上甲以前的先公部分，其中夾雜著傳說與神話人物，他們和神祇如何分別。第二，上甲以後先王先妣以外，卜辭中還有不在王妣系統以內的諸子諸母，他們與先王妣的關係與他們相當的年代如何。第三，所謂先公的界說如何，他們和舊臣的分別如何。
>
> 〔註67〕

若不能釐清這些問題則對於商王室的全貌不能盡得，也不能理解到商王室在祭祀活動中對於他們的祖先和神祇的關係。

《綜述》的「殷本紀先公與卜辭的對照」小節中，王國維的先公的分界必須提出檢討：

> 由於系統祭祀（周祭）的發現，王國維以爲上甲至示癸六示爲先公的説法，已不能成立。上甲以前，屬於神話傳說的時代，也可以得

〔註65〕陳夢家：《綜述》，頁334。

〔註66〕陳夢家：《綜述》，頁334。

〔註67〕陳夢家：《綜述》，頁335～336。

到證明。〔註68〕

該如何劃分先公與先王，陳夢家認爲還不是很明確，他說：

> 卜辭中上甲以來的先王，其稱謂結構有一定的形式。凡不合乎此種
> 稱謂形式而祭祀隆重者，可能屬於先公和舊臣兩類。自王國維以來，
> 學者多以卜辭的這種人名與殷本紀、世本的上甲以前王系相比附，
> 各自作出不同的結論。〔註69〕

進而提出王亥、土、季、王恆……等十名在卜辭中常見而重要的、上甲以前
的王系人名。認爲卜辭中這十個上甲以前的人名，有以下特色：

> 這十名與世本、殷本紀所記上甲以前先公相對，則除了王亥以外，
> 沒有最切合的對照。尤其是複名在卜辭中是毫無踪迹的。〔註70〕

> 此十名多見於武丁和廩、康、武、文卜辭，而不見於庚、甲、乙、
> 辛卜辭，後者是施行周祭的時代，只祭先王，不祭先公。〔註71〕

> 在卜辭中王、妣、臣是屬於一大類的，先公高祖、河、王亥等是屬
> 於一大類的。前一類對於時王及王國有作祟的威力，後一類的祈求
> 目的是雨和年（禾）。這兩類有著大致的分界，但不是截然劃清
> 的。……所謂「先公高祖」，只是指明他們與先王、先妣、舊臣是不
> 同類的。……卜辭以上甲以前爲高祖，以上甲爲宗之始。〔註72〕

以上爲陳夢家認爲上甲以前的人名的特色。

　　《綜述》先公舊臣章中「先公的祭祀與並列關係」小節，認爲先公高祖
在祭祀上有一共同之點，即多用尞祭。〔註73〕而：武丁卜辭祭先王、先妣亦用
「𡳐」祭，所以我們以有「𡳐」祭者爲享祭人鬼的祭法，以有「尞」祭者爲
享天神地祇的祭法。〔註74〕這是否代表了，先公高祖的享祭身分，高過於先王

〔註68〕陳夢家：《綜述》，頁336。

〔註69〕陳夢家：《綜述》，頁337。

〔註70〕陳夢家：《綜述》，頁345。

〔註71〕陳夢家：《綜述》，頁345。

〔註72〕陳夢家：《綜述》，頁351。

〔註73〕陳夢家：《綜述》，頁352。

〔註74〕陳夢家：《綜述》，頁352。

先妣？除此之外，卜辭中其它身分的祭祀地位爲：

> 在卜辭中，不但祭祀先正舊臣，而先正舊臣亦往往爲崇於商及時王。
> 由此可見舊臣的伊尹、黃尹介乎先公與先王之間。他們在祭祀上，
> 也是如此的身分。〔註75〕

「舊臣」小節中，討論的最多的便是伊尹：

> 舊臣之中最重要者是伊尹，在文獻紀錄上在卜辭上，他都是最顯赫
> 的。〔註76〕

> 致祭伊尹的卜辭，最早見於武丁晚期的子組卜辭，而廩、康、武、
> 文卜辭中則屢見在卜辭中他地位的重要。〔註77〕

可以說在舊臣之中，最重要的即爲大乙時的伊尹。而其它所見的舊臣還有：大甲時的保衡、大戊時的伊陟及巫咸、盤庚前的遲任、武丁時的甘盤等人。他們的職司主要爲兩種：阿保、巫。〔註78〕

論過先公舊臣以後，《綜述》按時代順序討論先王先妣，一樣從《史記·殷本紀》裡的商王世系開始談起，將之分爲三系，爲表、圖如下：

> 史記殷本紀所記帝嚳至帝辛世系，在形式上是最完備的。……我們
> 從前曾分殷本紀世系爲三系，其後歷有增易，今就舊分三系而重論
> 之如次。〔註79〕

第一系　共八世父子	帝嚳－契－昭明－相土－昌若－曹圉－冥－振
第二系　共六世父子	微－報丁－報乙－報丙－主壬－主癸
第三系　共十七世	與第二系合併爲下圖

〔註75〕陳夢家：《綜述》，頁362。

〔註76〕陳夢家：《綜述》，頁362。

〔註77〕陳夢家：《綜述》，頁363。

〔註78〕陳夢家：《綜述》，頁366。

〔註79〕此表乃以史記所記而作，故順序爲報丁、報乙、報丙，事實上陳夢家已知校正爲報乙、報丙、報丁的順序，對照以下所說商王世系直系即可知。

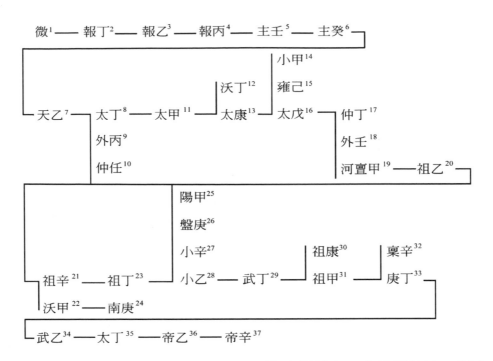

從卜辭當中推演出的商王世系，可以讓我們對商王室的繼統法一探究竟。從〈殷本紀〉所述的傳爲法則有二：一是父死子繼，一是兄死弟及。〔註80〕，王國維在《殷周制度論》中談到繼統時說：「商之繼統法以弟及爲主而以子繼輔之，無弟然後傳子」。〔註81〕《綜述》簡單地評論了王國維的看法，認爲弟主子輔的說法是錯誤的：

> 上所引述王氏論商繼統法，常爲學者援引而認爲定論者。根據殷本
> 紀與卜辭一致處，以及根據卜辭的世系傳統，我們得到與王氏相反
> 的結論。（1）子繼與弟及是並用的，並無主輔之分；（2）傳兄之子
> 與傳弟之子是並用的，並無主輔之分；（3）兄弟同禮而有長幼之別，
> 兄弟及位以長幼爲序；（4）雖無嫡庶之分而凡子及王位者其父得爲
> 直系。這些才眞正是商制的特點而異於周制者。〔註82〕

關於《殷周制度論》的討論，陳夢家在總結章裡有更詳盡的敘述，詳見下節。對於卜辭裡能反映出的繼統法，《綜述》認爲只能在致祭時看出長幼有序，還有被傳位者成爲直系，並不能看出所謂傳弟、傳子之間一定的規則。只能說有所法則，但無法一望即知。《綜述》如是說：

〔註80〕陳夢家：《綜述》，頁370。

〔註81〕陳夢家：《綜述》，頁370。

〔註82〕陳夢家：《綜述》，頁370。

據卜辭，兄弟先後及位次序是先長而後幼，故同世最後一王較其前為幼，最先即位者較其後為長。商代傳統法並沒有一種固定的傳弟傳子法，凡弟或子之所以及王位必另有其法規，可惜我們無法推知。傳位於下輩則有三種形式：一、傳弟子制；二、傳兄子制；三、傳子制。〔註83〕

所以稱為「直系」者必須符合卜辭上兩個條件和文獻上一個條件。這三個條件是：（1）在帝乙、帝辛的「周祭」卜辭中凡直系的配偶皆入祀典，旁系則否；（2）在某些選祭卜辭中合祭一系先祖，一世一王，只有直系入選；（3）在文獻上（據殷本紀）凡某王之子繼為王者，此某王是直系。

依據以上的原則，在卜辭的商王世系中，所有有兄弟為王的九世，其直系可整理如下：

大丁	兄為直系	弟外丙、中壬
大庚	弟為直系	兄沃丁
大戊	仲兄為直系	兄小甲、弟雍己
中丁	兄為直系	弟外壬、河亶甲
祖辛	兄為直系	弟沃甲
祖丁	兄為直系	從弟南庚
小乙	弟為直系	兄陽甲、盤庚、小辛
祖甲	弟為直系	兄祖庚
康丁	弟為直系	兄廩辛

這裡所謂直系與周代嫡長之制是有分別的，因為直系乃是王死後在法定祭祀中的特殊地位，與嫡長制之為預立儲君者不同。就卜辭材料而言，商人有長幼之分而無嫡庶之別。〔註84〕

對比商王世系圖，我們可以得出自上甲以來的直系：

上甲－報乙－報丙－報丁－示壬－示癸－大乙－大丁－大甲－大庚－大戊
－中丁－且乙－且辛－且丁－小乙－武丁－且甲－康丁－武乙－文武丁－帝乙

〔註83〕陳夢家：《綜述》，頁371。

〔註84〕陳夢家：《綜述》，頁372～373。

一帝辛〔註85〕

　　除了先王以外，《綜述》亦論先妣，所謂先妣，乃先王的配偶，有幾種稱法：

> 商人致祭先王的配偶，其稱上一代爲母如母甲，稱上二代或二代以
> 上爲妣或高妣如妣己、高妣己。其稱先王的配偶關係則曰「妻」「妾」
> 「母」和「奭」。〔註86〕

而如今我們如何能從卜辭中知道所謂先妣的身分地位？自然要從商人致祭先人的記錄之中觀察，這與周祭制度是互相配合的，因爲輪番的周祭中無法祭祀所有的先妣，只有直系的「法定配偶」可以入祀，《綜述》如是說：

> 祖甲時代法定配偶的成立是與謹嚴的周祭制度的建立同時的。周祭
> 制度是一種有定則的輪番祭祀，先王先妣的祭序是有一定的，因此
> 不可能容納所有的先妣。在先妣之中，只有直系的先妣可以入祀，
> 我們稱之爲「法定配偶」。〔註87〕

　　卜辭中商代先王先妣的世系，在祭祀中的次序包含五種意義：長幼、及位次序、死亡次序、致祭次序、世次〔註88〕。要確認一位先王或先妣的地位，是與致祭者相對的一個位置，以斷代正確的致祭者來相比對，才會得到正確的答案。因爲商人都以天干作爲廟號，廟號影響致祭的順序：

> 商代王族不問性別，在死後都用十天干之一作爲廟號，就以天干的
> 順序按照六十甲子的日辰致祭。因此我們才有可能根據了卜辭來重
> 構殷代祀譜。〔註89〕

比如說，廟號中有甲的先王先妣，多在甲日祭祀；有乙的先王先妣，就在以日受祭祀，餘此類推。以周祭輪迴的時間，可以分爲小祀周、大祀周：

> 每旬之祭，我們稱之爲「小祀周」。凡用「羽日」「彡日」「𠭯日」三
> 種祭法遍祀其先王與其法定配偶一周而畢，即稱爲「一祀」，我們稱

〔註85〕陳夢家：《綜述》，頁 374。

〔註86〕陳夢家：《綜述》，頁 379。

〔註87〕陳夢家：《綜述》，頁 380。

〔註88〕陳夢家：《綜述》，頁 385。

〔註89〕陳夢家：《綜述》，頁 385。

之爲「大祀周」。〔註90〕

確定了先王先妣的致祭次序以後，就可以進一步著手於周祭祀譜的編排。所謂周祭祀譜者就是先王妣的祭祀中的次序和祀周的組合。根據陳夢家所論定的商王世系，再加上甲骨原材料加以審核，除修正少數的部分以外，大致與董作賓《殷曆譜》的祭日表相同，可以說《綜述》的排譜是按照董作賓的成果，作進一步的檢定。〔註91〕祀譜安排的根據，《綜述》以爲有五：

（一）周祭先王祭序之系聯。

（二）周祭先王法定配偶祭序之系聯，我們修正的一點是關於四祖
　　　丁配偶妣己，應在第七旬而董氏誤在第八旬。

（三）先王先妣祭序之交錯。

（四）各朝周祭之起訖及各祭法用旬之數。

（五）祀季與祀季之系聯。〔註92〕

以上談到「祀季」，乃指一個完整的周祭循環。《綜述》認爲祀季與祀季之間的系聯，因爲去古久遠，要完整建立起來是很不容易的，強加比附就失去它的眞實性：

> 周祭的三種主要祭法是依「彡－羽－劦－彡」的次序周而復始的輪
> 番舉行的，故稱之爲「周祭」。每一種祭法用於自上甲以迄時王的父
> 妣所需要占用的旬數，稱之爲「祀季」。……祀季前必空出一旬作爲
> 工冊之禮，詳確的祀譜足以幫助我們建立殷曆，但在殷曆與祀譜都
> 沒有詳確以前，若草率從事比附，就有危險。我們至今不知周祭從
> 那裏開始，因它是周而復始的。〔註93〕

不強爲排定比附，是在排譜之時要特別注意的部分。

要談商代的祭祀，不能忽略掉先王先妣的「廟號」。廟號除了排譜祭祀以外，在斷代上，與稱謂相搭配，也會發揮很大的作用。《綜述》認爲廟號本身

〔註90〕陳夢家：《綜述》，頁385。

〔註91〕陳夢家：《綜述》，頁386。

〔註92〕陳夢家：《綜述》，頁388～392。

〔註93〕陳夢家：《綜述》，頁392～397。

必須斷代以後才有作爲斷代的價值。〔註94〕至於廟號的擇定，一般都會帶一個
天干名，至於是何種天干名？取名的規則爲何？就有好幾種說法：

> 商王自上甲以來，以天干爲廟號，關於此廟號的意義，自來共有四
> 說。一、生日說；二、廟主說；三、祭名說；四、死日說。上述四
> 說，生日死日都是無根據的推測。譙周的死稱廟主，是很正確的，
> 但未能說明何以用甲乙名廟主。〔註95〕

《綜述》認爲無論以生日或死日爲廟名的說法都是沒有根據的，可能是由於
天干的分配幾乎平均，先王沒有生日與死日恰巧平均的道理。《史記·殷本紀》
的司馬貞索隱，稱「譙周以爲死稱廟主曰甲也」、「譙周云夏殷之禮，生稱王，
死稱廟主，皆以帝名配之，天亦帝也，殷人尊湯故曰天乙」〔註96〕。廟號的取
定，顯然是存在一個生稱、死稱的轉換。後人也有提出，廟號是由占卜之後
選出的祭日的說法〔註97〕，備爲一說。

　　無論廟號何選定產生，最主要的功用還是在先王先妣被致祭的次序。我們
可以從周祭卜辭的祀土當中，釐清這個次序，主要的是依及位、死亡和致祭的
次序而分先分後。也就是說，一個先王的及位、死亡和致祭的次序是一致的。
〔註98〕如今我們可以統整出一個表格，依照世次、長幼、及位先後、死亡先後，
順著天干排下去的商王世系的廟號整理。〔註99〕

名甲者七	上甲、大甲、小甲、河亶甲、沃甲、陽甲、祖甲
名乙者六	報乙、大乙、祖乙、小乙、武乙、帝乙
名丙者二	報丙、外丙
名丁者八	報丁、大丁、沃丁、中丁、祖丁、武丁、康丁、文丁
名戊者一	大戊
名己者二	雍己、祖己

〔註94〕陳夢家：《綜述》，頁401。

〔註95〕陳夢家：《綜述》，頁402～404。

〔註96〕陳夢家：《綜述》，頁403。

〔註97〕胡輝平：《殷卜辭中商王廟主問題研究》，中國社會科學院研究生院碩士論文，2003
年。

〔註98〕陳夢家：《綜述》，頁402。

〔註99〕陳夢家：《綜述》，頁405。

名庚者四	大庚、南庚、盤庚、祖庚
名辛者四	祖辛、小辛、廩辛、帝辛
名壬者三	主壬、中壬、外壬
名癸者一	主癸

《綜述》將卜辭當中，先王的名號分為私名、主名、王號、親稱、廟號。〔註100〕而為了區別先王先姝的名稱，主名之前常常加了不同的區別字，主要有四種種類，如表下。〔註101〕

表示廟主之為物或所在的	囗、報、示、帝、宗、家、中宗
表示廟主之先後次第的	上、下、大（夫）、中、小、高后、亞、內、外、南、二、三、四
王號或美稱	文、武、文武、康
生稱或王號	邕、戔、羌、象、般、〔廩〕

《綜述》對廟號上章的所有研究結果，作一總結，統整如下：

（一）作為廟號主要的天干，表示及位、死亡和致祭的次序，而及位次序是依長幼之序而定的。

（二）先祖（同樣的適用於先姝）在祭祀中是依親疏之別而逐漸淘汰的。

（三）祖某（同樣的適用於姝某母某兄某等）不是絕對的指著某一個先王。

（四）因祭法之不同而用不同的廟號，如周祭多稱大乙，周祭以外諸祭多稱唐（同例如小乙之於后且乙，且丁之於小丁）。

（五）成是成湯之一名的確定。

（六）下乙是祖乙的論定。

（七）「高且乙」應讀作「高且乙」，不是「高祖乙」；「高且乙」是祖乙。

（八）內乙可能為小乙的提出。

（九）「文武帝」「文武帝乙」為帝乙的確定。

（十）「文武帝」「武丁」「文武丁」爲帝辛卜辭稱謂的推定。

（十一）母癸、妣癸是帝乙、帝辛對於文丁配偶的稱謂。

（十二）由9～11三條可證帝辛卜辭的存在，由此可證盤庚遷殷（安陽）以後更不徙都說之可信。

（十三）某某宗和某某升，是先王先妣的宗禰。

（十四）廩康卜辭「且丁」是武丁的認定。

（十五）乙丁周祭卜辭「且丁」和「武丁」同有三配日戊、辛、癸，「且丁」乃是武丁，不是四且丁（祖丁）；這兩套配偶其實只是一套。

（十六）「小王」孝己的確定：殷王祭及其子。

（十七）廟號與生稱的區分。

（十八）示即神主之主的象形。

二十年來關於殷代廟號的新知，大概如此。〔註102〕

《綜述》廟號下章，多論述諸妣、諸兄、集合的廟主。先妣諸母必須要是直系親屬，才得以在周祭時入祀，但尚有一些直系先王配偶不見於周祭卜辭：

> 在述法定配偶之時，我們已決定了卜辭所見自示壬至文丁17個直系先王的22個配偶。上甲至帝辛23個直系先王，有6個先王的配偶不見於周祭卜辭：武丁卜辭的諸妣、武丁卜辭的諸母、祖庚、祖甲卜辭之諸母、廩辛、康丁卜辭的諸母、武乙卜辭之母、文丁卜辭之母、帝乙卜辭之母。〔註103〕

陳夢家整理了所有法定配偶彙爲下表。

直系先王	法定配偶	旁系配偶及直系非法定配偶
上甲		妣甲（？）
報乙		三報母
報丙		
報丁		

〔註102〕陳夢家：《綜述》，頁 444～445。

〔註103〕陳夢家：《綜述》，頁 447～452。

示壬	妣庚	
示癸	妣甲	
大乙	妣丙	
大丁	妣戊	卜丙母妣甲
大甲	妣辛	
大庚	妣壬	
大戊	妣壬	
中丁	妣己、妣癸	
且乙	妣己、妣庚	
且辛	妣甲	且辛奭妣壬、羌甲奭妣庚
且丁	妣己、妣庚	
小乙	妣庚	母：甲、丙、丁、戊、己、庚、辛、壬、癸
武丁	妣辛、妣癸、妣戊	母：己、庚、辛、壬、癸
且甲	妣戊	母：戊、己、癸
康丁	妣辛	
武乙	妣戊（金文）	母：庚、甲（?）
文丁	妣癸	母：癸
帝乙		
帝辛		

　　《綜述》談論所謂諸兄，一共分爲十四類：武丁卜辭的諸祖；武丁卜辭的諸父；武丁卜辭的諸兄；武丁卜辭的諸子；祖庚、祖甲卜辭的諸祖；祖庚、祖甲卜辭的諸父；祖庚、祖甲卜辭的諸兄；祖庚、祖甲卜辭的諸子；廩辛、康丁卜辭的諸祖；廩辛、康丁卜辭的諸父；廩辛、康丁卜辭的諸兄；廩辛、康丁卜辭的諸子；武乙卜辭的諸父；文丁卜辭的祖、父與兄。彼此之間的關係，陳夢家彙整出一個幾個結論：

　　一、兄弟的廟號是順著死亡先後而依天干排列的，如廩康之世康丁
　　　　繼其兄廩辛及位，而廩辛以前諸兄甲、丙、丁、己、庚等都亡
　　　　於廩辛之前，而兄辛、兄癸僅限於康丁卜辭。

　　二、祖甲卜辭的兄庚是祖甲之兄祖庚，兄壬，兄癸當亡於兄庚之後、
　　　　祖甲之前，因此祖甲之「甲」是兄癸以後的「甲」。

　　三、每一王朝的主名，有若干組。父輩、母輩、兄輩、子輩都各成

一系，而每系不限於占用一組十干。

四、上述種種，同樣的應用於諸母。

五、卜辭中諸兄、諸子有廟號，卻沒有諸弟的廟號，這點應值得注意的。〔註104〕

前述的廟名，都是個別的廟主，《綜述》認爲：

個別的廟主的性質，即他在宗法系統上、王位系統上和祭祀系統上的地位。這表現在若干集合的廟主與集合的宗廟的兩方面，他屬於哪一輩「示」，安置於哪一個宗廟內。集合的廟主及某些先王相集合成爲若干示，但同一個先王可以屬於「小示」這一集合的廟主輩，可以同時也屬於「大示」這一集合的廟主輩，如大乙之例。

卜辭之中所有的集合廟名有：元示、二示、三報、三示、五示、六示、九示、十示、十示又二、十示又三、十示又四、廿示、伊廿示又三、大示、小示、牛示。〔註105〕

卜辭之中的宗室及建築，陳夢家就性質而言整理爲藏主之所、祭祀之所、居住之所、享宴之所、治事之所。又以之對比西周宮室制度，認爲殷代宗廟之制與西周自有不同。〔註106〕商人的居住宮室去古久遠，主要是依照考古出土的樣貌，來推測當時的建築形態，關於出土實物的特色、當時建築技術的程度，和宗廟相關的使用狀況，可以推測如下：

商人的宮室，其來源或許可以推測爲洞屋，到了殷代已經是平地建立壁垣而上加屋頂的，說文「宀，交覆深屋也」，交覆指其人字形的屋頂。〔註107〕

小屯殷代基址是打夯而成的，是築而不是版築。版築應指牆壁的以版爲匡，塞土其中而以杵搗築之。發掘報告並未提及此點。所以我們只能確定殷代有打夯土的築術，尚未能肯定當時的「版築術」，

〔註104〕陳夢家：《綜述》，頁 452～459。

〔註105〕陳夢家：《綜述》，頁 460～467。

〔註106〕陳夢家：《綜述》，頁 479。

〔註107〕陳夢家：《綜述》，頁 480。

想來是已產生了的。與上述建築基址同在的，還有很多「穴窖」，大部分的穴窖是儲積東西的。〔註108〕

由卜辭宮室的名稱及其作用，可見殷代有宗廟有寢室。它們全都是四合院式的，所以東、西、南、北四方都有房屋。南室、大室都是宗廟裏的宗室，是祭祀之所。〔註109〕

《綜述》中與商人祭祀文化相關的章節還有「親屬」，他是廟號討論的延伸，可以說是構成廟號的相關成分之一。卜辭中所見的親屬關係，也只限於表現於祭祀系統以內的。〔註110〕親屬的稱謂可以分別爲：祖、妣、父、母、配、兄、弟、子、生、婦、公等，說是從卜祭辭中所見，其非卜祭之辭的稱謂，亦多指亡故的親屬。〔註111〕

關於「帚某」的討論，《綜述》認爲帚下之字基本上爲私名，不爲女姓，是殷王的妃嬪，其論證過程如下：

郭沫若在其骨臼刻辭之一考察中，對於武丁卜辭習見的「帚某」，曾作了一番解釋。他以爲「帚某」爲人名，帚爲「婦」之省文，帚下一字乃是女字，帚某乃是殷王的妃嬪。〔註112〕

以帚爲婦，以帚某爲生稱，都是十分正確的。帚下一字常常是女旁的，它有兩種可能：一種是女字即女名，一種是女姓。但是卜辭中有60個以上的「帚某」與姓相合的很少。因此我們還以爲帚下一字是名不是姓。〔註113〕

《綜述》在親屬章討論了「族」的問題，彙整卜辭所記的族，主要分爲：王族、多子族、三族、五族四種，基本上是有關師旅之事。〔註114〕而商人的家族制度，有許多的討論，但陳夢家以爲不容易考定，所謂族的地位也不容易定

〔註108〕陳夢家：《綜述》，頁481。

〔註109〕陳夢家：《綜述》，頁481。

〔註110〕陳夢家：《綜述》，頁483。

〔註111〕陳夢家：《綜述》，頁485。

〔註112〕陳夢家：《綜述》，頁492。

〔註113〕陳夢家：《綜述》，頁492～493。

〔註114〕陳夢家：《綜述》，頁496～497。

位：

> 卜辭的「族」，似乎介於姓族與分族之間，約略相當於「殷民六族」
> 之族，乃是「氏族」。它和我們所提到的「族邦」之族氏相近的，而
> 與族名與邑名亦有關係。〔註115〕

親屬章的最後討論了殷人的宗法制度。所謂的宗法，乃：

> 由卜辭所記的祭祀系統、親屬稱謂、王位繼統法和宗廟宗室制度，
> 可見殷代對於親屬間的親疏關係已有所區別。宗法乃家族制度下所
> 產生的，其原因不外乎祭祀範圍的限制、喪服的久暫、土地的繼承、
> 婚姻的禁忌和收族等等。因此凡久遠的親屬采逐漸淘汰之法。保留
> 與淘汰的法則，即所謂宗法。在男系的家族制度下，兄弟長幼之分
> 是宗法中最重要的。〔註116〕

只是《綜述》認為，現有的材料，還不足以說明殷代宗法的整個具體的情況，
不過特別的是，卜辭中有關宗法的材料，除前述大小宗和王位繼統法以外，還
有「家譜」的記錄。關於卜辭中的宗法現象，可以統整出以下幾個重點：

> 卜辭的大宗是王室的直系，每世一王，惟有直系的配偶可以參加周
> 祭。直系不一定是長兄，但必須其子繼為王位者方得為直系。〔註117〕

> 對於殷代宗法的具體組織，雖然在卜辭中難以求到，但由於祀典的
> 繁重而且有系統，可以推想當時親屬關係的分別一定極其嚴密。
>
> 〔註118〕

> 在親屬關係上，我們也見到女子地位較殷以後的來得高些。他們享
> 受稍次於男子的祭祀，他們參加戰役，有在他們名下的農田。〔註119〕

> 兄終弟及的王位繼統法，應理解為兄長在政治上優越於羣弟，而不
> 能理解為兄弟的平等。殷代在王位的繼承上，雖然是兄先及位，但

〔註115〕陳夢家：《綜述》，頁497。

〔註116〕陳夢家：《綜述》，頁497～498。

〔註117〕陳夢家：《綜述》，頁500。

〔註118〕陳夢家：《綜述》，頁500。

〔註119〕陳夢家：《綜述》，頁501。

享受直系待遇的不一定是長子。雖然殷制不以長子爲直系的條件，而以傳位於其子爲直系的條件，但是一世只有一個直系則與後世宗子有相近的性質。〔註120〕

二、《綜述》商代宗教與祭祀的貢獻與問題的商榷

最早對《綜述》的商代宗教祭祀問題提出看法的是李學勤。他說《綜述》的十到十四章〔註121〕都是在探討商王世系。先公舊臣章因爲沒分清自然神與祖先神，所以對「先公」的敘述混亂；而「舊臣」一詞有誤，當是不能成立的。對商王世系敘述的兩大謬誤：其一，商代廟號中的日名（天干）是表示即位、死亡、致祭次序，作者以爲殷人日名是死後選定的。其二，將一些不屬於商王世系的人列入世系，也就是將午組、子組等王族卜辭列入武丁的稱謂系統內，因爲此時李學勤認爲午組、子組是晚期的王族卜辭，所以對於陳夢家《綜述》裡一些卜辭的斷代時期並不認同。親屬章中某些稱謂並非是親屬的稱謂，對「婦」的解釋也不恰當，他說：卜辭中的「婦」，前人多指爲王的配偶，我們則認爲是子婦。……《綜述》以婦爲「一種婦女的身分」，是不妥的。〔註122〕

我們可以注意到，陳夢家所舉的例子中，武丁卜辭的例子總是特別多，這主要是因爲他將多數有爭議的卜辭，都歸類到早期卜辭當中；那麼在舉例時，自然多見武丁卜辭。若我們不同意他這部分的斷代，則很多的研究成果，就有再商榷的必要。所以精確的斷代，是分類卜辭的重要手段，使散亂的卜辭，因爲時代的劃定而成爲可用的史料；在一開始研究卜辭時，斷代是至關重要的。

李學勤的說法有可借鏡的地方，《綜述》在章節的安排上，有時缺乏一個比較明確的指涉，雖然研究材料既廣又多，但在敘述的過程中，往往難以聚焦在一個重點上。這個問題時而使初次學習者感到困惑，因爲某些名詞的定義是模糊的，與其它章節的內容也無法好好區隔開來。但反面來說，這是《綜述》分類精細而產生的副作用。

〔註120〕陳夢家：《綜述》，頁501。

〔註121〕十到十四章爲先公舊臣、先王先妣、廟號上與下、親屬等章。

〔註122〕李學勤：〈評陳夢家《殷虛卜辭綜述》〉，頁122～124。

　　劉正的〈當日群雄誰泰斗——重讀陳夢家先生的《殷虛卜辭綜述》〉一文中，論及了《綜述》的先公舊臣、先王先妣、廟號、宗教等幾個章節。〔註123〕在先公舊臣章中，劉正讚許陳夢家的考察方式：

> 在「先公舊臣」一章中，他也是首先對羅振玉、王國維等人對商王歷代譜系的研究進行總結，然後提出他對這一譜系的最新見解和劃分。他的獨到之處是利用祭祀制度來考察先公。他指出：「先公高祖在祭祀上有一共同之點，即多用尞祭。」……「武丁卜辭祭先王、先妣亦用屮祭，所以我們以有屮祭者為享祭人鬼的祭法。」然後他把祭先公分為三類：僅有尞祭的、僅有屮祭的、兼有尞祭和屮祭的。從此以後，商代的先公在祭祀制度上的區分日漸明顯起來。而他對商代先公時代的舊臣系統研究，也是首開先河的。〔註124〕

陳夢家善用祭祀系統去考察先公舊臣，是他治學上的特色之一。這使得他的學說是有所憑據，不是單靠猜測所築的空中樓台，而是依據實物觀察出、統整出的一個規律，因而才能被稱為「系統性的研究」。即使掌握了很多證據，但是許多時候《綜述》在論證上並不躁進，它可以敘述觀察出的一個現象，但是並不輕易就為這個現象下定論，在研究學問的態度上是嚴謹的。比如他解釋了先公舊臣的祭祀系統，但是對他們彼此的分界點，還是持保留的態度，待來日的研究突破。

　　先王先妣章中，陳夢家檢討了王國維《殷周制度論》裡所謂兄終弟及制為主的繼統觀點，這在總結章還有一次比較深入的討論。劉正對於陳夢家的評論是持正面態度的，他說：

> 今天，有一些學者撰文開始質疑王國維的《商周制度論》，但是他們的那些質疑和新釋，基本上沒有超出陳夢家先生的思考和結論。
>
> 〔註125〕

劉啓益在〈略談卜辭中的「武丁諸父之稱謂」及「殷代王位繼承法」〉一文中也曾評價陳夢家的看法：

〔註123〕劉正：〈當日群雄誰泰斗——重讀陳夢家先生的《殷虛卜辭綜述》〉，頁36～38。

〔註124〕劉正：〈當日群雄誰泰斗——重讀陳夢家先生的《殷虛卜辭綜述》〉，頁36。

〔註125〕劉正：〈當日群雄誰泰斗——重讀陳夢家先生的《殷虛卜辭綜述》〉，頁37。

夢家先生的結論是正確的。而且，作爲殷人後裔的春秋宋國裡猶有傳弟制的孑遺。〈宋世家〉宋宣公十九年：「宣公病，讓其弟和日：父死子繼，兄死弟及，天下之通義也。」顯然這種兄終弟及與傳子制並行的王位繼承法與自周以後的嫡長子繼承制是不盡相合的。〔註126〕

可見得陳夢家的駁正，令殷代的王位繼承法研究，更進一步貼近了事實。

對《綜述》的先王先妣章，裘錫圭還提出了兩個他認爲有誤的看法。首先是《綜述》372頁中提到「祖辛、沃甲同世同有爲直系的資格，但是祖辛之子（按：指祖丁）先沃甲之子（指南庚）爲王，所以祖辛先以立爲直系，沃甲遂被淘汰而爲旁系。」這裡裘錫圭認爲有論證上的錯誤，他說：

> 其實，沃甲不能立爲直系，顯然是由於在南庚之後即位的，不是南庚之子而是祖丁之子陽甲，跟所謂「祖辛先以立爲直系」無關。如果陽甲是南庚之子，沃甲和南庚當然就成爲直系了。

可能是《綜述》討論直系問題上的一個失誤。另外，《綜述》372頁引《哲庵》65「二月甲子祭大甲」「十月甲子羽日陽甲」等辭，認爲「二月至十月之間當有一閏月，如此十個月三十一旬三百零一日而皆有甲子」。裘錫圭認爲：

> 如果二月甲子至十月甲子間設有閏月，首尾只有241天。要湊滿301天，中間需要有兩個閏月，一個閏月是不夠的。但是在這樣短的時間內竟有兩個閏月，也是難以想像的。陳氏的推論顯然錯誤。〔註127〕

這裡顯然是陳夢家在計算閏月上的一個錯誤。不過這兩樣錯誤，並不十分影響《綜述》在先王先妣章中論證的精華，可以說是仍是瑕不掩瑜。

《綜述》廟號章的重點在於廟號選定的討論，關鍵在於周祭中致祭次序的研討，陳夢家認爲：

> 我們從周祭祀譜中，知道周祭先王先妣的順序，主要是依了及位、死亡和致祭的次序而分先後的。就先王說，及位、死亡和致祭的次序是一致的。〔註128〕

〔註126〕劉啓益：〈略談卜辭中「武丁諸父之稱謂」及「殷代王位繼承法」〉，頁93。

〔註127〕參看許進雄：《殷卜辭中五種祭祀的研究》，頁110。

〔註128〕陳夢家：《綜述》，頁404。

卜辭中的廟號，既無關於生卒之日，也非追名，乃是致祭的次序。

而此次序是依了世次、長幼、死亡先後、順著天干排下去的。〔註129〕

乃廟號章的主要重點。劉正認同這些看法，但是裘錫圭曾提出反駁，認為廟號中日名的選定是致祭次序，不合於事實。裘錫圭的看法主要受到李學勤影響，認為「殷人日名乃是死後選定的」。商王室廟號日名的看法，在如今學界，其實還沒有一個很明確的定論，陳夢家的「廟主論」，仍可備為一說。

劉正以為陳夢家在宗教章中最突出的研究是提出「帝」的概念，對此，張踐在〈陳夢家與他的《殷墟卜辭綜述》〉中也肯定這個研究成果，他說：

> 陳夢家進行古文字和古代史的研究，根本的目的還在於古代宗教的
> 研究。通過研究甲骨文和金文，陳夢家為我們清晰描述了殷周時代
> 宗教的大致面貌。

陳夢家釐清殷商時還沒有周代「天」的概念，與「帝」是不同的，殷代帝王死後回歸帝廷，「賓于帝」而成為上帝的客人，所以對帝的保佑有所乞求時，也要致祭先王，使自己的願望能夠上達天聽。《綜述》對上古宗教的研究，反映了陳夢家自身研究的目的，如他曾自陳的，最終是在於古代宗教的研究，所以他甲骨研究中著重殷商祭祀文化與精神的部分，是源自於他對上古宗教的濃厚興趣。

關於《綜述》商代宗教與祭祀各章中其它問題的商榷，裘錫圭還提出了一些勘誤，製表如下。

章節	頁數	傳統文字學和古音學的錯誤
先公舊臣	339	認為王亥即契，並說「契從丰聲，古音與亥相通」。契是溪母字，其韻上古屬祭部，亥是匣母字，其韻上古屬之部。二字之音不但不同，而且距離頗大。
	343	「昏、冥二字古音是相同的」。「昏」是曉母字，其韻上古屬文部。「冥」是明母字，其韻上古屬耕部。二字並不同音。
	366	認為卜辭中的「旨千」即「古書中的『遲任』，旨『從尸從口』，『千』即說文卷八『壬，善也』之壬而省去下劃者」。所謂《說文》訓「善」的「壬」應寫作下橫較長的「壬」，即「廷」字聲旁，跟「任」字所從的「壬」不是一個字。「旨」也不是從「尸」的。

〔註129〕陳夢家：《綜述》，頁405。

| 廟號 | 470 | 「『省』『升』古音同」。上古音「省」屬耕部，「升」屬蒸部，並不相同。 |

章節	頁數	分期、分組的錯誤
先王先妣	374	引《粹》112 一辭後注「庚甲卜辭」，其實此辭字體顯然是屬於陳氏所謂「武文卜辭」的。

章節	頁數	前後自相矛盾
先王先妣	382	舉了很多「康丁卜辭」等稱先妣為爽之例，487 頁卻說先妣稱爽「僅限於祖庚」（應是祖甲的筆誤）和「乙辛的周祭卜辭」。
	377	《後》上 27・7「且辛一牛，且甲一牛，且丁一牛」一辭，377 頁引用時定為「庚甲卜辭」，409 頁又將他定為武丁卜辭，定為武丁卜辭才是對的，但說法前後不一。

章節	頁數	先人稱謂誤認
廟號	425	所舉「武文卜辭」稱「小丁」諸例中有《粹》502。此版本無「小丁」，陳氏大概把「小牢」殘文物認為「小丁」了。

章節	頁數	讀錯或理解錯卜辭或其中詞語
廟號	477	舉卜辭所見宮室之名，有所謂「从宮」，引《明續》749「王入从宮」為證。此辭之「宮」為地名，「王入从宮」猶言「王从宮入」，跟宮室毫無關係。
廟號	421～422	五期卜辭中的「文武帝」本指文武丁，陳氏卻認為是「帝乙」。他對引作此說證據的那些卜辭也有誤釋文字和理解錯誤之處。〔註 130〕
親屬	494	引《續》1・39・4「□亥御帚鼠不子于匕己」，認為「御不子即被除不子」。《續》1・39・4 原有兩辭，下方一辭為「御帚鼠子于匕己……」，上方一殘辭為「□亥□不□雨」，陳氏誤把這兩條卜辭當作一條卜辭釋讀了（這兩條卜辭都分三行，陳氏沒有管最右一行，大概認為是另一條卜辭的殘文）。

章節	頁數	其它文字錯誤的例子
先公舊臣	340	倒 8 行「如伊尹之稱尹」句的後一「尹」當作「伊」。
	363	3 行引《天問》「夫何惡之膝，有莘之婦」句，標點有誤，應作「夫何惡之，膝有莘之婦」。

〔註 130〕參看李學勤：〈評陳夢家《殷虛卜辭綜述》〉，頁 127、常玉芝：〈說文武帝〉。

先王	375	16 行、376 頁 2 行的「纂」當作「纂」。
先妣	389	17 行「文丁」當作「康丁」。

章節	頁數	沒有校出來的書寫、印刷等錯誤
廟號	461	倒 12 行的「485」當作「488」。

第三節　商代農業及民生活動

　　《綜述》的十六章農業及其它，除了農業相關的討論之外，還涉及了食器、漁獵、貝、車等其它商代民生活動的內容。十九章的總結，第一段是王國維《殷周制度論》的批判，第二段是對郭沫若殷代社會研究的討論，第三段才是總結整本《殷虛卜辭綜述》的內容。為清楚架構，將此二章節表列如下。

	農業與水
	卜年的種類
	登嘗之禮
	農作的過程
第十六章　農業及其它	農具
	飲食器具
	田獵與漁
	貝
	車
	《殷周制度論》的批判
第十九章　總結	郭沫若殷代社會研究
	殷代社會的歷史文化

　　農業及其它章以卜辭與出土文物去推斷殷代的農業、工藝概況。十九章的亮點在於前兩段對他人學說的討論，除了可以明白陳夢家對殷代社會所持的想法以外，還反映了他的政治態度。以下分為兩段，先以內容析論，再商榷其中問題與貢獻。此外，第二十章附錄的內容，將在第三段呈現。

一、《綜述》商代農業及民生活動析論

　　上述的表格，可以反映出，農業及其它的章中的農業與水、卜年的種類、登嘗之禮、農作的過程、農具等是討論商代農業的小節，飲食器具、田獵與漁、

貝、車等，則討論了商代的工藝技術與生活文化。

　　關於農業與水的討論，《綜述》認爲古代人是沿河居住的，殷商再三遷徙國都，也是由於水源與水患的問題，他說：

> 古人濱河而居，爲便於取水；但有取水的方便，也有遭受水患的危
> 險。殷都屢遷，這是原因之一。當時防護水災的技術，一定沒有很
> 發達；而當時是否有溝灌溉的設施，亦屬疑問。……卜辭一再卜問
> 天雨，則當時農業是否利用河水，很成問題。〔註131〕

卜辭卜問天雨，爲祈求風調雨順，農事豐收，也害怕久雨成大患，以下《綜述》所說的兩種水患，其實爲一種，都是雨水過多導致河川暴漲的問題：

> 水患有兩種：一是河水來入爲患，一是久雨成大水爲患。關於後者，
> 卜辭「寧雨」之祭所以爲止雨的祈求。〔註132〕

《綜述》裡尚不能確定河水是否引爲農業灌溉，因爲卜辭裡面沒有相關的記載。陳夢家只能保守地說，因爲卜辭中卜雨的部分很多，才與年收有關，他說：

> 河水常常爲患，而引河水作爲灌溉之是否存在亦不能確定，所以我
> 們只能說當時農作物所需主要的水量是天雨。卜辭中關於卜雨的，
> 占了很大的比例。其中有些是卜出行的遘雨不遘雨，而大部分應是
> 卜農事所需的雨量。〔註133〕

可見《綜述》認爲農業用水多依賴雨水，對於河水能否作農業用水，則沒有確切證據；但都市沿河水而建，自然會引河水作爲其它民生用水。

　　卜年指的是卜辭中占卜年收的部分，乃農作穀物的收成。研究這類卜辭，要盡量了解，與在合理的範圍內推想殷代時當地的地理環境。陳夢家認爲：

> ……農作物受到了自然條件的限制。只有具有抗旱性的小米、黍、
> 麥等是比較適宜種植的農作物。〔註134〕

〔註131〕陳夢家：《綜述》，頁523。

〔註132〕陳夢家：《綜述》，頁524。

〔註133〕陳夢家：《綜述》，頁524。

〔註134〕陳夢家：《綜述》，頁525。

《綜述》整理出卜辭所卜之年有六種：禾、黍、秬、蕾、秜、𪗪，並以之盡可能對應現代穀物，如禾、年乃穀子、栗、小米之屬等。

《綜述》引《國語·魯語》、《禮記·月令》等解釋所謂農收之後的登嘗之禮，卜辭中也有關於這些祭禮的記載：

> 古代在農事收穫以後，行登嘗之禮。……卜辭所記登嘗之禮，也當
> 然就是當時王室所享用的糧食，因為登嘗就是以新穫的穀物先薦於
> 寢廟讓祖先嘗新。卜辭所記所登的品有四類。〔註135〕

陳夢家據卜辭與文獻的記載，推測出殷代的農作物主要有五種：禾、黍、稷或梁、秬、來或麥。〔註136〕而在這當中小米、麥子、黍子還是最主要的民食。〔註137〕

《綜述》中關於農作的過程，陳夢家以卜辭、古籍所載，推測農曆的行程為：

正、二月黍	相當於農曆二、三月種黍
三月耤	相當於農曆四、五月鋤禾田
三月穋	相當於農曆四、五月收麥
五月穫	相當於農曆七、八月收植禾
六月堲	相當於農曆七、八月壅田
十一月啓	相當於農曆十二月、正月擾麥田
十二月堲	相當於農曆正、二月壅田

《綜述》中討論殷代所使用的農具時，認為它們跟工具、兵器是有所相關聯的，它這麼說：

> 耕作所用的農具，與工具、兵器因其一部份都是鋒刃具，三者之間
> 遂有相混相通之處。〔註138〕

西周以後銅器相當發達，當然不是一夕可成，在殷商時，商人就已經曉得如何鑄造銅器，而青銅器與農具之間的關係，陳夢家認為：

〔註135〕陳夢家：《綜述》，頁529。

〔註136〕陳夢家：《綜述》，頁529。

〔註137〕陳夢家：《綜述》，頁532。

〔註138〕陳夢家：《綜述》，頁541。

殷代已是知道鑄作青銅的時代,還不曾鑄造鐵器。⋯⋯由發掘或由
其它方式出土的殷代銅器中,有大量的兵器、祭器,有不少也不太
多的工具,而幾乎沒有農具。這種現象決不是偶然的。戰國以來鐵
製農具已經普遍地施用了,而西漢時代仍有木耕的,如《鹽鐵論・
水旱篇》所說「貧民或木耕手耨土擾」。如上所述,則殷代青銅農具
之不見,是合乎歷史條件的。我們對於殷代農具,應著眼於木製、
石製、蚌製及其它材料所製的。〔註139〕

殷代的鑄銅技術業已極為成熟,當時是可以製造青銅農具的,青銅
農具當然遠勝於蚌石製的。其所以不造,乃由於當時的農業生產者
還是奴隸階級,連粗糙的石製收穫具還要集中管理,當然不容許他
們用金屬農具的。當時的王室,為了要鞏固他們的統治,就大量地
用青銅製造兵器。〔註140〕

指出青銅的使用技術,還掌握在王室貴族手裡,多製造兵器使用。一般平民的
農耕,還不能使用貴重的青銅,鐵器又尚未發明,所以農耕之器,多為木製、
石製、蚌製,陳夢家就當時考古出土的農器,在《綜述》中有稍加敘述。

　　《綜述》中關於飲食器具的討論,是以出土物為主要依據,出土的殷代飲
食器具,也足以反映當時飲食的具體內容。〔註141〕出土的銅器中可推定為飲食
器具的,依功能分類有:烹飪器具、盛食器具、調酒器、溫酒器、貯酒器、盛
酒器。〔註142〕

　　在「田獵與漁」的小節中,陳夢家認為:

卜辭中所有關於田獵的記載,都是時王為逸樂而行的游田,並無關
乎生產。當然也利用獵獲的獸類的肉、毛、骨、角作為王室享用
品。⋯⋯我們由田獵的對象和作為犧牲的家畜之不同一點來看,可
以推想當時的家畜和野獸的分別。〔註143〕

〔註139〕陳夢家:《綜述》,頁542。

〔註140〕陳夢家:《綜述》,頁549。

〔註141〕陳夢家:《綜述》,頁549。

〔註142〕陳夢家:《綜述》,頁549〜550。

〔註143〕陳夢家:《綜述》,頁552。

清楚地分別出田獵的野獸，與祭祀犧牲用的家畜的不同。而禽、獸的觀察，主要是依據出土的卜辭，加以分類。而有關漁獵的部分，雖然有蒐集到幾條卜辭，但陳夢家認為卜辭中關於漁的記載很少。〔註144〕

《綜述》認為卜辭中的貝已作貨幣使用：

> 我們以為武丁卜辭已有錫貝之事，已稱十貝為朋，和晚殷金文相同，
> 則當時已可能用貝為貨幣了。〔註145〕

雖然已有將貝作貨幣使用的跡象，但依舊沿用它原本的功用：

> 我們似不能過分強調殷代的商業行為，郭沫若說「以海貝為貨財之
> 事似已發現，其來源蓋出於實物交易與俘掠」（《卜通》頁103），這
> 是較穩當的。……貝也同時為裝飾品。〔註146〕

《綜述》說明殷代的車，不單單出現在卜辭的文字上，在考古發掘裡，也有車的實物出土，安陽殷虛的發掘，有好幾處掘出車子。〔註147〕《綜述》討論了殷代車輪的輻數、車輿的特色、所使用馬匹數（為雙數）。

《綜述》十九章總結分為三段。前兩段是與《綜述》前面十八章無有接連性的討論：王國維《殷周制度論》的批判、郭沫若殷代社會的研究；最後一段才是《綜述》前十八章的總結，基本上為重點的敘述整理。

陳夢家認為《殷周制度論》的特點與問題是：

> 王國維曾以卜辭研究所得與「周制」作為比較，作為《殷周制度
> 論》。……他用族類、地理來說明三代文化的異同，這種方法是不正
> 確的。《論語・為政》「子曰：殷因於夏禮，所損益可知也，周因於
> 殷禮，所損益可知也」。這以時代相接說明「禮」之因襲關係，是較
> 勝於片面的強調族類與地理的。〔註148〕

可見陳夢家對研究方法上就有意見，認為王國維此文的出發點是有問題的。因為所謂的禮法、宗法是漸進式的，如同《論語》裡的說法，前代將影響後代，

〔註144〕陳夢家：《綜述》，頁556。

〔註145〕陳夢家：《綜述》，頁557。

〔註146〕陳夢家：《綜述》，頁558。

〔註147〕陳夢家：《綜述》，頁558。

〔註148〕陳夢家：《綜述》，頁629。

有所因襲與損益，在相近的民族的前提之下，並不會因為改朝換代，就將前代的禮儀完全摒棄掉。《殷周制度論》有它寫作的背景，陳夢家批判作者的政治理念導致的企圖心，使得文章寫作的方向變了調：

> 他作此文的企圖是在擁護周公的「封建」制度，認為這種制度典禮
> 乃道德的器械，而在這種制度下的「天下」乃是一道德的團體。這
> 種制度的根本乃由於宗法的嫡庶制。〔註149〕

以下整理王國維《殷周制度論》的主要看法，與陳夢家的意見，為求清楚明瞭，以表格的方式相互對照：

王國維《殷周制度論》的看法	陳 夢 家 的 意 見
商之繼統法以弟及為主，而以子繼輔之，無弟然後傳子，……其以子繼父者亦非兄之子而多為弟之子。	結論與之正相反。子繼與弟及是並行的，傳兄之子與傳弟之子也是並行的，凡此皆無主輔之分；長幼有別，及位以長幼為序；雖無嫡庶之分而凡子及王位者其父始為直系。
商人無嫡庶之制，故不能有宗法。	宗法的產生由於祭祀，沒有嫡庶之制並非一定沒有宗法。殷代的大小宗不同於周制，但並非沒有宗法。
故殷以前之服制就另成一統系，其不能如周禮之完密，則可斷也。	推測之詞，沒有卜辭的材料，故而不論。
商之諸帝以弟繼兄者但後其父而不後其兄。……是商無為人後者為之子之制也。	殷王雖祭其兄，祭其子，但確無為人後者為之子之制。
商自開國之初已無封建之事。	推測之詞，沒有卜辭的材料，故而不論。
商人祭法……先公先王先妣皆有專祭，……無親疏遠邇之殊也。先公先王之昆弟在位者禮典略同，無尊卑之差也。其合祭也……自上甲至於多后，……無毀廟之制也。是殷人祭其先無定制也。	殷人不是漫無標準的遍祀其先，周祭制度證明只有一定的先王先妣可以參加正式的周祭。親疏尊卑的差等，是存在的。旁系先王及其配偶不能享受直系的待遇，這種祭祀上的差等，正是宗法的具體表現。
卿大夫不世之制當自殷已然。	推測之詞，沒有卜辭的材料，故而不論。
雖不敢謂殷以前無女姓之制，然女子不以姓稱，固事實也。	殷人的姓在卜辭雖不顯明，但卜辭的「女字」（多從女旁）實際上是女姓的來源。殷王族姓子，《左傳》所記的殷民七族都是氏，我們認為姓、氏在殷代已經存在。男女是有別的。

〔註149〕陳夢家：《綜述》，頁630。

綜合以上對《殷周制度論》的意見，陳夢家對王國維此文的批判為：

> 他處處要以「周制」為正確來找殷制的不同，因此把本相因襲的一
> 些制度認為是對立的。在這裏，他不但沒有闡明殷、周制度的如何
> 不同、何以不同，也根本沒有指出殷、周制度的基本特徵和殷、周
> 的社會性質。〔註150〕

　　總結章的第二段，陳夢家討論了郭沫若的殷代社會研究，主要依據他《卜
辭通纂》這本著作，他說：

> 郭沫若在他《卜辭通纂》的考釋中，曾在每一分類的末了有一概括
> 的結語。彙集此數部分的結語，也可以當作他在當時研究了卜辭以
> 後對於殷代社會的結論。〔註151〕

陳夢家將之分類為：世系、天象、食貨、征伐畋遊。〔註152〕除了《卜辭通纂》
以外，郭沫若之後還作了《先秦天道觀之進展》、《殷契粹編》、《今昔集》、《古
代的自我批判》、《奴隸制時代》等著作，其中關於殷代社會的論述，陳夢家都
整理出來，作為爬梳郭沫若殷代社會研究的完整內容。

　　相較於對王國維的批判，陳夢家對郭沫若的學說幾乎沒有批評，只是整理
出他的研究成果。由於當時的政治氛圍，由政治領導學術，莫不以馬克思歷史
唯物主義作為史觀研究的唯一方法。批評封建制度，讚揚農民革命變成唯一的
研究基準。雖然陳夢家研究甲骨文與上古史，並不特別醉心於唯物史觀，但礙
於當時的社會氛圍與學術要求，也會有少部分因而讚揚或批判的言論，例如談
到前朝遺老王國維的《殷周制度論》時，他就曾批評：

> 此文之作，乃借他所理解的殷制來證明周公改制的優於殷制，在表
> 面上似乎說周制是較殷制為進步的，事實上是由鼓吹周公的「封建」
> 制度而主張維持清代的專制制度。此文在實際上是王氏的政治信
> 仰，他不但是本末顛倒的來看周代社會，而且具有反動的政治思想。
> 〔註153〕

〔註150〕陳夢家：《綜述》，頁631。

〔註151〕陳夢家：《綜述》，頁631。

〔註152〕陳夢家：《綜述》，頁631～632。

〔註153〕陳夢家：《綜述》，頁630。

陳夢家所說王國維的「反動」，是對於陳夢家當代政治運動的反對；然而對王國維而言，亦在學術上維護他出生的年代所擁有的政治觀念，以不同的時代觀念去批評，自然有想法落差的問題。同理，我們以去現代的理論與眼光，去批評上古的制度，也是沒有道理的，將失去研究上古史的意義。

　　總結章第三小節「殷代社會的歷史文化」，是總結《綜述》之前所有章節的研究內容：根據以上十八章的敘述，我們把一些比較可以肯定的事實，簡明扼要的敘述。〔註154〕

　　雖然敘述分段，但是沒有特別清楚的綱目，可以說是《綜述》全書的精華篇。關於這個小節的敘述，陳夢家總結出他的研究目的：

> 以上這些，是我們今日根據卜辭和其它材料對於殷代的社會及歷史
> 文化的初步的了解。這些初步的了解，對於我們研究分析殷代社會
> 的性質，應該是有幫助的。〔註155〕

二、《綜述》商代農業及民生活動的貢獻與問題商榷

　　前人有關《綜述》的商代農業與其它、總結這兩章的討論並不多，只能散見於幾個學者的文章中。首先，李學勤的批判最爲嚴厲，他說：

> 《殷虛卜辭綜述》最主要的缺點是作者對殷代社會性質及其發展途
> 徑沒有明確的認識，因而書中只羅列了龐雜的現象，不能提高到理
> 論的階段，同時對若干現象也不能有滿意的解釋。這和馬列主義的
> 歷史科學相距是很遠的。但本書既要綜述卜辭的各種內容，就不得
> 不涉及有關殷代社會經濟的問題，如十八章「身份」、和第十六章「農
> 業及其它」。上述缺點在這些章節表現最爲明顯。〔註156〕

李文此段，主要在於批判陳夢家的研究方法，沒有符合馬列主義研究法中的歷史科學，也就是將歷史盡可能地科學化。科學化地研究歷史，自然是用於西方歷史的發展與總結，可以說是爲他們而設的研究方法。中國上古史中的信史研究，發展於甲骨出土之後，這些出土的證據提供了「地下的中國」，爲原本近似

〔註154〕陳夢家：《綜述》，頁635。

〔註155〕陳夢家：《綜述》，頁646。

〔註156〕李學勤：〈評陳夢家《殷虛卜辭綜述》〉，頁119。

神話傳說的歷史添加了可信度。地下出土證據加上傳世文獻的綜合比對，在早期信史的研究當中，可以說是「歸納法」的一種實踐，以有限度證據的歸納，去作出有限度的歷史推測。即使是殷代社會性質和發展途徑，也應是整理卜辭內容、出土用器與傳世文獻後，歸納出來的一種結果。若沒有十足的把握，掌握肯定的證據，自然難如同李學勤所說「提高到理論的階段」。陳夢家《綜述》的目的與成果，亦不在此。

李學勤舉出「農業」章的問題，如石製收割具（小屯石刀）的討論，安陽發掘出大批的石刀，多為半成品，有幾種修製方法。他說：

> 《綜述》所舉大連坑及 E 區所出即是如此。這些出石刀地點顯然是製造石刀的工場，而不是像陳夢家所說是儲藏收割具的宗廟所在。〔註157〕

否定了陳夢家對石製收割具儲藏的理解。李學勤又批評：

> 《綜述》不僅對殷代社會制度無所發明，而且也未綜述前人、近人在這方面的研究成果。祇是第十九章總節中設有一節，簡單抄錄了郭沫若先生著作中關於殷代社會的各種論斷。這和本書體例也是不相合的。〔註158〕

李學勤這段說法，點出了陳夢家《綜述》所缺乏的研討範圍——對「殷代社會制度」的進一步認識，也點出它體例上的問題。

《綜述》農業及其它、總結兩章的勘誤，可注意頁631第3行的（5）為筆誤，當作為（6）。此外，裘錫圭〈評《殷墟卜辭綜述》〉裡，指出了一些錯誤，主要是在文字學與語音學上的誤解，整理如下表：

頁 數	錯 誤
傳統文字學和古音學的錯誤	
526	「禾和谷，古音發聲主要元音皆相同，惟谷是收-k 的入聲字。崔述《稷穄辨》說『河北自漳以西舌強能發入聲，以東舌弱不能讀入聲』是漳以東入聲之谷即漳以西的禾」。「禾」是匣母字，其韻上古屬歌部。「谷」是見母字，其韻上古屬屋部。二字「古音發聲與主要元音」都不相同。而且崔述所說，根據的是後世情況，怎能引來論證商代語音呢？

〔註157〕李學勤：〈評陳夢家《殷虛卜辭綜述》〉，頁119～120。

〔註158〕李學勤：〈評陳夢家《殷虛卜辭綜述》〉，頁120。

| 536 | 「稽古當从爿（莊）得聲」，575頁還把「三齒云」的「齒」讀作「墙」，又轉成「祥」。「稽」「齒」之音跟「墙」毫不相干。不能因爲某些省聲字把「墙」省作「齒」，就認爲「齒」有「墙」音。 |

三、《綜述》附錄的內容

《綜述》附錄的內容，主要分爲三個部分：

第二十章　附錄	有關甲骨材料的記載	王懿榮收藏甲骨始末
		孟定生王襄與甲骨發現
		劉鶚收藏甲骨始末
		羅振玉蒐求甲骨經過
		端方及其同時者的甲骨收藏
		《庫方甲骨卜辭》的僞刻部分
		《前》、《後》編中的材料來源
		出土甲骨的統計
	甲骨論著簡目	總論
		文字
		文法
		斷代
		年代
		曆法天象
		方國地理
		先公先王
		禮制
		宗廟
		農業
		宗教
		歷史社會
		引書簡稱及版本
		有關殷代遺址的記錄
	甲骨箸錄簡表	已刊材料
		已刊而重建於第一類者
		未刊之影本
		未發表完全之拓本

由表可見，《綜述》附錄中「有關甲骨材料的記載」，是陳夢家將他以為重要的資料，卻不能在文章中繁瑣敘述的部分，放在附錄中，以備讀者查閱，可以說完整了《綜述》資料收編的內容。而「甲骨論著簡目」，可以說是《綜述》的參考資料列表，蒐羅了陳夢家所見的各種甲骨文研究論著，陳夢家還將之依內容分類。「甲骨箸錄簡表」提供了初步的甲骨研究工具書性質。

附錄之後，有「校後附記」、「插圖」、「圖版」。插圖與圖版主要的區別是，插圖為手繪，圖版是照相影印，其內容如下。

插圖	龜腹甲
	龜左背甲
	龜右背甲
	改製左背甲
	改製右背甲
	安陽小屯村「東北地」簡圖
	卜辭所見地名圖
	殷末征人方圖

圖版	洹水上的殷虛——安陽小屯村北地
	孫詒讓、王懿榮、王國維像
	鄭州二里崗出土的羊骨鹿骨豬骨、安陽小屯卜骨圓鑽中的長鑿、安陽小屯卜骨用鑽子作成的鑽
	鄭州二里崗出土的牛頭骨和牛胛骨
	鄭州二里崗出土的卜骨及青銅鑽具
	輝縣琉璃閣出土的牛骨和豬骨
	濟南大辛莊出土的牛胛骨、龜腹甲和龜背甲
	邠縣出土的牛胛骨、1952年秋洛陽出土的龜腹甲
	安陽卜骨留臼角未切去之例
	安陽卜骨鑽鑿而未灼之例、安陽卜骨鑽鑿而灼之例
	安陽卜骨中的鋸痕
	作鑽以前先刻圓圈為記、作鑿以前先刻二斜道為記、有鑿無鑽、穿孔
	人頭骨刻辭、黿骨刻骨
	善齋舊藏人頭骨刻辭、鄭州二里崗出土肱骨刻字

鄭州二里崗出土習契肋骨、《善》4551 習契肋骨
小臣牆牛骨刻辭
石磐朱書、玉管刻辭
善齋大骨（正面、反面）
武丁時代整甲（唐蘭舊藏）
旅順博物館藏甲、《庫》1506 拓本（考古研究所藏）
哲庵藏拓選錄
沐園藏骨拓本、哲庵藏骨拓本、卜甲背後泥上所印的文字
陳邦福藏拓摹本、甲室藏骨拓本、哲庵藏骨拓本、《粹》1162 重拓
商氏攝景本選錄

關於附錄中的問題，李學勤認爲：

> 陳夢家在《綜述》中竭力鼓吹自己，即以二十章中「甲骨論著簡目」
> 而論，不少論著沒有收入，卻收錄了他自己全部的文章。這裡面有
> 一些內容早已陳舊過時，在《綜述》中也以加以否定；有一些是未
> 成文的稿本；有一些是本書的一部分，更應刪除不載。〔註159〕

實際上，《綜述》全書的行文中，始終看不到陳夢家竭力鼓吹自己的影子。就論著簡目的收錄，作者收錄自己全部文章，無法遍收他人的文章，也屬正常。簡目的目的不在去蕪存菁，而是就所見廣收。李學勤爲因應當時的政治氛圍寫作此文，此處的論斷稍顯爲批評而批評。

裘錫圭的〈評《殷虛卜辭綜述》〉，則肯定〈甲骨著錄檢表〉的參考價值，他說：

> 本書第二十章（「附錄」）中的「甲骨著錄簡表」，把甲骨資料發表的
> 情況介紹得既全面又簡明，對於初學者和研究者都很有用，讀者不
> 應忽視。可惜關於近 30 多年來甲骨資料發表的情況，還沒有類似的
> 簡表可供參考。〔註160〕

可見陳夢家《綜述》附錄的參考價值，在提供研究者研究工具的方面，特別具有用處。

〔註159〕李學勤：〈評陳夢家《殷虛卜辭綜述》〉，頁 128。

〔註160〕裘錫圭：〈評《殷虛卜辭綜述》〉，頁 219。

第四節　小　結

綜合第三、四章析論的內容，我們可以明白《綜述》一書對甲骨學的架構建立，也大略清楚了它們所敘述的內容、問題與貢獻。本節的重點，在於對《綜述》的內容作一個小總結，我們不去細談《綜述》的內容，而是歸結一些它的特色與要點。

首先先談談《綜述》裡出現的問題：

一、綱目問題

所謂綱目，簡單地說，是一個項目底下有多個小目，小目皆為說明這個項目；因此，小目之間的地位關係應是平等的，性質也是雷同的。《綜述》在文章中時常寫出一件事物的條件，用1、2、3、4等等數字標明，代表陳夢家寫作的習慣，要論述一件事物時，必須要是條理分明的。也就是說他善用數字分段綱目清晰，跳脫了傳統中國文學中，全部使用段落寫作的全文模式。這本該是他的優點，只是在章節分類的綱目上，時常有錯亂的部分。例如，第三章文法第一節「卜雨之辭」，顯然與後面的十數個小節「名詞」、「單位詞」、「指詞」等等，位次不同，卜雨之辭一節當作為第三章的前言。第十九章總結的綱目，在第一、第二節討論了王國維的著作與郭沫若的研究成果，第三節才是真正的「總結」，類似這樣的安排有很多，在綱目的編排邏輯上是有問題的。

二、行文問題

剛剛說到《綜述》在行文中會條列式列出事物的特徵與構成條件，有時會截斷行文，使之不易閱讀。不過行文上的最大問題，是有時內容散見，使得文章脈絡不容易聚焦。畢竟綜述是雜編性質的一本甲骨學著作，裡面資料性的內容十分繁雜，無論有什麼看法，陳夢家總是一一條列出卜辭，來加以佐證他的這些觀察，或是佐證引述他人的學說。對於他的這些觀察，《綜述》會下以精確的小標題，問題在於，這些小標題可以對照內容，確時常缺乏一段開頭的文字，去解釋這個標題，也常常缺乏一個完整的結論，來總結這段議題。最終導致文章的沒頭沒尾，沒有辦法每個章節都有一個清晰的脈絡，來交代這個章節所討論的問題，其主要的重點為何。

再來談談《綜述》中優異的特色：

三、分類細緻、精深獨到

上一段提到《綜述》條列行文的優點,正是它成書的一大特色。它的性質可以說是甲骨學資料雜編的一種,是「綜合地敘述」甲骨學發展至《綜述》成書時的所有內容與成果。但若將《綜述》僅僅當作甲骨學雜編看待,也有失公允。首先,整理甲骨資料與研究資料,也是一門不易的功夫,要在廣大的學海中去蕪取菁;再者,整理的過程中,陳夢家也舉出了很多他獨到的見解,這也是《綜述》最有價值的部分。例如分期斷代的成果,便是《綜述》最重要的成就之一。陳夢家優異的分類能力,使他能夠提出貞人分組的學說,這種分類能力來自於細緻、獨到的洞見力。在所有斷代分期的標準之下,依貞人分組的第一步,確實使得其它的斷代標準,在接下來的運用中,可以快速又有效地發揮作用。

四、舉例堅實、有理不亂

《綜述》的另一特點,是有堅實的甲骨資料作爲敘述的證據;除了甲骨資料,在古籍的運用上,也費了不少心力。陳夢家是博學強記的人,在寫作的態度上,習慣有幾分證據說幾分話,只要提出一個他觀察出的規律,絕對會列出古籍中、甲骨刻辭上,所有的能佐證的條目。這使得《綜述》有時候敘述過於雜亂,但是一段段的文字,都能夠循理找出他們要討論的對象,可以說是有理不亂。例如《綜述》第一章總論的部分,討論了甲骨的出土,但也比較了其它地方所發現的卜骨,這裡跳脫單單甲骨文的討論,而將考古學帶入其中,讓甲骨文研究進一步成爲較立體的「甲骨學」。《綜述》將所以發現的卜骨的性質整理出來,藉以對比殷虛甲骨的特殊性——它是有刻辭的、具有史實的、能成爲史料的,使殷虛甲骨的獨特性,就在《綜述》多元而堅實的舉例中顯現出來。

五、學問淵源、一脈相承

1953 年陳夢家開始寫作《殷虛卜辭綜述》前,早已經開始研究銅器銘文,他從 1934 年師事研究銅器銘文的容庚,1939 年便開始全面著手整理銅器銘文,更不必說他後來出國蒐集銘文資料的那些經歷。除了甲骨文之外,陳夢家涉獵金文學的時間和範圍,是相當廣泛的。可以說西周銅器斷代,也是啓發陳夢家甲骨學斷代的主要因素之一。因爲對銅器銘文的熟稔,《綜述》的寫

作當中，時常有引之比述的部分，這是由於在殷、周的歷史關係、文化制度之間，陳夢家認爲是「在繼承中有所變易」，所以他時常會以金文或周代所觀察出的現象，去上溯沒有太多明顯證據的殷商卜辭。這樣的做法有好有壞，要端看陳夢家每回大膽假設之後，是否都有小心求證。不過，時常把殷商甲骨文與西周銅器銘文相比較，讓他們彼此間的傳承與變異顯現出來，確實是《綜述》的一大特色。

第五章 《殷虛卜辭綜述》比較研究

　　透過前幾章的析論，我們更了解《殷虛卜辭綜述》的內容、特色與它所存在的問題。為了能更加認識《綜述》與它在所處的時代背景下，所形成的學術淵源與脈絡，本章擬以橫向、縱向的方式，為《綜述》與其它甲骨文、甲骨學作品作一個比較研究；所謂橫向乃指與《綜述》同時期的其它重要甲骨研究作品，而縱向則是與《綜述》同性質的甲骨學研究作品。

第一節　與《綜述》同時期的甲骨研究者與著述

　　《綜述》撰述出版的時間在西元 1956 年。如今若要討論與它同一時期的著述，則時期該如何劃分也成為一個基本課題。以甲骨學發展學史的研究區分來看，陳夢家的甲骨學研究落在「繼續發展時期」〔註1〕，這是王宇信在《甲骨學通論》裡所區分出的甲骨研究時期。關於這個時期裡的重要研究學者，除了陳夢家以外，王宇信還提出了唐蘭、商承祚、于省吾、胡厚宣，併稱為「五老弘揚」：

> 如果說百年來甲骨學研究所以取得今天的輝煌成就，在「草創時期」
> （1899～1928）和「發展時期」（1928～1937）是「四堂奠基」的話，
> 那麼在 1949 年以後的「繼續發展時期」，應是「五老弘揚」了。陳

〔註 1〕或說「深入發展時期」。

老（夢家）、唐老（立庵）、商老（錫永）、于老（省吾）、胡老（厚
宣）等學者在「甲骨四堂」研究的基礎上，把甲骨學研究推向了一
個新的高峰。〔註2〕

以下，我們便簡述唐蘭、商承祚、于省吾、胡厚宣等四位學者在甲骨學上
的貢獻，來討論與《綜述》同時期的其它甲骨研究作品。

一、唐　蘭

唐蘭是當時代著名的古文字學家，陳夢家在《綜述》裡提到：唐蘭「孤
學」……，他和于省吾在羅、王之後對於補充與糾正兩家所已考訂或未考的
文字，是有貢獻的。〔註3〕由陳夢家的闡述得知，唐蘭在甲骨文字的考釋之上，
功不可沒。他在甲骨上最重要的著作為《殷虛文字記》、《天壤閣甲骨文存並
考釋》。

唐蘭的《殷虛文字記》寫定於 1934 年，內容以考釋甲骨文字為主，據目錄
所載，共釋了三十三條七十四字。而他考釋的方法偏重「偏旁分析法」，在《殷
虛文字記》的自序中就有所述：

> 余治古文字學，始民國八年，最服膺孫君仲容之術。凡釋一字，必
> 析其偏旁，稽其歷史，務得其眞。不敢恣為新奇謬悠之說。〔註4〕

此書為唐蘭自治甲骨學以來，文字考釋上累積的成果，而他所用偏旁分析法，
也是繼承自孫詒讓的釋字方法。

《殷虛文字記》在考釋甲骨文個別文字之外，也具有啟發文字發展歷史之
功，這約莫也是唐蘭《古文字導論》中所提到的「三書說」理論的相互驗證。

《天壤閣甲骨文存並考釋》出版於 1939 年，有拓片 108 片，考釋出 251
字。此書為唐蘭選錄王懿榮所舊藏的拓本後，再加以考釋文字。陳夢家曾在
〈讀天壤閣甲骨文存〉中評論：

> 天壤閣是福山王懿榮的齋名，王氏為發現甲骨的第一人，……此書

〔註2〕劉正：〈當日群雄誰泰斗——重讀陳夢家先生的《殷墟卜辭綜述》〉一文前言之王宇
　　　信評論。

〔註3〕陳夢家：《綜述》，頁52。

〔註4〕唐蘭：《殷墟文字記·序》。

以王氏齋名名其書，所以旌王氏始鑑定之功。……今此書所收甲骨
雖無甚重要者，但唐氏乘便把甲骨文若干字和辭重新予以考訂，所
以此書的考釋部分實有其獨立的價值。〔註5〕

所以《天壤閣甲骨文存並考釋》的主要價值，還是在甲骨文字考釋的部分。

陳夢家在《綜述》中時常引述唐蘭的著述，如在總論章的「甲骨刻辭研究
經過」中提及唐蘭的考釋文字貢獻；或文字章中討論唐蘭的三書說。顯然在當
時，唐蘭的古文字、甲骨文學說已經具有相當的影響力。

二、于省吾

于省吾主要的甲骨著作為《雙劍誃殷契駢枝》〔註6〕、《甲骨文字釋林》，皆
主要為甲骨文考釋文字之作。

1940年代出版的《雙劍誃殷契駢枝》與它的《續編》、《三編》共考釋甲骨
文字30篇，他的書序中討論文字的考釋方法，認為「契學多端，要以釋字為其
先務」〔註7〕，可見得于省吾認為識字為甲骨研究的基礎。陳公柔等曾在〈于省
吾先生在學術方面的貢獻〉一文中評論《駢枝》：

在前人研究的基礎上，考釋出或糾正補充過去不識及誤釋的一百餘
字，是繼孫詒讓、羅振玉、王國維以來釋讀甲骨文字最多的著作。
此書以釋字精審為人稱道。〔註8〕

可知釋讀甲骨文字，是于省吾在甲骨研究上最重要的貢獻之一。

陳夢家在《綜述》中論及于省吾的甲骨學，主要討論《駢枝》的價值，認
為他是「以參驗考證的方法來處理古文字，故其所為較為嚴謹」〔註9〕。而陳夢
家分析《駢枝》中所考釋的100多條文字，認為可以分為單字、語詞、專名三
類，在《綜述》的文字章中多有闡述。

趙誠的〈于省吾甲骨文字考釋方法探索〉，將于省吾的甲骨學研究分為兩個

〔註5〕陳夢家：〈讀天壤閣甲骨文存〉，《輔仁學誌》，9卷1期，1940年，頁61～79。

〔註6〕于省吾之後還出版了《雙劍誃殷契駢枝續編》、《雙劍誃殷契駢枝三編》。

〔註7〕于省吾：《雙劍誃殷契駢枝·序》。

〔註8〕陳公柔等：〈于省吾先生在學術方面的貢獻〉，《考古學報》1985年第1期。

〔註9〕陳夢家：《綜述》，頁71。

時期，若《駢枝》是于省吾甲骨研究前期的作品，那後期作品則是《甲骨文字釋林》，他的看法是：

> 于省吾先生考出了許多甲骨文字，他的心中存在著很好的考釋方法。在前期（1940 前後），他強調「研究古文字，其形音義三者，必無一不符，方可徵信」；到後期（1980 前後），則進一步指出：「我們研究古文字，既應注意每一字本身的形、音、義三方面的相互關係，又應注意每一個字和同時代其它字的橫的關係，以及它們在不同時代的發生、發展和變化的縱的關係。」〔註10〕

可見于省吾到晚期時不單只是專注在甲骨文字的考釋上，而更進一步去關心文字與時代之間的發展與變化關係。只是陳夢家撰寫《綜述》時，《甲骨文字釋林》〔註11〕尚未出版，也沒有機會見到甲骨學、甲骨文研究之後發展的景況。

《甲骨文字釋林》全書分為上中下卷，二十萬字，收錄論文一百九十篇（其中兩篇列入附錄）。周世榮在〈從《甲骨文釋林》看于省吾先生的古文字考釋〉一文中，將《釋林》的特色分為「關於古文字資料」、「關於民族學資料」、「關於考古資料」、「關於古籍資料」幾個方面，舉例一些書中的例子，用以證成《釋林》的特點，就是充分利用地下出土的古文字資料，突破前人之說。此外還充分利用民族學的資料和清代考據學家的研究成果，從而取得了巨大的成績。〔註12〕

于省吾研究古文字的方法，陳夢家也曾點評：「對於清代之考文字解訓詁者推崇段玉裁和王念孫，他又發展了王國維的二重證據法於經典的訓釋……。〔註13〕」于省吾以研究古文字的方法訓釋古代經典文獻，如《尚書》、《詩經》、《周易》等，則在當時被胡樸安譽為「新證派」的代表。

三、商承祚

商承祚家學淵源，12 歲便熟讀《說文解字》，19 歲時拜師羅振玉，向之學

〔註10〕趙誠：《探索集》。

〔註11〕《甲骨文字釋林》於 1977 年出版。

〔註12〕周世榮：〈從《甲骨文釋林》看于省吾先生的古文字考釋〉，《于省吾教授百年誕辰紀念文集》，頁 353～355。

〔註13〕陳夢家：《綜述》，頁 71。

習甲骨文與銅器銘文。他在甲骨研究上重要的著作爲《殷虛文字類編》、《殷契佚存》、《福氏所藏甲骨文字》，簡述如下。

　　1923 年出版的《殷虛文字類編》，研究的基礎是羅振玉的《殷虛書契考釋》，是商承祚在羅振玉門下時所作。因爲《考釋》的分類是以天象、地理、人事等等占卜內容的性質區分，所以在查找字體時就不太方便檢閱，商承祚就以《說文解字》的次第將所有字重新排列，累積而成《殷虛文字類編》，再將自己的體會以「祚案」二字附於文字之後。有關寫作過程，他自陳：

> 每晚九時起，爲正式工作時間，直至鷄鳴才睡，如是者期年成《殷
> 虛文字類編》一書，呈視羅師，爲之軒然首肯，欣後繼之有人，鼓
> 勵再接再厲。〔註14〕

《類編》的著成帶給商承祚甲骨研究上的第一次成就，當時他不過 20 出頭歲。而這本書可以說是甲骨學史上第一本工具書，顯然他注意到單篇的文字考釋之外，未來要使甲骨文字便於研究者查找，字典類的工具書便是不可或缺之物。常耀華的〈商承祚教授與甲骨學〉一文中，認爲《類編》的內容與特色有四：1. 引申師說，或加補正 2. 徵引他說，會注文字 3. 隱括甲骨契刻，構形條例，補充文字形體資料 4. 考釋文字，擇思至審。〔註15〕

　　商承祚的甲骨研究是受羅振玉指導，所以對羅振玉「收集材料，則尤重於考釋」的教誨謹記在心，故而有了《殷契佚存》、《福氏所藏甲骨文字》的編纂、考釋與印行，他在《殷契佚存》的自序裡說：

> 自念所藏甲骨，與夫墨本，扃吾篋笥，久不附印，又與散佚何異乎？
>
> 〔註16〕

重視甲骨文獻的刊行，是商承祚受其師羅振玉影響至深之處。常耀華引陳煒湛的看法評論《殷契佚存》、《福氏所藏甲骨文字》的出版，他說：

> 他於 1933 年先後出版了《福氏所藏甲骨文字》、《殷契佚存》兩部著
> 作，公布所得甲骨千餘版，並附考釋。此二書的出版，標誌著商先
> 生的學術又達到一種新境界，尤其是《殷契佚存》，「洵爲商先生研

〔註14〕商承祚：〈我與古文字學〉，《治學集》，1983 年 6 月。

〔註15〕常耀華：〈商承祚教授與甲骨學〉，頁 51～55。

〔註16〕商承祚：《殷契佚存》自序，《甲骨文研究資料彙編》14 冊，頁 25。

究甲骨卜辭之代表之作也」。〔註17〕

《佚存》被譽爲商承祚甲骨研究的代表作,《福氏》則是從美國福開森所藏的甲骨之中選拓,二書都是公布、選拓甲骨,再考釋於後。主要的內容除了文字考釋之外,也涉及商代禮俗制度,更延續了商承祚整理甲骨資料以便檢索的研究精神,將所影印的拓片之中的重片,和藏家與收藏的源流,就他所知的都註明出來。

就商承祚甲骨研究的成果,常耀華歸納他的貢獻,分爲四端:

1. 編纂甲骨文字典,以便利讀者。

2. 搜集拓印甲骨,以廣流傳。

3. 考文釋字,擇思至審。隱括辭例,比較發凡。攻究制度,燭幽洞微。

4. 培養專業人才,建設學術基地。〔註18〕

他對甲骨文字典、傳拓、考釋方面都有突出的貢獻,陳夢家在《綜述》裡有關甲骨字彙編著的章節,也屢屢提到《類編》。商承祚所教育的的學生陳煒湛對甲骨學的貢獻,也會在下一節裡論述。

四、胡厚宣

胡厚宣一生傾注於甲骨學的研究,著述達數十種,主要的成就可以分爲三部分:釋文、著錄、商史研究,分述如下。

胡厚宣 1934 年參與安陽殷墟發掘的工作,參與第十、第十一次的發掘工作,之後爲董作賓的《殷虛文字甲編》作釋文。這種爲甲骨文著錄釋文的工作,胡厚宣一直都傾盡全力去做,在他協助郭沫若編輯《甲骨文合集》後,也曾在1999 年出版其主編的《甲骨文合集釋文》。

甲骨開始廣爲人知的年代,爲外強環伺、充滿侵略的戰爭時代,在這個動盪不安的背景之下,中國最古文字的出土,在全世界都很受到矚目,引起很多外國收藏家不遠千里來蒐集甲骨。陳夢家就曾遊歷歐美各國,蒐集各個私人收藏家的青銅器拓本、影像;胡厚宣也很留意外國學者所收藏的甲骨下落,對戰

〔註17〕陳煒湛:〈商承祚先生學術成就述要〉,《古籍整理研究學刊》,1993 年第 5 期。

〔註18〕常耀華:〈商承祚與甲骨學〉,頁 51～55。

後出土而流散的甲骨也曾進行調查、蒐集，進而著錄出版。他曾自述當時蒐集的情況：

> 我在京津一共住了四十幾天，曾訪遍了北京琉璃廠、前門……一帶
> 的古玩鋪、碑帖鋪、書店、寄賣行、舊貨攤，以及各地公家機關和
> 私人的收藏。凡是戰後新出，沒有著錄過的材料，無論實物、拓本，
> 有見必購，不能買的，也總要托人設法或借拓、或鉤摹。計得甲骨
> 實物二千餘片，拓本六千張，摹寫二千片，共約萬片強。〔註19〕

可見胡厚宣當時所蒐集的甲骨資料相當豐富，之後分別著成了《戰後京津所獲甲骨集》、《戰後寧滬所獲甲骨集》、《戰後南北所見甲骨錄》、《甲骨續存》等四部著作。郭勝強在〈胡厚宣先生對甲骨學的貢獻〉一文中，提到這些著錄的特色：

> 這四部著作最大的特點，是在甲骨著錄編輯體例方面的創新。最早
> 出版的甲骨著錄書，一般不予分類……。胡先生首次採用了分期分
> 類的方法，其分期採用了「四期法」……〔註20〕。而分類則盡量詳
> 細。〔註21〕

著錄的分期分類，使得研究工具書更進一步科學化，便於研究者檢閱，也標誌著甲骨文字研究已經稍微成熟，能夠將之更系統化的整理出來。

　　1978 年，編輯十多載的甲骨文著錄鉅作《甲骨文合集》出版，此書乃郭沫若主編、胡厚宣總編輯。《合集》的分期分類法，採如今學界較為通行的「五期分法」〔註22〕，而內容在五期之下又各分為四類〔註23〕。《合集》的出版，至今影響學界，是許多研究者、後學愛用的工具書，因為它提供了很全面的研究資料。而為了使研究者更清楚《合集》中所拓印的骨版起初被收錄的來

〔註19〕胡厚宣：《五十年甲骨文發現的總結》。

〔註20〕第一期：盤庚、小辛、小乙、武丁；第二期：祖庚、組甲；第三期：廩辛、康丁、武乙、文丁；第四期：帝乙、帝辛。

〔註21〕包括：氣象、農產、祭祀、田獵、征伐、行止、災禍、占卜、營建、夢幻、疾病……等多達 24 類。

〔註22〕第一期：武丁；第二期：祖庚、組甲；第三期：廩辛、康丁；第四期：武乙、文丁；第五期：帝乙、帝辛。

〔註23〕四類為：階級與國家、社會生產、思想文化、其它。

源爲何，胡厚宣之後又編纂了《甲骨文合集：材料來源表》，以利人研究時查閱。更爲《合集》作全面性的釋文，與王宇信、楊升南等編著《甲骨文合集釋文》，任主編，這些都是他在甲骨著錄、釋文方面的貢獻。因爲胡厚宣注重甲骨材料的工具運用，1952 年出版《五十年甲骨學論著目》，編排了當時所有甲骨有關的論著作爲目錄，是甲骨學最早期的論著目錄之一，有助於甲骨文更深入、更系統性地研究。

　　《甲骨文合集》所用的拓本，早在陳夢家從清華大學轉任至考古所，從事分期斷代研究，與撰寫《綜述》時，蒐集了許多考古資料，其中爲考古所墨拓的北京圖書館所藏劉體智甲骨共兩萬八千片，裝貼成冊；另外也蒐集了孫壯的甲骨拓本，一共有四萬多片。此後這些拓本資料，多爲《甲骨文合集》所用，所以陳夢家在甲骨學工具書上的蒐錄之得力，也是功不可沒，造福後學。

　　胡厚宣的甲骨研究，除了著錄、釋文之外，不得不提到他在殷商史方面的成就。1944 年出版《甲骨學商史論叢初集》，爾後又出版《二集》、《三集》、《四集》。性質上是單篇論文的集成，內容以甲骨文和考古資料爲主，再輔以文獻學、民俗學、民族學各方面的考證，來闡述、解決各種甲骨學和商代史中的重要問題。例如《初集》、《二集》就收錄了〈殷代封建制度考〉、〈殷代之天神崇拜〉、〈卜辭中所見殷代之農業〉等二十多篇論文，可以知道他是運用甲骨文，以各個角度去解讀商史的問題。

　　《殷商史》是胡厚宣的遺作，由於他寫作中途辭世的，由他的兒子胡振宇續作完成，於 1999 年出版，是《中國斷代史》系列專著的一部份。內容有五大篇，分爲：國事概要篇、政治制度篇、社會生活篇、學術文化篇、工藝美術篇，全面性地建構殷商歷史的面貌。考史的過程除了傳世文獻外，最重要的還是甲骨文內容的研究，在上古史中透露的概念，而甲骨學最重要的目標，也在於建構殷商史。

第二節　與《綜述》同性質的甲骨學研究作品

　　與甲骨有關的研究作品分爲很多性質，有單純的拓片著錄、翻譯拓片上文字的釋文、個別文字考釋的論著、深入討論商史的論著、便於檢索的字典、字彙、著錄等工具書。如今要討論與《綜述》相同性質的甲骨學研究作品，藉以

探索《綜述》一書承先啓後的脈絡及影響，我們一定要先區分出《綜述》明確的性質。相較於前面所說的各種甲骨研究作品，《綜述》建構了一個完整的通論體系，使得甲骨文由各領域的研究，進一步成為具系統性的「甲骨學研究」。這個體系在他的著作中是很完整的，不是由單篇的論文編纂起來的論集，而是有頭有尾的一個論述過程。

陳夢家的《綜述》幾乎是第一個擁有完整通論體系的著作，除了有與《綜述》撰述時代差不多的《殷墟卜辭研究》﹝註24﹞，但此書只側重在殷代的祭祀與社會兩個部分，對甲骨學其它部分就沒有述及。日人島邦男所著的《殷墟卜辭研究》共分為兩篇，它的架構如下：

> 第一篇　殷王室祭祀：分一到四章為先王先妣五祀、禘祀、外祭、
> 　　　　祭儀。
>
> 第二篇　殷代社會：分一到七章為殷區域、殷方國、殷封建、殷官
> 　　　　職、殷社會、殷產業、殷曆法。

雖然已經漸漸有了通論的架構，但實際上的內文還是圍繞在解釋甲骨文字，來論證殷代社會的樣貌。通論性質的甲骨學書，通常與早期考釋甲骨文字的論著相反，它不為考釋一字而蒐證、論證，而是先建立起架構，再運用他人與自己的學術成果，放入這個架構中作為驗證。我們可以說這樣建構甲骨學的方式較為系統化，但是因為要廣收資料，比起單篇論著的精深，容易有比較簡淺的缺失。

陳夢家是第一個著作完整甲骨學體系通論的學者，對後代研究甲骨學的綱目建立、甲骨學通論寫作影響至深，如今也後出了好幾本甲骨學通論的論著，如嚴一萍《甲骨學》、王宇信《建國以來甲骨文研究》、《甲骨學通論》、《中國甲骨學》、陳煒湛《甲骨學簡論》、王宇信、楊升南《甲骨學一百年》。本節擬以呈現通論的目錄，分析各自的突出之處，來比較其它甲骨學論著的個別特色。

一、嚴一萍《甲骨學》上、下冊，1978 年

嚴一萍所著《甲骨學》，1978 年由台灣藝文印書館出版，因為篇幅浩大，分為上、下兩冊。它的章節綱目，為求清楚，表列如下。

﹝註24﹞ 《殷墟卜辭研究》1958 年出版、《殷虛卜辭綜述》1956 年出版。

序			
第一章 認識甲骨與殷商的疆域	認識甲骨	卜骨	
		卜甲	
	殷墟以外卜甲卜骨的發現	新石器時期的甲骨分佈情形	
		殷商時期的甲骨分佈情形	
		兩周時期的甲骨分佈情形	
		文化時期不明的甲骨分佈情形	
	殷商的疆域		
第二章 甲骨的出土傳拓與著錄	甲骨的出土		
	甲骨的傳拓		
	甲骨的著錄		
第三章 辨偽與綴合	辨偽	辨契刻之偽	
		辨綴合之偽	
		辨拓本之偽	
		辨釋文之偽	
	綴合		
第四章 鑽鑿與占卜	鑽與鑿	鑽鑿之形式	民間的
			侯國的
			王室的
		鑽鑿之分類	胛骨
			背甲
			腹甲
	占卜		
第五章 釋字與識字			
第六章 通句讀與識文例	通句讀		
	識文例		
第七章 斷代	斷代的前提	斷代的研究法	
		論殷代禮制的新舊兩派	
		揭穿文武丁時代之謎	
	斷代異說的批判	胡厚宣的四期說	
		陳夢家的貞人組	
		貝塚茂樹的王族多子族卜辭	

	文武丁時代的新證據	文武丁時代的客觀標準	
		稱謂與風格	
		妣戊與止祭	妣戊的證明
			文武丁時代的止祭系統
		文武丁時代的鑽鑿	
		文武丁時代的遺物遺址	
	貞人	貞人非卜人	
		貞人跨越數代的問題	
		貞人與方國	
		新的貞人與新人物	
	文例與書體之演變	貞旬體例之演變	
		卜雨辭的分期	
		幾個特殊字例的演變	係頸以組的羌字演變
			河與岳
			其字的晚期字形
		一般字形分期示例	
	鑽鑿與斷代的關係		
第八章　甲骨文字的藝術			
第九章　甲骨學前途之展望			

　　除了甲骨的認識、出土與傳拓、辨偽綴合、鑽鑿占卜、文字文例、文字藝術與展望等基本的甲骨學討論外，嚴一萍《甲骨學》的亮點在於甲骨斷代內容的呈現與研究。他在《甲骨學》的序中自陳：

> 斷代是研究甲骨者必須具備的基礎知識，斷代的一般原則，彥堂先生的《甲骨斷代例》已經說得很明白。今天成問題的是文武丁時代的卜辭，所以特別著重在文武丁時代卜辭的證據，決不作空虛不實的推論；如今遺址遺物的出土，更增加不可動搖的新證據，真是鐵案如山，無可再辯了。[註25]

嚴一萍求學於董作賓，他的《甲骨學》可以說是董作賓甲骨研究的統整與延

[註25] 嚴一萍：《甲骨學·序》，頁2。

續，因此受到董作賓作《甲骨斷代例》的影響，書中斷代的討論篇幅特多，內容也較其它章節深入。傳承董作賓之學的部分，嚴一萍自己在序中也有闡明：

> 我發覺並世所謂甲骨學者中，祇有彥堂先生是在甲骨的各方面都用過功，都有過著作發表；所以我一路寫來，祇是爲彥堂先寫過的著作作整理，整理出一本較有系統的「甲骨學」，我不過是在這一本書中加一點「新」的見聞而已。〔註26〕

故我們可以說嚴一萍的《甲骨學》，是董作賓甲骨研究的成果之作。

《甲骨學》中提到陳夢家《綜述》的部分，主要在「斷代異說的批判」中，檢討他在貞人組學說中的問題。

二、陳煒湛《甲骨文簡論》，1987年

陳煒湛是商承祚的學生，他在1987年完成《甲骨學簡論》時，商承祚爲之作序，提到了他寫作的背景與動機：

> 殷虛甲骨文自光緒二十五年（公元一八九九年）出土以來，已有八十餘年，中外研究者數以百計，刊布的各種專著論文已在千種以上。但深入淺出的形式，提綱挈領地向讀者介紹歷年來的研究成果，概括地論述甲骨文的有關問題的著作則尚少見。高等學校開設甲骨文課程，亦苦無合適的教材。……煒湛有見及此，乃決意撰此一書以補闕。……一九八○年春，我委託他爲古文字教師進修班及研究生講授《甲骨文研究》，……授課既畢，稿亦粗具規模。……經過兩年多構思、寫作而成的這部《簡論》，既是授課的教材，也是有志於學習甲骨者之入門書……。〔註27〕

就商承祚的說法，陳煒湛有感於當時所有的甲骨文著作中，缺乏可以概括敘述甲骨文問題的著作，也缺乏可以成爲甲骨學入門者學習的基本教材；陳夢家的《綜述》則內容冗雜，不易閱讀，所以撰寫《甲骨文簡論》就成了陳煒湛對甲骨學研究的職志之一。

〔註26〕嚴一萍：《甲骨學・序》，頁2。

〔註27〕商承祚：〈甲骨文簡論序〉。

相較於其它通論性質的甲骨研究專著，陳煒湛的《簡論》確實篇幅不大，內容精要，很適合作為甲骨初學者的入門書，其綱要如下。

甲　骨　文　簡　論　序		
第一章 甲骨文的發現與發掘	甲骨文的偶然發現與殷墟的初步考察	
	解放前甲骨文的私人挖掘和科學挖掘	
	新中國成立後的殷墟發掘及甲骨文的新發現	
	八十年來出土甲骨文總數的估計及今後出土甲骨文的展望	
第二章 甲骨文的著錄、考釋及字典的編纂	甲骨文著錄的形式與方法	附　著錄甲骨的主要書籍及簡稱表
	甲骨文考釋的進展	草創階段
		奠基階段
		發展階段
	甲骨文字典的編纂	
第三章 甲骨的占卜與寫刻	甲骨的種類及來源	
	占卜前的準備與占卜的程序	
	契刻與讀法	
	契刻與書寫的關係	
第四章 甲骨文字的特點及其發展變化	甲骨文字與六書問題	
	甲骨文字形體結構的特點	
	甲骨文字形體與意義的關係	
	甲骨文字的發展變化	
第五章 甲骨文的分類和主要內容	甲骨文的分類研究——各家對甲骨文的分類	
	各類卜辭舉例	
	非卜辭——卜辭以外的各種刻辭	
	關於「非王卜辭」	
第六章 甲骨文的分期——斷代研究	甲骨文分期斷代的重要性	
	甲骨文斷代的標準	
	斷代研究中碰到的困難及目前爭論的問題	
第七章 甲骨文的綴合	甲骨綴合的重要意義	
	甲骨綴合的基本原則	
	關於甲骨綴合的著作	
第八章 甲骨文的辨偽	作偽的由來及辨別的方法	附 甲骨偽片表
	關於「契齋藏甲之一」的真偽問題	附圖　甲骨偽刻舉例
	關於《庫》1506 片「家譜刻辭」的真偽問題	

第九章 甲骨文研究的過去、 現狀及今後的展望	八十年來甲骨文研究的主要成就
	研究甲骨文的兩條途徑、兩種方法
	甲骨文研究的現狀及亟待解決的問題
	對今後甲骨文研究的展望與設想

我們可以注意到，陳煒湛並沒有如同嚴一萍、王宇信等使用「甲骨學」一詞，但他的著作綱目還是緊扣著甲骨的發掘史、研究史、占卜寫刻、文字特點與發展、分類與內容、分期斷代、綴合、辨偽、未來展望等，甲骨文與甲骨學的研究核心課題。

《簡論》中關於鑽鑿型態的分析，採用了許進雄先生在當時最新的研究成果，可以說是與時俱進。書中談到甲骨出土總數的問題，採用了《綜述》中約10萬片的說法〔註28〕，認為1956年時的估算，由陳夢家所說最為精確。另外在分期斷代的研究章節中，也認同陳夢家《綜述》中認為有帝乙、帝辛卜辭的說法。〔註29〕目標是作為甲骨通論基本教材的《簡論》中，有許多書寫精美的摹本，供初學者研習，是他的特色之一。

二、王宇信《建國以來甲骨文研究》，1981 年、《甲骨學通論》，1989 年、《甲學一百年》，1999 年〔註30〕、《中國甲骨學》，2009 年

王宇信可謂是當代甲骨學通論性質著作的大家，1981年他著作的《建國以來甲骨文研究》，可以說是繼陳夢家《綜述》以後最重要的總結性甲骨學論著之一。出版後受到學界相當的重視，在劉正〈王宇信先生的甲骨學研究〉中，有一段述評，大約能簡單而充分地說明《建國以來甲骨文研究》：

> 《建國以來甲骨文研究》第一章對前五十年甲骨學發展史的簡介作
> 了介紹，為作者切入主題準備了基礎。然後，作者用了七章的篇幅，
> 詳細而清楚地敘述了新中國成立以來甲骨學在各個研究角度上出
> 現的疑難問題和所取得的主要成果，真正體現了「甲骨學界所取得
> 的主要成果及提出的一些主要問題基本以囊括於該書中」的特點。
> （胡厚宣語）這些特點已經顯示出一名古典文獻專家對史實的清晰

〔註28〕陳夢家：《綜述》，頁47。

〔註29〕陳夢家：《綜述》，頁34。

〔註30〕與楊升南合著。

分析和梳理。〔註31〕

王宇信寫作第一本甲骨學通論著作，就得到了很高的評價。

1989 年，他將《建國以來甲骨文研究》再擴充編寫成《甲骨學通論》，把「甲骨學」與甲骨文的名詞區分，用確切的語言定義出來，他說：

> 甲骨學是以甲骨文為研究對象的專門學科，是甲骨文自身固有規律
> 系統的科學的反映。〔註32〕

雖然王宇信並不是頭一個提出「甲骨學」概念的學者，卻最大量編著了甲骨學通論性質的著作，將甲骨學系統化統整的可能，在各個階段發揮到極致。李學勤在《甲骨學通論》的序中評論該書，是相當精當的見解：

> 這部《通論》不是他前兩部專著〔註33〕的重複，而是以更開闊的眼
> 界，涵括了甲骨學的全領域。就內容言，概述了殷墟甲骨研究的歷
> 史和現狀，兼及西周甲骨。就論點言，寓議論於敘述，表現出作者
> 本人的見解。就體例言，深入淺出，照顧到不同層次的廣大讀者。
> 就材料言，盡可能援引國內（包括港台）外各家著作，並附有幾種
> 工具性質的目錄，甚便於檢索。〔註34〕

《通論》的出版與影響，也絲毫不遜於《建國以來甲骨學研究》。1993 年又出版了《甲骨學通論》的增訂本，可以看到其作的影響，與著者精益求精的研究態度。

1999 年，王宇信與楊升南編著《甲骨學一百年》，資料的豐富性與系統的完整性，使這本甲骨學通論依舊在學界投下了震撼彈，至今仍是甲骨研究者入門學習時的教科書之一。馬如森曾在〈甲骨學與文史研究〉中評論：

> 我們毫不誇張地說，近著《甲骨學一百年》同樣是在甲骨學研究中
> 具有劃時代意義的巨著，它將推動 21 世紀甲骨學研究、文史學研究
> 的發展，必將把中國乃至世界範圍的甲骨學研究推向更新的層面。
> 〔註35〕

〔註31〕劉正：〈王宇信先生的甲骨學研究〉，《甲骨學 110 年：回顧與展望》，頁 6。

〔註32〕王宇信：《甲骨學通論》，頁 20。

〔註33〕指《建國以來甲骨文研究》、《西周甲骨探論》兩部。

〔註34〕李學勤：〈甲骨學通論序〉。

〔註35〕馬如森：〈甲骨學與文史研究——兼談《甲骨學一百年》的學術價值〉，《東北師大

給予很高的評價。朱彥民則將《甲骨學一百年》譽爲「百科全書式」的甲骨學鉅著，歸納全書的特色爲四點：

　　1. 材料詳盡，觀點權威。2. 鈎沉深幽，具體而微。3. 客觀引述，公正評説。4. 總結規律，啓迪後來。〔註36〕

就一本通論性質的甲骨學著作而言，能滿足上述四點特色，使它的貢獻在當時受到很大的肯定。

　　2009 年王宇信出版《中國甲骨學》，可以說他自 1980 年代以來，每十年就有一本通論甲骨學性質的著作出版，這樣一再地出版，我們可以用陳夢家在《綜述》中形容羅振玉《殷商貞卜文字考》、《殷墟書契考釋》與它的增訂本是：「一種的增易」〔註37〕，來看待王宇信不斷改寫的甲骨學通論性著作。這種再版並非沒有意義，它是與時俱進地不斷突破前說，修正舊學，使得學術的擴充一再跟上時代脈動，讓眞理愈辯愈明、學問精益求精。

　　學術的累積自然是後出轉精，我們若要分析王宇信的甲骨學通論著作，必須從他最近出版的《中國甲骨學》著手，才能得到他學術梗概的完整性，《中國甲骨學》的架構如下：

第一章 緒論	什麼是甲骨學
	中國的「舊學」自甲骨出土而另闢一新紀元
	甲骨學與其它學科的關係
	刻苦鑽研甲骨學，成功之路就在你的腳下
	本書的宗旨
上篇	
第二章 甲骨文的發現年代和發現者	甲骨文的發現年代能提前到一八九八年嗎？
	甲骨文的第一個發現者王懿榮
	關於甲骨文發現的其它說法和幾點新補證
第三章 甲骨文出土地與時代的確定 及甲骨文的命名	甲骨文出土地的探索和意義
	甲骨文時代的確定和小屯爲殷墟的研究
	甲骨文的命名種種

　　　學報（哲學社會科學版）》，頁 91。

〔註36〕朱彥民：〈一部百科全書式的甲骨學研究鉅著——讀《甲骨學一百年》〉，《考古》。

〔註37〕陳夢家：《綜述》，頁 57。

第四章 甲骨文發現和甲骨學研究的幾個階段	甲骨學的「先史」時期
	甲骨文的非科學發掘階段和甲骨學的草創時期
	甲骨文的科學發掘階段和甲骨學的發展時期
	再談殷墟 YH127 甲骨窖藏發現在甲骨學史上的意義及新時期面臨的課題
	甲骨學的深入發展時期
第五章 一九七八年以後的甲骨學進入了「全面深入發展」的新階段	一九七八年以後，甲骨學研究資料匱乏的局面根本改觀
	一九七八年以後，甲骨學研究課題向廣度和深度拓展
	一九七八年以後，甲骨學研究方法和手段愈益與當代科技同步發展
	一九七八年以後湧現出的大量論作，顯示出甲骨學研究進入「全面深入發展」的階段
	商周甲骨文的不斷發現，為研究的「全面深入發展」注入了新活力
	我們的建議
第六章 甲骨文、甲骨學與甲骨學的科學界定	甲骨文與甲骨學的學名由來
	「甲骨學」的科學界定
第七章 甲骨的整治與占卜	商代卜用龜甲和獸骨的來源
	甲骨的整治
	甲骨的占卜與文字的契刻
	甲骨占卜後的處理及少數民族保存的骨卜習俗
第八章 甲骨學專業用語及甲骨文例	甲骨學的基本專業用語
	甲骨文例
	殷人一事多卜和卜辭同文
	特殊的卜辭舉例
第九章 甲骨文的分期斷代（上）	甲骨文分期斷代的探索
	分期斷代「五期」說及「十項標準」
第十章 甲骨文的分期斷代（下）	分期斷代研究的深入——「揭穿了文武丁時代卜辭的謎」
	甲骨分期斷代的又一個「謎團」——所謂「歷組」卜辭的爭論和武乙、文丁卜辭的細區分
	關於甲骨文分期斷代的幾個新方案
	分期斷代研究有待解決的幾個問題

第十一章 使用甲骨文材料應注意的幾個問題	甲骨文的校重
	甲骨文的辨偽
	甲骨文的綴合
	甲骨文的殘辭互補
第十二章 重要甲骨的著錄及現藏	著錄甲骨的準備
	國內學者著錄的甲骨及現藏
	國外學者著錄的甲骨及現藏
	科學發掘甲骨的著錄及現藏
	集大成的著錄——《甲骨文合集》及其編纂
	甲骨學史上里程碑式著作:《甲骨文合集》
第十三章 甲骨學與殷商史研究要籍	甲骨文字考釋的專書
	甲骨學研究著作
	商史與甲骨學史專著
	重要的工具書與入門著作
	近年日本出版的幾部重要甲骨學著作
第十四章 甲骨學研究與學者之間的友誼	于老（省吾）「致睨」（商承祚）和甲骨學史上的兩大工程
	商承祚教授對《甲骨文合集》編纂工作的巨大貢獻
第十五章 甲骨學史上有貢獻的學者及其研究特點	早年出土甲骨文的幾位購藏家
	羅振玉、王國維和「羅王之學」
	甲骨文科學發掘時期有貢獻的幾位學者
	新一代的甲骨學者和成長中的新一代
	值得繼承和弘揚的共同財富
第十六章 前輩大師點石成金，澤及後學	明義士殷商文化研究的成功及對我們的啓示
	甲骨學史上的一代宗師——郭沫若
	甲骨學研究的發展與胡厚宣的貢獻
中篇	
小引	
第十七章 甲骨學研究的一門新分支學科——西周甲骨學的形成	西周甲骨的發現
	西周甲骨研究的幾個階段
	西周甲骨的特徵及與殷卜辭的關係
	西周甲骨的分期
周原出土的商人廟祭甲骨	商周時代的祭祀制度與祭祀異姓
	周原出土廟祭甲骨詮釋及其族屬
	周原出土廟祭甲骨的時代
	對周原出土商人廟祭甲骨的幾點認識

第十九章 周原甲骨探論	周原廟祭甲骨「曹周方伯」的辨析
	周原出土廟祭甲骨商王考
	周原甲骨刻辭行款的初步分析
	周原出土商人廟祭甲骨來源芻議
第二十章 讀邢台新出西周甲骨刻辭	周原甲骨卜骨行款的再認識和邢台西周卜辭的行款走向
	邢台南小汪西周卜辭詮釋
第二十一章　今後的西周甲骨學研究	
下篇	
第二十二章 甲骨文與甲骨書法	中國文字的發展和甲骨書法的小史
	寫好甲骨書法的準備工作
	精益求精，將甲骨書法藝術提高一步
	「序」甲骨文書法集談甲骨文書法
第二十三章 談上甲至湯滅夏前商族早期國家的形成	殷先公先王名號的變化與商族社會的演進
	滅夏前的商部族奴隸制方國的國家機器
	小結
第二十四章 商代的馬和養馬業	商代的馬和「相馬」
	商代的養馬業和「馬政」
	商代馬匹的使用
	小結
第二十五章 甲骨文「馬」、「射」的再考察——兼駁馬、射與戰車相配制	「車馬」與「人」馬式戰車和馬隊的基本單元
	甲骨文中「射」與「多射」的再認識
	「射」隊與商王的田獵活動
	甲骨文中的「馬」、「射」與戰車的配置無關
第二十六章 卜辭所見殷人寶玉、用玉及幾點啟示	卜辭中的玉、玨和殷人的寶玉意識
	甲骨文所見殷人用玉
	甲骨文所見殷人用玉的幾點啟示
第二十七章　簡論殷墟發掘第一階段在我國考古學史上的地位	
第二十八章 殷墟——人類文明的寶庫	甲骨文與殷墟的發現
	科學發掘殷墟成就斐然
	殷墟是展示中國商代文明的「地下博物館」
	殷墟的科學發掘與殷墟的保護
	殷墟申遺成功，是進一步保護、研究、利用殷墟系統工程的開始
附錄 附錄一　甲骨文著錄目及簡稱 附錄二　甲骨學大事記（一八九九年至今）	
後記	
圖版與例圖	

　　從《中國甲骨學》的目錄中，我們可以見到與前述的其它甲骨學通論性質著作有很多不同的之處，主要是因爲它吸收了新發現、新材料的緣故。從王宇信出版的第一本通論性質著作《建國以來甲骨文研究》到《中國甲骨學》，近三十年的時間可以說是地不愛寶，商周甲骨文仍不停有新的發掘，如：1991年殷墟花園莊東地甲骨、2002 年殷墟小屯南地甲骨與陝西扶風齊家西周甲骨、2003 年山東大辛莊商代帶字卜甲、2003 年底陝西岐山周公廟西周卜甲等，都相繼出土。王宇信之所以不斷著述，都是爲了要補充新材料的發現，補充新說，或修正舊說。

　　《中國甲骨學》分爲上中下三篇，上篇主要是殷代甲骨學的論述，中篇則介紹西周甲骨學，下篇是其它甲骨學的專題研究。王暉認爲《中國甲骨學》的主要成就與貢獻有三個方面：

1. 甲骨學研究主要學者的介紹及其研究經驗的總結。

2. 設專章介紹了甲骨分支學科﹝註38﹞。

3. 下篇收錄了作者有關甲骨文研究的論文，作者針對近幾年興起的甲骨文書法熱的情況，提出了甲骨書法方面存在的問題及其應注意的問題。﹝註39﹞

第一點不脫傳統的甲骨學總結貢獻，二、三點就是《中國甲骨學》較其它通論性質研究專書所擁有的特色。至今而言，《中國甲骨學》是自甲骨文研究開始，擁有最新資訊的一本甲骨學通論著作，它撰述了完整建構的甲骨學史（上篇）、不容忽視的分支學科（中篇）、深入討論的個別研究（下篇），可以預見它對甲骨學界的影響力，不容小覷：

　　不久的將來，《中國甲骨學》一書的簡要刪節本──《甲骨學概論》

　　一書，將作爲中國社會科學院研究生院的正式教學用書而出版。

　　﹝註40﹞

從 1956 年陳夢家《殷墟卜辭綜述》，到 2009 年王宇信的《中國甲骨學》，甲骨學通論性質著述的改變，見證甲骨學研究的成長與興盛。

﹝註38﹞ 指「西周甲骨學」等。

﹝註39﹞ 王暉：〈20 世紀中國甲骨學通論的力作──王宇信先生《中國甲骨學》評介〉。

﹝註40﹞ 劉正：〈王宇信先生的甲骨學研究〉，《甲骨學 110 年：回顧與展望》，頁 9。

第三節 小 結

如今，除了綜述、通論外，我們還可以用很多的說法稱呼《綜述》與它同樣是通論性質的甲骨學研究著作：學術總結、系統性論著、百科全書式寫作等。像是區別甲骨文與甲骨學一樣，每個名詞都還是有它各自的內涵與特質存在，我們不妨將之看作為一個演進的過程，而陳夢家的《綜述》便是其中重要的一環。在與陳夢家同時期的甲骨研究學者中，《綜述》的編寫方式具有系統性的特色；在甲骨學通論性質的研究著作中，《綜述》則具有領先與啟發的作用，為更了解《綜述》的歷史定位，以下分為「與同時期的甲骨研究者比較」、「與同性質的甲骨研究作品比較」兩點。

一、陳夢家《綜述》與同時期的甲骨研究者比較

與同時期的唐蘭、于省吾、商承祚、胡厚宣等學者比較，陳夢家在甲骨學研究上的特點有二：

（一）當時代唯一的「綜述」

除了胡厚宣曾經作過《五十年甲骨文發現的總結》外，唐蘭、于省吾、商承祚都沒有寫過整本關於甲骨學通論性質的著作，胡書也只是重在甲骨流傳、搜求等過程的記述，並沒有企圖建立起一個完整的甲骨學研究體系。我們可以說，學術研究的進展有一定的過程，甲骨文被發現了以後，先要是確定它的性質、再研究它的文字、內容、考史、語法文例、斷代，或延伸出辨偽、綴合等周邊問題；而等到甲骨文研究各方面都已然發達時，才能系統性地成為「甲骨學」。《綜述》的出版約莫在甲骨文發現近六十年的時候，當時的學者研究，時常聚焦在釋字、考史之上，所以著作也多論文集的形式，而少見以完整的架構，去敘述甲骨文從發現到研究各方面的過程與成果的著作。

唐蘭的學術成果中，突出之處是他的古文字學理論、甲骨文字考釋；于省吾則善於利用二重證據法來考釋文字、考史；商承祚對甲骨文字早期字典的編纂有功；胡厚宣則側重於甲骨的釋字、著錄和商史研究。與同時代其它學者相比，《綜述》的特色就在於它不限於一、豐富多角的架構，與許多考據資料的內容。

（二）特別的學術經歷

與其它同時期的甲骨研究學者相較，陳夢家年少時學習法律，並不是文史

相關科系畢業，也不是受家學淵源的背景影響；21 歲時才正式開始學習古文字、古史的研究，可謂是半路出家。陳夢家師承容庚，除了甲骨學的研究外，金文學、漢簡研究都有到達一定水準；同時代的其它甲骨研究學者，在古文字的研究範疇上，未必能涉獵地那麼廣。陳夢家 33 歲時曾受赴美國芝加哥大學東方研究所講授中國古文字學，三年的期間遊歷歐美，並遍訪國外青銅器的收藏家，爲藏器照相、拓印、記錄。雖然是研究中國古文字、古史的學者，陳夢家與西方世界的接觸必然影響他的研究方法，這是與傳統古史研究學者不同的地方。

回國後，陳夢家仍舊致力於上古文字、古史的研究，可惜後來的反右、文化大革命等政治運動，使得陳夢家中斷了他的實質生命與學術生命，因此陳夢家的後學、學生也不多，在中國邁向改革開放之前，他的背景也使他的學術成就受到忽視，對學術研究而言，不得不說是一種損失。陳夢家相較於其它同時代的甲骨研究學者，有很特別的學術經歷。

二、《綜述》與同性質的甲骨研究作品比較

與同性質的《甲骨學》、《甲骨學簡論》、《中國甲骨學》等通論性質甲骨研究作品比較，《綜述》的特點有三：

（一）最早的甲骨學通論著作

《綜述》可以說是最早的甲骨通論性質著作，差不多同時期出版的還有島邦男的《殷墟卜辭研究》，只是《殷墟卜辭研究》的內容還沒有《綜述》來的全面，多側重於殷代占卜、社會等方面的考史，所以不能算是全面性的甲骨學總結。《綜述》是第一本述及甲骨的發現史、研究史、文字文法、分期斷代、商代天文地理、政治區域、政治宗教、農業等等全面的甲骨與商史的通論性著作，對甲骨的辨僞、綴合等延伸問題也有講述。王宇信的《甲骨學通論》曾被譽爲「百科全書式」的著作，那麼《綜述》可以說是這一類著作的先導。這樣的著作方法是先有一完整架構，再以資料與研究去填充這個架構，而非是單篇論文、文字考釋的集著。

《綜述》開通論性著作的先例，雖然與後世的作品比較，此時甲骨文研究發展的時間才五十年，在系統性上還不那麼完整。《綜述》的多數的研究架構還是側重在商史的部分，但是它對甲骨學的基本論述，有一定的份量，啓發了後

人能夠著作甲骨學「百科全書」的構想。

（二）資料雜編的性質

《綜述》的著作過程是羅列很多資料的，陳夢家習慣以一個資料雜編的方式來講解一個甲骨文上的課題。所以一個標題以下，時常討論的內容是多元的，不單限於標題的範圍內，例如在《總論》的第二節「甲骨的種屬及採用的部分」中，最後討論了甲骨的埋藏性質，這是討論一個問題，在衍伸到另一個問題的結果。所以《綜述》所引用的資料很多很雜，也如同陳夢家自己說的：

> 我們稱此書爲「綜述」者，是綜合了前人近人的各種可采取的說法，
>
> 綜合地敘述甲骨刻辭中的各種內容。〔註41〕

因爲述及的內容龐雜，也因此受到一些批判，如商承祚曾說：

> 一九五六年出版的陳夢家《殷虛卜辭綜述》一書，雖稱「綜述」，讀
>
> 來仍感內容繁複，文字艱深。〔註42〕

爾後再出版的甲骨學通論著作，後出轉精，漸漸減少這樣的問題。相對來說，《綜述》繁瑣的資料引用，卻也幫助後學者學習卜辭問題中的事例、或便於查對檢索。

（三）突出的斷代研究

《綜述》與嚴一萍《甲骨學》在通論性質的著作中，研究斷代的部分都比較深入，主要是因爲陳夢家從西周銅器斷代的研究裡面，去延伸出甲骨學斷代的考究方法；而嚴一萍則是承繼董作賓的甲骨研究成果，董作賓的主要成就之一也是甲骨學斷代。陳夢家並非將文章的篇幅特意著重在斷代之上，而是他提出的真知灼見，特別受到人矚目，後人在甲骨通論性質的著作中，討論到斷代的部分，都不得不提到陳夢家「貞人組」的提出。許多通論性質的著作著重在整理甲骨學研究各方面的成果，但是陳夢家在這些成果當中，時常也能站在巨人的肩膀上看得更遠，更進一步提出自己更精確的說法，這是《綜述》具有價值的原因。

〔註41〕陳夢家：《綜述·前言》，頁9。

〔註42〕商承祚：《甲骨學簡論·甲骨學簡論序》，頁1。

第六章 結 論

綜觀第一到四章，70 多萬字的陳夢家《殷虛卜辭綜述》，其內容的重點除了甲骨的斷代研究之外，很大的一部分放在商王朝的祭祀活動；這本身與卜辭本身的性質有關，也是作者在 10 萬片甲骨中所觀察到的重點。甲骨學的目的是在探索甲骨文的時代背景，也就是以科學的方法建立可信的殷商史，《綜述》便是最早期嘗試建立完整甲骨學的著作之一。

《綜述》本身的優缺點，以及他對甲骨學研究史上的影響，統共能整理為兩個問題與三個貢獻：問題為「資料編整問題」、「意見錯誤問題」；貢獻為「優異突出的研究成果」、「一脈相承的研究方法」、「承先啟後的學術地位」。敘述如下，作為本篇論文的總結論。

第一節 《綜述》的問題

（一）資料編整問題

陳夢家言《綜述》乃「綜合地敘述甲骨刻辭中的各種內容」[註1]，自然會成為一個資料雜編的性質，這主要是由於一來陳夢家將甲骨學的觸角廣伸，不放過任何與刻辭有關的領域，討論卜辭中商代與商史的各種逛況；一來他行文上有條列所有可見的卜辭，作為他敘述的證據，於是《綜述》的資料編整廣而

〔註 1〕陳夢家：《綜述‧前言》，頁9。

雜。雖然資料具有完整性，衍伸的問題就成為過度的雜編，可以說有時候我們看不太到行文的重點，只注意到作者整理了很多的資料。這些資料的佐證對初學者還是有所幫助的，一來可以學習古文字、古史的研究方法；再來能夠從茫茫 10 多萬片的甲骨文資料裡，勾沉所需要的資訊。只是有時候陳夢家過度著重於資料的蒐整，因為他的勤奮與博學強記，已經將這些甲骨資料內化成可用的史料，而敘述上變得較為模糊，使得內文無法清楚解釋標題的義涵。這是他資料編整上的一些問題，主要在於過於雜亂和敘述不清。

（二）意見錯誤問題

在《綜述》這麼浩瀚的編制裡面，其敘述的主軸有幾點：甲骨學建立的基礎、甲骨學的斷代與年代、商代的天文地理與政治文化、商代的宗教與祭祀、商代的農業等等。除了甲骨文本身的內容與性質以外，更進一步衍伸到，從卜辭可以觀察整理出的各種商代文化與歷史問題。《綜述》可以說在求得甲骨學完整的綱目上，又有更進一步發展。在這樣的過程中，或是說 70 萬字的文字中，自然會有很多無法校勘出來的文字、文句，或是對甲骨研究意見上的錯誤、誤解。畢竟，要求陳氏一人，能對甲骨學各個領域都熟稔、精透、不犯任何錯誤，是過於嚴苛的；《綜述》寫作的目的也不在成為唯一正確完整的教科書，學術自然有再討論的空間。《綜述》的「校後附記」中，作者也自陳了他著作的一些問題〔註2〕，這些問題後來也曾被其它學者批評。只是陳夢家虛心自學的態度，使他也能夠發現自己著作的主要問題，這樣的研究態度也是值得我們學習的。

因為學術的研究是累積而成，與如今的成果相比，《綜述》自然有一些在學術上不成熟的意見，或是由於時空推移產生的知識老化。這也是《綜述》現在的主要問題之一，我們在檢閱時，這些都是必須要特別注意的部分。

第二節 《綜述》的貢獻

（一）優異突出的研究成果

雖然《綜述》是一種資料雜編的性質，透過各種甲骨資料來綜合地敘述前

〔註2〕問題如：立說不定、不能進一步探索殷代社會性質、未細校出的錯誤等。

人的研究成果，但實際上在著作的過程中，作者陳夢家自己的意見還是佔了很大的比例的。可說這雖然是一本編著而成的「甲骨學通論性質」的書，但也是一本具有甲骨學研究成果的著作。《綜述》最廣被世人討論、重視的便是它的甲骨斷代研究，陳夢家提出的斷代三個標準，以三個步驟來分期斷代，首要的方法是「以貞人分組」，確實成為一個很迅速又有效的斷代方法，也被後來的學者們廣泛運用。貞人分組的稱呼，也成為影響後世「兩系說」的淵源；之後的學者們也慣以貞人分組的方法來研究分期斷代，這是《綜述》在學述上很重要的貢獻。

除了斷代以外，《綜述》在整理甲骨學綱目、釐清甲骨出土與發現的問題，也很有貢獻。它並不人云亦云地說出「某某為發現甲骨第一人」、「某年為發現甲骨的第一年」這些抽象卻富有噱頭的定語，而是相當科學化地，認為甲骨的發現與研究，就如同文字的發明與運用一般，是有一定的時間上的過程、發展、推移；因此，去計較何為第一，不是具有意義的，僅能夠討論最初將之發揚光大、廣受世人注意的第一時間、第一人。《綜述》在這些研究的脈絡上，一向有清晰的洞見，不含糊其辭，也不敷衍了事。

（二）一脈相承的研究方法

《綜述》在研究方法上有一個很突出的特點，那就是與西周金文的相互比較。因為陳夢家在研究甲骨學之前，就已經著手整理、研究西周金文很長的時間，之後也完成《西周金文斷代》；《綜述》中優異的甲骨斷代學成就，也是受到了西周金文斷代研究的影響。《綜述》第十九章總結的第一節，對王國維《殷周制度論》的批判中，我們可以看出，陳夢家反對王國維將殷周的政治制度視為二元對立的看法，比起其中之相異處，陳夢家更重視其中文化一脈相承的相同之處。這種研究方法，是將文化視為一種不間斷、連續變化的過程，他在變化的古代世界中異中求同，因為相近的時光、地域，人們無法改變太多共同的文化思維，也許陳夢家的想法，是較於貼近世界現實的。《綜述》在寫作的過程中，時常以金文的角度，去探索甲骨文可能也有的制度、狀態、文化，這是以時地相近的方法去回溯，但也可能產生過度聯想的問題；即使是這樣，陳夢家在著作的過程當中都是十分謙虛的，他不只提到一次他的研究方法裡，是「有限度」地去討論卜辭所呈現出的可能性。

（三）承先啟後的學術地位

《綜述》雖然不是一本百分百完美的學術著作，但是在甲骨學研究發展史上，有他特殊的地位與貢獻。教授陳夢家古文字學的老師是容庚，容庚的長處也在研究銅器銘文，陳夢家自然受之影響甚深，也在銅器的研究上有所成就。金文學的成就影響了《綜述》的研究成果，這在前面一段已有討論過。

1950 年代撰述與出版的綜述，他的時間點落於甲骨學發展的「繼續發展時期」，在那之前是「甲骨四堂」為名的甲骨學「草創時期」。草創時期的甲骨學者也有許多著錄以外的甲骨文研究。第一本甲骨文研究為孫詒讓的《契文舉例》，之後羅振玉《殷虛書契考釋》的綱目，更影響了之後甲骨學發展的主要科目。陳夢家受前輩們著述的影響，但是其所完成的《綜述》的特色，又較前人有所不同。《綜述》是第一本擁有完整甲骨學架構的、綜合敘述甲骨刻辭問題的著作，他是第一本完成度最高的「甲骨學通論性質」的書籍。他跳脫單純著錄、考釋文字合集的甲骨文研究書籍的窠臼，成為一個在綱目上、架構上，對甲骨文研究學史、商代文化歷史等十分清楚的通論著作。他影響了後世許多甲骨學通論系性質的成書，成為早期甲骨文研究，與後世甲骨學通論性質書籍之間的一個過渡橋梁。

最重要的是，《綜述》的完成，在當時是具有工具性質的百科全書。《綜述》的內容豐富，能夠提供初學者一個很好的學習入門；在當時各類甲骨學工具書尚未編著完成的前提下，《綜述》也是一本指引學習者勾沉資料，十分實用的資料書籍。在當時研究工具青黃不接的狀態下，綜述的存在，啟發了古文字初學者的興趣，如王宇信、吉德煒等，都曾表示過《綜述》是他們開始研究甲骨學的入門書。這是《綜述》在它所撰述完成的那個時代，所特別具有的意義，它在甲骨學研究的學術史上，依舊有者舉足輕重的地位。

參考書目

一、專　書

1. 于省吾，《甲骨文字釋林》，北京：中華書局，1979 年。

2. 于省吾，《雙劍誃殷契駢枝》，北京：中華書局，2009 年 4 月。

3. 王世民，〈陳夢家〉，陳清泉等編《中國史學家評傳》，河南：中洲古籍出版社，1985 年 4 月 1 日。

4. 王宇信，《建國以來甲骨文研究》，北京：中國社會科學出版社，1981 年 3 月 1 日。

5. 王宇信，《甲骨學通論（增訂本）》，北京：中國社會科學出版社，1993 年。

6. 王宇信、楊升南主編，《甲骨學一百年》，北京：社會科學文獻出版社，1999 年。

7. 王宇信，《中國甲骨學》，上海：上海人民出版社，2009 年 8 月。

8. 本書編委會，《甲骨文研究資料彙編》（全二十冊），北京：北京圖書館出版社，2008 年 6 月。

9. 李立明《中國現代六百作家小傳》，香港：波文書局 1978 年 7 月。

10. 何偉（Peter Hessler）、盧秋瑩譯，《甲骨文：一次占卜現代中國的旅程》，新北市：八旗文化，2011 年 6 月。

11. 宋鎮豪，《百年甲骨學論著目》，北京：語文出版社，1999 年。

12. 李學勤，《殷代地理簡論》，北京：科學出版社，1959 年。

13. 胡厚宣，《五十年：發現的總結》，香港九龍：華夏出版社，1957 年。

14. 胡厚宣，《甲骨學商史論叢初集》，上海：上海書局，1989 年。

15. 胡厚宣主編，《甲骨文合集釋文》，北京：中國社會科學出版社，1999 年 8 月。

16. 胡厚宣主編，《甲骨文合集：材料來源表》，北京：中國社會科學出版社，1999 年 8 月。

17. 胡厚宣、胡振宇,《殷商史》,上海:上海人民出版社,2003 年。

18. 胡裕樹主編,《中國學術名著提要‧語言文字卷》,上海:復旦大學出版社,1992 年。

19. 島邦男,《殷墟卜辭綜類》,台北:大通書局,民 59 年(1970 年)。

20. 島邦男,《殷墟卜辭研究》,上海:上海古籍出版社,2006 年 8 月。

21. 唐蘭,《天壤閣甲骨文存並考釋》,北京:北京圖書館出版社,1939 年。

22. 唐蘭,《古文字學導論、殷墟文字記》,台北:學海出版社,2011 年 3 月。

23. 常玉芝,《商代周祭制度》,北京:中國社會科學出版社,1987 年。

24. 郭沫若主編,《甲骨文合集》,北京:中華書局,1982 年。

25. 商承祚《治學集》,上海:上海人民出版社,1983 年 6 月。

26. 許進雄,《殷卜辭中五種祭祀的研究》,臺北:臺灣大學文史叢刊第 26 種,1968 年 6 月。

27. 陳煒湛,《甲骨學簡論》,上海:上海古籍出版社,1987 年。

28. 陳夢家,《中國文字學》,北京:中華書局,2011 年。

29. 陳夢家,《殷虛卜辭綜述》,北京:科學出版社,1956 年。

30. 陳夢家,《殷虛卜辭綜述》,北京:中華書局,1988 年 1 月。

31. 陳夢家,《西周銅器斷代》,北京:中華書局,2004 年。

32. 陳夢家,《西周年代考、六國紀年》,北京:中華書局,2005 年。

33. 黃天樹,《殷墟王卜辭的分類與斷代》,台北:文津出版社,民 80 年 11 月(1991 年)。

34. 董作賓,《甲骨學六十年》,台北縣:藝文,民 54 年(1965 年)。

35. 趙誠,《探索集》,北京:中華書局,2011 年 2 月。

36. 裘錫圭,《文字學概要》,台北:萬卷樓,民 84 年(1995 年)。

37. 羅振玉,《殷墟書契考釋三種》,北京:中華書局,2006 年。

38. 嚴一萍,《甲骨學》,台北縣:藝文,民 67 年(1978 年)。

二、學位論文

1. 王俊義,《論新月詩人陳夢家》,內蒙古師範大學中國現當代文學所碩士論文,指導教授:付中丁,2004 年。

2. 宋充恒《陳夢家漢簡研究述評》,東北師範大學碩士論文,指導教授:王彥輝,2012 年 5 月。

3. 吳俊德,《殷墟第四期祭祀卜辭研究》,國立台灣大學中國文學研究所博士論文,指導教授:許進雄,民 92 年。

4. 南基琬,《唐蘭的文字學研究》,東海大學中國文學系博士論文,指導教授:王初慶、李立信,民 88 年(1999 年)。

5. 胡輝平，《殷卜辭中商王廟主問題研究》，中國社會科學院研究生院碩士論文，指導教授：馮時，2003 年。

6. 陳婉欣，《陳夢家之金文學研究》，國立高雄師範大學國文學系碩士論文，指導教授：陳立，民 99 年 1 月。

三、研討會論文

1. 王子今，〈陳夢家與簡牘學〉，《簡帛研究彙刊二》第二屆簡帛學術討論會論文集，陳文豪主編，台北：中國文化大學文學院，2004 年 5 月。

2. 中國文物學會編，《商承祚教授百年誕辰紀念文集》，北京：文物出版社，2003 年。

3. 吉林大學古文字研究室編著，《于省吾教授百年誕辰紀念文集》，長春：吉林大學出版社，1996 年 9 月。

4. 李雪山、郭旭東、郭勝強主編，《甲骨學 110 年：回顧與展望——王宇信教授師友國際學術研討會論文集》，北京：中國社會科學出版社，2009 年 11 月。

5. 李紹平，〈古文獻整理的大師楊樹達先生〉，《中國歷史文獻研究會第 26 屆年會論文集》，2005 年。

6. 王世民，〈陳夢家對殷周銅器研究的卓越貢獻〉，《漢字文化》，2006 年 04 期。

7. 王宇信，〈陳夢家先生對甲骨學的貢獻〉，《漢字文化》，2006 年 04 期。

8. 李敏生，〈不能忘卻的紀念——陳夢家反對漢字拉丁化的歷史意義〉，《漢字文化》，2006 年 04 期。

9. 李學勤，〈學術的綜合和創新——紀念陳夢家先生〉，《漢字文化》，2006 年 04 期。

10. 馮時，〈陳夢家先生的年代學與尚書研究〉，《漢字文化》，2006 年 04 期。

11. 稻畑耕一郎，〈陳夢家早年文學活動與其古史研究的關係〉，《漢字文化》，2006 年 04 期。

12. 劉慶柱，〈紀念陳夢家先生學術座談會開幕詞〉，《漢字文化》，2006 年 04 期。

13. 〈紀念陳夢家先生誕辰九十五周年〉《漢字文化》，2006 年 04 期。

14. 〈紀念陳夢家先生學術座談會〉《漢字文化》，2006 年 04 期。

15. 〈紀念陳夢家先生學術座談會在京舉行〉《漢字文化》，2006 年 04 期。

四、期刊論文

1. 王紹新，〈中國語言學家評介　陳夢家〉，《語言教學與研究》，1982 年 04 期。

2. 王暉，〈20 世紀中國甲骨學通論的力作——王宇信先生《中國甲骨學》評介〉，《殷都學刊》，2010 年 01 期。

3. 方繼孝，〈陳夢家往來書札談〉，《收藏家》，2003 年 05 期。

4. 史玉輝，〈陳夢家研究綜述〉，《山東師大學報（社會科學版)》，1999 年 02 期。

5. 朱彥民，〈一部百科全書式的甲骨學研究巨著——讀《甲骨學一百年》〉，《考古》，2002 年 1 期。

6. 考古通訊編輯部，〈斥右派份子陳夢家〉，《考古通訊》，1957 年 5 期。

7. 沈頌金，〈陳夢家與漢簡研究〉，《河北學刊》，2002 年 03 期。

8. 李鋒敏，〈陳夢家先生河西歷史地理研究述評〉，《蘭州學刊》，2008 年第 6 期。

9. 李學勤，〈評陳夢家《殷虛卜辭綜述》〉，《考古學報》，1957 年 03 月。

10. 宋鎮豪，〈甲骨學的科學總結和系統開拓——評王宇信著《甲骨學通論》〉，《中原文物》，1989 年 4 期。

11. 周永珍，〈懷念陳夢家先生〉，《考古》，1981 年 05 期。

12. 周永珍，〈憶夢家先生〉，《文物天地》，1990 年第 3 期。

13. 周永珍，〈我的老師陳夢家〉，《歷史：理論與批評》第 2 期，2001 年 5 月。

14. 柳向春，〈陳夢家致徐森玉先生函一通簡釋〉，《上海文博論叢》，2011 年 04 期。

15. 馬如森，〈甲骨學與文史研究——兼談《甲骨學一百年》的學術價值〉，《東北師大學報（哲學社會科學版）》，2001 年第 4 期。

16. 孫亞冰，〈百年來甲骨文材料統計〉，《故宮博物院院刊》，2006 年第 1 期。

17. 高健行，〈新月詩人——陳夢家〉，《臺浙天地》1，民 95 年 6 月。

18. 徐復觀，〈與陳夢家屈萬里兩先生商討周公旦曾否踐阼稱王的問題〉，《東方雜誌》7，民 62 年 1 月（1973 年）。

19. 夏鼐，〈用考古工作方面事實揭穿右派謊言〉《考古通訊》，1957 年 5 期。

20. 陳山，〈陳夢家論〉，《中國現代文學研究叢刊》，1988 年 03 期。

21. 陳公柔、周永珍、張亞初，〈于省吾先生在學術方面的貢獻〉，《考古學報》，1985 年第 1 期。

22. 常玉芝，〈說文武帝—兼論商末祭祀制度的變化〉，《古文字研究》第四輯，1980 年 12 月。

23. 郭勝強，〈胡厚宣先生對甲骨學的貢獻〉，《中原文物》，1990 年 3 期。

24. 陳煒湛，〈商承祚先生學術成就述要〉，《古籍整理研究學刊》，1933 年第 5 期。

25. 陳夢家，〈讀天壤閣甲骨文存〉，《輔仁學誌》9 卷 1 期，1940 年。

26. 琴心，〈為漢字而死的國學大師——陳夢家〉，《新紀元周刊》第 185 期，2010 年 8 月 12 日。

27. 黃天樹，〈讀王宇信《中國甲骨學》〉，《華夏考古》，2014 年第 1 期。

28. 喬志高，〈與趙蘿蕤陳夢家一瞥之緣〉《明報月刊》460，民 93 年 4 月。

29. 裘錫圭，〈釋柲〉，《古文字研究》第三輯，北京市：中華書局，1980 年。

30. 裘錫圭，〈關於殷墟卜辭命辭是否問句的考察〉，《中國語文》，1988 年第 1 期。

31. 裘錫圭，〈評《評殷墟卜辭綜述》〉《文史叢稿》，上海：遠東出版社，2012 年 1 月。

32. 趙蘿蕤，〈憶夢家〉，《新文學史料》，1979 年 03 期。

33. 劉正，〈當日群雄誰泰斗——重讀陳夢家先生的《殷虛卜辭綜述》〉，《南方文物》，2013 年第 1 期。

34. 劉宜慶，〈陳夢家和趙蘿蕤的葳蕤人生〉，《名人傳記》（上半月），2010 年 10 期。

35. 劉昭豪整理，〈西北大學考古班駁斥陳夢家在西大的反動謬論〉，《考古通訊》1957 年 6 期。

36. 蔡哲茂，〈論殷卜辭中的「🜚」字爲成湯之「成」〉，《中央研究院歷史語言研究所集刊》77:1，民 95 年 3 月。

37. 劉啓益，〈略談卜辭中「武丁諸父之稱謂」及「殷代王位繼承法」——讀陳夢家先生甲骨斷代學四篇記〉，《歷史研究》，1956 年 04 期。

38. 鍾柏生，〈《殷墟卜辭綜述》第十五章百官第一節「臣、正」爲官名說之檢討〉，《中國文字》新 34，2009 年 2 月。

39. 謝濟，〈陳夢家甲骨文分期斷代研究的重要貢獻〉，《中國社會科學院院報》，2006 年 11 月 28 日。

40. 關國煊，〈陳夢家 1911-1966〉《傳記文學》265，民 73 年 6 月。

41. 羅孚，〈詩人、學者陳夢家四十年祭〉，《明報月刊》491，民 95 年 11 月。

42. 〈中國科學院社會科學部舉行座談會，批判向達等史學界右派份子〉，《考古通訊》，1957 年 6 期。

43. 〈陳夢家先生追悼會在京舉行〉（夏鼐悼詞），《新文學史料》第三輯，1979 年 5 月。

五、網路文章

1. 八圈，〈陳夢家與李學勤再探〉2009 年 9 月 2 日。（檢索日期：2015 年 8 月 30 日）
http://www.douban.com/note/43536452/。

2. 王友琴，〈詩人和考古學家陳夢家之死〉。（檢索日期：2015 年 8 月 30 日）
http://hum.uchicago.edu/faculty/ywang/history/big5/Chenmengjia.htm。

3. 王旭梁，〈聊舒心悶——論李學勤的〈評陳夢家《殷虛卜辭綜述》〉〉2012 年 4 月 26 日。（檢索日期：2015 年 8 月 30 日）
http://www.douban.com/note/211672530/。

4. 百度百科，陳夢家條目（檢索日期：2015 年 8 月 30 日）
http://baike.baidu.com/view/2017.htm。

5. 長沙司馬，〈陳夢家與李學勤〉2006 年 12 月 7 日。（檢索日期：2015 年 8 月 30 日）
http://www.douban.com/group/topic/1320084/。

6. 高臥東山，〈陳夢家的書〉。（檢索日期：2015 年 8 月 30 日）
http://www.edubridge.com/erxiantang/l2/chenmengjiadeshu.htm。

7. 高臥東山，〈《夏鼐日記》中的陳夢家〉 2011 年 12 月 14 日。（檢索日期：2015 年 8 月 30 日）
http://www.21ccom.net/articles/rwcq/article_20140409104034.html。

8. 張踐 〈陳夢家與他的《殷虛卜辭綜述》〉 2007 年 4 月 26 日。（檢索日期：2015 年 8 月 30 日）
http://theory.people.com.cn/GB/40538/5666929.html。

9. 鳳凰網專稿，〈李學勤爲批判過文革自殺的國學大師陳夢家而後悔〉 2012 年 2 月 15 日。（檢索日期：2015 年 8 月 30 日）

http://phtv.ifeng.com/program/kjbfz/detail_2012_02/15/12529375_0.shtml?_from_ralated，（文字、影片連結：鳳凰衛視節目「開卷八分鐘」）。

10. 鳳凰網專稿 〈開卷八分鐘：用甲骨文占卜當代中國〉 2012 年 2 月 15 日。（檢索日期：2015 年 8 月 30 日）

http://book.ifeng.com/kaijuanbafenzhong/wendang/detail_2012_02/15/12527832_0.shtml?_from_ralated （文字、影片連結：鳳凰衛視節目「開卷八分鐘」）。

11. 維基百科，陳夢家條目（檢索日期：2015 年 8 月 30 日）

https://zh.wikipedia.org/wiki/%E9%99%88%E6%A2%A6%E5%AE%B6。

12. 潛行者〈再談陳夢家以及其他〉 2003 年 12 月 24 日。（檢索日期：2015 年 8 月 30 日）

http://www.douban.com/group/topic/1320071/。

13. 潛行者〈再談陳夢家以及其他〉2006 年 4 月 17 日。（檢索日期：2015 年 8 月 30 日）

http://wangf.net/data/articles/b00/247.html

附錄　陳夢家年譜暨著作年表

年歲	西元紀年	民國紀年	生　平　紀　事	著　　作
0	1911	清宣統三年	4月20日〔註1〕（清宣統三年三月廿二日）出生於南京西城的一所神學院，共有十二個兄弟姊妹，排行第八，祖籍浙江上虞縣上官鎮〔註2〕	
4	1915	4	與二哥入讀住家附近的女校幼稚園	
5	1916	5	入學南京四根杆子禮拜堂所設小學	
7	1918	7	轉學南京金陵小學	
8	1919	8	全家遷往上海，入讀聖保羅小學	
10	1921	10	轉入南京師範大學附屬小學，由在該校任教的三姊陳郇磐供讀	

〔註 1〕一說爲 4 月 16 日，另一說爲 4 月 12 日。

〔註 2〕父親陳金鏞爲基督教神職人員，母親出身牧師家庭，皆爲虔誠基督教徒。兄弟姊妹共 11 人，均爲一母所生。

11	1922	11	小學畢業	
16	1927	16	夏季，以同等學歷〔註 3〕考入南京國立第四中山大學（後改名「中央大學」法政科） 結識該校任教的聞一多，開始寫新詩，詩從新月派	
17	1928	17	春季，到青島 結識徐志摩，並因其推薦在《新月》發表第一篇作品	處女作新詩〈那一晚〉載於《新月》月刊 2 卷 8 號，後以「陳漫哉」為筆名發表大量新詩創作
18	1929	18	徐志摩任中央大學英文系教授，講授西洋詩歌、西洋名著選等課程，陳夢家經常前往聽課	1 月，〈一朵野花〉、〈為了你〉、〈你盡管〉、〈遲疑〉四首詩載於《新月》月刊
19	1930	19	陳夢家發表的短論〈詩的裝飾和靈魂〉表明自己同新月派一致的詩學觀點，主張詩歌應講求格律	1 月 16 日，新詩〈葬歌〉、〈秦淮河的鬼哭〉、〈馬號〉等六首；短論〈詩的裝飾和靈魂〉、〈文藝與演藝〉載《國立中央大學半月刊》1 卷 7 期
20	1931	20	7 月，應徐志摩之邀赴上海，住天通庵，編選《新月詩集》 夏季，畢業於中央大學，並取得律師執照 從南京小營搬遷至市郊蘭家莊 秋天，開始翻譯《聖經》舊約全書〈雅歌〉部分	1 月 20 日，由徐志摩主編、陳夢家擔負實際編輯工作的《詩刊》季刊在上海以「詩社」名義出版 1 月，上海：新月書店出版《夢家詩集》 7 月，再版《夢家詩集》 9 月，編輯出版《新月詩選》 12 月，〈青的一段〉載於《文藝月刊》第 2 卷 12 月刊
21	1932	21	1 月，新月派刊物《詩刊》停辦 一二八事變後隔日，從南京奔赴上海，參加蔣光鼐將軍的十九路軍對抗日本侵略軍的戰鬥，為期一個月 3 月，隨聞一多至青島大學任其助教 與聞一多離開青島，遊覽泰山 9 月，經燕京大學宗教學院劉廷芳教授介紹，短期入讀該學院，為院長趙紫宸所重 開始從事甲骨文、古史研究	1 月，在前線寫下〈哀息〉、〈在蘊藻浜的戰場上〉等詩作 4 月，北京晨報社出版詩集《陳夢家作詩在前線》 11 月 7、8 日，〈秋天談詩〉載北平《晨報》副刊〈學園〉409、410 號 11 月，上海：良友圖書印刷公司出版出版《歌中之歌》，為叢書《一角叢書》第五十種，內容為陳夢家翻譯《聖經》舊約全書〈雅歌〉 編輯「志摩紀念專號」《雲遊》

〔註 3〕並未正規讀完中學。

22	1933	22	初春，熱河戰役，再次赴往前線 3 月，日軍佔領熱河，陳夢家返回北平 9 月，至安徽蕪湖任廣益中學國文教員（半年）	開明書店出版《鐵馬集》 4 月，《新月詩選》再版 〈《白雷克詩選譯》序〉載《文藝月刊》4 卷 4 期，10 月 1 日
23	1934	23	1934 年 1 月～1936 年在燕京大學研究院攻讀古文字學，師從容庚 結識院長趙紫宸之女趙蘿蕤	1 月，上海：開明書店出版《鐵馬集》
24	1935	24	8 月開始編選《夢家存詩》 被考古學設吸收成為第二期社員，結束詩人生涯開始學者身分 開始接觸殷周銅器實物	11 月，〈不開花的春天〉收錄於《浮世畫及其他——名家小說集》（上海：良友復興圖書公司出版）
25	1936	25	1 月與趙蘿蕤結婚，婚禮在燕京大學校長司徒雷登的辦公室舉行 9 月，獲碩士學位，並留在燕京大學中文系擔任助教 在聞一多的指導下，逐漸脫離現代詩壇，全力鑽研中國文字學、古文化史研究	3 月，時代出版社出版《夢家存詩》 5 月，〈古文字中之商周祭祀〉載於《燕京學報》第 19 期 12 月，〈商代的神話與巫術〉載於《燕京學報》第 20 期 〈史字新釋〉 〈史字新釋補記〉 〈令彝新解〉 〈釋丮〉 〈釋底漁〉載於《考古社社刊》第 4 期 〈「井魚」——莊子〈秋水〉〉載於上海《大公報》副刊〈文藝〉第 241 期，11 月 1 日
26	1937	26	與聞一多等人一同前往安陽，參觀殷墟最後一次發掘 七七蘆溝橋事變後，經聞一多推薦，至長沙因抗戰而南遷的清華大學（當時為臨時大學的一部份）擔任國文教員	3 月 10 日，〈述莊子「方生方死」惠施「日方中方晚物方生方死」〉載於《新詩》月刊 1 卷 6 期 7 月，〈高禖郊社祖廟通考〉載於《清華學報》 〈殷代的自然崇拜〉（未發表）
27	1938	27	春季，臨時大學遷至昆明，成為西南聯大 1938 年春 1944 年秋，在西南聯大主講古文字學、尚書通論等課程，且致力於古文字與古史研究，不久晉升為副教授	

28	1939	28	開始全面著手整理殷周銅器研究資料 應遷全昆明的北京圖書館約請，將袁同禮從國外帶回的銅器照片匯編為《海外中國銅器圖錄》三集〔註4〕	
29	1940	29		〈述方法斂所摹甲骨卜辭〉 〈述方法斂所摹甲骨卜辭補〉
30	1941	30		〈關於上古音系的討論〉載於《清華學報》第13卷2期 〈郊與祀〉載於《清華學報》13卷1期 〈釋「國」「文」〉載於《國文月刊》第11期
31	1942	31	8月在司家營清華大學文科研究所擔任研究工作	
33	1944	33	升任教授 秋季，經由費正清、金岳霖等教授介紹，赴美國芝加哥大學東方研究所講授中國古文字學 在美國的三年遍訪收藏青銅器的博物館、古董商、收藏家，觀察、拍照、紀錄所見藏器 洛克斐勒基金會提供人類研究獎學金予陳夢家與趙蘿蕤夫婦，讓他們能夠在美國從事研究；此外，陳夢家對青銅器的研究也獲得哈佛燕京學社的資助	在美三年以英語撰寫發表文章：〈中國銅器的藝術風格〉、〈周代的偉大〉、〈商代的文化〉等
34	1945	34	11月30日在紐約舉行全美中國藝術學會第六次會上，以「中國青銅器的形制」為題演講	商務印書館出版《西周年代考》 11月，重慶：商務印書館出版《老子分釋》〔註5〕
35	1946	35	7月9日與趙蘿蕤、詩人艾略特在哈佛俱樂部共進晚餐 7月15日，聞一多遭槍殺致死，11月陳夢家負責整理聞一多先生遺著文字學、古史部分	北平圖書館、出版《海外中國銅器圖錄》第一集二冊 出版與芝加哥藝術館凱萊合編的《白金漢宮所藏中國銅器圖錄》

〔註4〕後（1946年）因送印香港時遭日軍侵占，只出版了一集。

〔註5〕今所見多誤植為《老子今釋》。

36	1947	36	至加拿大安大略省博物館，收集必紀錄所藏安陽、洛陽兩地青銅器 8、9月，遊歷英國、法國、丹麥、荷蘭、瑞典〔註6〕等國，仍遍訪青銅器收藏者，爾後返回芝加哥 10月，謝絕美國羅氏基金會負責人留美定居的邀請，返回中國任清華大學教授，爲學校購買許多文物而成立「文物陳列室」〔註7〕	彙編《美國收藏中國青銅器全集》（英文稿），但未正式出版
37	1948	37	拒絕與國民黨同遷台灣	
38	1949	38	在清華大學新開設現代中國語言學的課程 開始以青銅器斷代的方法研究甲骨學斷代	開始寫作〈甲骨斷代學〉四篇
39	1950	39	韓戰爆發，中美聯繫中斷，使哈佛無法順利出版陳夢家的青銅器著作〔註8〕	
40	1951	40	「知識份子思想改造運動」開始，是對高知識份子檢討思想的政治運動	〈甲骨斷代學甲篇〉載於《燕京學報》第40期 〈甲骨斷代與坑位——甲骨斷代學丁篇〉載於《中國考古學報》第五冊
41	1952	41	高等校院調整後，被調至中國科學院考古所任研究員〔註9〕	
42	1953	42	開始寫作《殷虛卜辭綜述》	12月發表〈殷代卜人篇——甲骨斷代學丙篇〉於《考古學報》第六冊
43	1954	43	年底，完成70萬餘字的《殷虛卜辭綜述》	〈解放後甲骨的新資料和研究整理〉載於《文物參考資料》第5期

〔註6〕在漢學家高本漢的陪同下面見酷好中國文物的瑞典國王。

〔註7〕1948年4月開放。

〔註8〕爾後考古研究所仍以陳夢家的筆記出版了他在國外時整理的青銅器研究，以《美帝國主義劫掠的我國殷周銅器集錄》爲題名，著者也不書陳夢家。書中應有的照片被擱置在哈佛，資料並不完整。

〔註9〕逝世前曾擔任中國科學院考古所學術委員會委員、《考古學報》編委、《考古通訊》副主編等職位。

				〈殷代銅器〉載於《考古學報》第7 期〈商王廟號考——甲骨斷代學乙篇〉載於《考古學報》第 8 期〈甲骨補記〉載於《文物參考資料》第 12 期
44	1955	44		商務印書館再版《西周年代考》學習生活出版社出版《六國紀年》1955～1956 年在《考古學報》上分六期連載《西周銅器斷代》〔註10〕（後半段未連載完成）
45	1956	45	2 月 23 日，參加第一次全國考古會議以《殷虛卜辭綜述》的稿費在北京錢糧胡同購屋，一直居住到辭世前著手將過去海外蒐集的銅器資料匯編爲《中國銅器綜錄》，原分編爲五集，最後只完成北歐、美國、加拿大三集，英、法二集未完成。〔註11〕	7 月，科學出版社出版《殷虛卜辭綜述》商務印書館出版《中國歷史紀年表》，題萬國鼎編，萬斯年、陳夢家增訂，書前有陳夢家〈重編敍〉（含陳夢家所作《夏商周年代簡表》、《殷年代簡表》）〈壽縣蔡侯墓銅器〉〈甲骨綴合編·序〉北京：修文堂
46	1957	46	4 月，「百家爭鳴運動」起6 月，「反右運動」起因發表〈愼重一點「改革」漢字〉而被劃爲右派，五年內禁止在國內發表任何文章〔註12〕7 月 13 日，陳夢家遭考古所反右派運動大會檢討	5 月 6 日，〈兩點希望〉載於《文匯報》5 月 17 日，〈愼重一點「改革」漢字〉載於《文匯報》商務印書館出版《尚書通論》
47	1958	47	年底，下放河南省洛陽白馬寺參加勞動改造	
48	1959	48	7 月，甘肅武威出土漢簡。	科學出版社出版署名中國社科院考古所《居延漢簡甲編》，實由陳夢家主持整理
49	1960	49	甘肅博物館請求考古所支援整理武威漢簡，陳夢家因夏鼐力薦得以重新開始學術工作，被中國科學院考古所派往蘭州，協助甘肅博物院整理武威出土	

〔註10〕以西南聯大時西周金文課程講稿爲基礎編寫。

〔註11〕1962 年被改題爲《美帝國主義劫掠的我國殷周銅器集錄》出版。

〔註12〕已在《考古》上發表一半的《西周銅器斷代》被迫停止發表。

			漢簡（九篇《儀禮》），並進一步綴合、臨摹、撰寫釋文、撰寫〈校記〉、〈敘論〉〔註13〕	
51	1962	51	《武威漢簡》定稿 負責《居延漢簡甲乙編》的編纂工作	科學出版社出版《美帝國主義劫掠的我國殷周銅器集錄》
52	1963	52	1月，陳夢家「右派摘帽」 4月，考古所委派陳夢家主持金文集成編纂工作	〈漢簡考述〉載於《考古學報》第1期 〈蔡器三記〉載於《考古學報》第3期 〈漢簡所見奉例〉載於《文物》第5期
53	1964	53	根據考古所的計劃要求，重新開始西周銅器斷代研究，趕寫銘文考釋	〈漢簡所見居延邊塞與防禦組織〉載於《考古學報》第1期 9月，文物出版社出版《武威漢簡》（署名為甘肅省博物館、中國科學院考古研究所合編） 出版《尚書通論》增訂本
54	1965	54	將所寫30萬餘文論論文彙編為《漢簡綴述》 年底，計劃下一年度完成《西周銅器斷代》、《歷代度量衡研究》等論著的編寫	〈漢簡年曆表敘〉載於《考古學報》第2期 〈玉門關與玉門縣〉載於《考古》第9期
55	1966	55	6月，「文化大革命」起，被指為反動學術權威，受林彪、四人幫等反革命修正主義路線迫害 8月被考古所批判、抄家 8月24日寫下遺書，並服用大量安眠藥自殺，但並未成功 9月3日再次自殺，因自縊而逝世〔註14〕	〈東周盟書與出土載書〉載於《考古》第5期
	1978	67	12月28日，中國社會科學院考古研究所在北京舉行「陳夢家先生追悼會」，由所長夏鼐致悼詞，為陳夢家平反昭雪	

〔註13〕收錄於1964年出版之《武威漢簡》。

〔註14〕另一說為陳夢家被打死後偽裝成自殺，其說可參考周永珍〈我的老師陳夢家〉，《歷史：理論與批評》第二期，2001年5月。

1980	69		中華書局出版《漢簡綴述》，將 1962～1966 年撰寫的十多篇論文作集錄
1988	77		中華書局出版《殷虛卜辭綜述》
2000	89		〈西周年代考自序〉、《尚書通論》石家莊：河北教育出版社
2006	95	7 月 3 日，中國社會科學院考古所與中華書局、北京國際漢字研究會在北京聯合舉辦「紀念陳夢家先生學術座談會」，紀念陳夢家誕辰 95 周年、逝世 40 周年	7 月，中華書局出版《夢甲室存文》
2012	101	陳夢家之墓（衣冠塚）在浙江上虞百福陵園內落成